Joe Fischler

Veilchens Feuer

Valerie Mausers zweiter Fall

Alpenkrimi

Joe Fischler

Veilchens Feuer

Für meine Eltern

Mittwoch

Der Endlostoaster spielte das Lied vom Tod. Als Valerie Mauser sich bückte, um nachzusehen, wo denn ihr Brötchen so lange blieb, schmerzte die Hitze des rheumatisch knirschenden Geräts. Sie musste blinzeln, wich aber nicht zurück. Eindeutig: Ihr Vollkorntoast schwelgte immer noch in der Glut, die Ränder schon angesengt. Einmal Hölle und zurück. Das hätte auch zum Motto dieses letzten Tages werden können. Ihr graute.

„Suchst was, Veilchen?“, fragte Stolwerk.

Valerie fuhr hoch. Zu schnell, denn nun sah sie Sterne, was weniger dem feucht-fröhlichen Vorabend als ihrem niedrigen Blutdruck geschuldet war. „Hm?“, gab sie dem Mann zurück, der ihr den Besuch des viertägigen Selbstfindungsseminars im Thermenhotel Längenfeld eingebrockt hatte, und hielt sich mit einer Hand am Tisch fest, während die andere das hart gekochte Ei balancierte, das eifrig zwischen Putensalami und gebratenen Champignons umherrollte und schließlich am Frischkäse andockte.

Stolwerk funkelte sie an. Er hatte seinen Teller randvoll mit Süßem bepackt: drei Stück Kuchen – Sachertorte, Topfen- und Obsttorte, drapiert auf einem Bett aus Schlagsahne. Irgendwie hatte er es geschafft, eine mittelgroße Portion davon auf die Unterseite seiner Nase zu manövrieren. Jedenfalls hoffte sie, dass es sich um gequirlten Rahm handelte. Andererseits war seine Gesichtshaut glatt wie ein Babypopo, also konnte es auch Rasierschaum sein. Oder Schlimmeres. „Du hast da was …“, stammelte sie und hob ihren Teller zur eigenen Nase, die andere Hand brauchte sie immer noch zum Festhalten. Roch es hier nach Pferd?

Stolwerk verstand den Wink, wischte das überflüssige Dekor mit dem Zeigefinger und einem begleitenden „Ha!“ weg, schlürfte es ein und verzog das Gesicht.

„Kaffee oder Zschee, bitte?“, sprach sie jemand von der Seite an.

„Zschee, bitte“, gab Valerie reflexartig zurück und schämte sich sofort dafür. Stolwerk machte große Augen.

„Was für Zschee? Wir haben Kräuterzschee, Kamillenzschee, weißen Zschee, Apfelzschee, Darzschielingzschee, Rooiboschzschee, Ingwerzschee, grünen Zschee, Oolongzschee, Hagebuttenzschee ... Kirschzschee ... Pfefferminzzschee ... English Breakfäst Zschie ...“

„Ja, den bitte.“

„Und für Sie, mein Herr?“

„Kaffee bitte, Kaffee“, haspelte er und vermied es, die Dame anzusehen. Sobald sie sich weit genug entfernt hatte, blies er die Luft aus und gluckste. Wie er um diese Uhrzeit derart gute Laune haben konnte, war ihr schleierhaft. Der Toast polterte aus dem Gerät.

Als sie ihrem früheren Ermittlungspartner am LKA Wien zum Tisch folgte, erinnerte sie sein Gang an den einer Schwangeren. Tags zuvor hatte sie dieser Titus Frankenfest frühmorgens aus ihren Zimmern gescheucht und zusammen mit den anderen Seminarteilnehmern durch den Wald getrieben, im strömenden Regen – Schirme verboten, weil „das himmlische Wasser reinige“ – einen schmalen Weg hoch, bis sie ein großes Tipi-Zelt erreichten. Stolwerk war knapp vorm Herzinfarkt gestanden. Durchnässt, wie sie angekommen waren, hätten sie erst mal Feuerholz sammeln, sich dann trocknen und anschließend weiter nach sich selber suchen sollen. Ob man sich nun finden wollte oder nicht. Schon die beiden vorhergehenden Tage waren eine Zumutung gewesen, seelische Entblößung vor Wildfremden und keine Möglichkeit, die Annehmlichkeiten des Thermalbads zu genießen – was Valeries eigentliche Motivation gewesen war, Stolwerk anstelle seiner erkrankten Schwester nach Längenfeld zu begleiten.

Leonora Stolwerk hatte ihrem Bruder diesen Titus, diesen selbst ernannten Guru, diesen gefeierten Leuchtturm der *Generation Y*, diesen chronisch in sich selbst und sein *geshaptes* Leben verliebten Fuzzi, zum Geburtstag geschenkt. Und eine solch einmalige Gelegenheit durfte man nicht verstreichen lassen, nur weil einer krankheitshalber ausfiel, schon des vielen Geldes wegen – hatte sie gemeint und ihn alleine nach Tirol geschickt.

Was soll's, wird sicher lustig, hatte Valerie sich gedacht, leichtsinnig, wie sie gewesen war. Denn vom ersten Augenblick an war ihr der Seminarleiter mit dem giftgrünen Irokesen zuwider gewesen, und was folgte, hatte diesen Eindruck nur noch verstärkt. Wer war er, dass er ihre äußere Erscheinung, ihren Beruf, ihr ganzes Leben infrage stellen konnte? Wer war er, dass er sie ernsthaft fragen konnte, was sie mit ihrem *wollüstigen Hairstyle* auszudrücken versuchte? Wer war er, dass er Stolwerk *Maßlosigkeit* vorwerfen durfte und den ganzen ersten Tag damit verbringen konnte, Beleidigungen auszuteilen, die auf das äußere Erscheinungsbild der Teilnehmer gerichtet waren?

Und wie bereitwillig man sich unterworfen hatte! Wenn Valerie nur an dieses „Schatten der Vergangenheit"-Spiel dachte. Man sollte das Schlimmste, das man je getan hatte, hervorkramen und den anderen unverfälscht erzählen. Weil das *reinige* (der Deutsch-Südafrikaner liebte dieses Wort offenbar), *verbinde* und für die weiteren Tage unabdingbar sei. Und man solle sich bloß nicht scheuen: *What happens in Längenfeld, stays in Längenfeld.* Was gefolgt war, hätte manchem Teilnehmer zu mehrmonatigen Haftstrafen gereicht. Einige Male hatte es Valerie in den Fingern gejuckt, die Kollegen der nächsten Polizeiwache anzurufen, besonders, als diese Uta gestand, ihren fünf Pflegekindern nur mit Schlägen beigekommen zu sein (sie hatte es „Züchtigung" genannt und das „Z" verschluckt, sodass es irgendwie nach „tüchtig" geklungen hatte), und dafür auch noch breites Verständnis geerntet hatte, gefolgt von Titus' Absolution: „Das ist vergangen, das ist verflogen, das ist gut". *Ja, so gut, so unglaublich supergut, Kinder zu verdreschen, deren Schicksal ohnehin schwer genug ist,* hatte Valerie gedacht. Und Uta, die Prügelkuh, hatte gelächelt und war danach förmlich an Titus' Lippen geklebt.

Dann war Stolwerk an der Reihe gewesen, nicht ohne Valerie vorher zugezwinkert zu haben, und tischte eine abstruse Geschichte auf, über seinen Wehrdienst, es habe alles ganz harmlos begonnen, sein Oberst sei ein leicht verführbarer Alkoholiker gewesen und habe sich von ihm und den anderen Grundwehrdienern Flausen in den Kopf setzen lassen („irgendwie mussten wir die Langeweile ja bekämpfen"), man habe ihm eingeredet, zu Höherem berufen zu sein, wahrhaftig einem Feldherrn gleichzukommen, woraufhin dieser zuerst Wegzölle vor der Kaserne einheben und dann Dörfer im Marchfeld *brandschatzen* ließ (die „Kornkammer Österreichs"). Detailreich hatte er geschildert, wie sie wie die Hunnen von Leopoldsdorf über Obersiebenbrunn nach Gänserndorf gezogen waren, mit Panzern, berittenen Einheiten und Militärmusik, um schließlich in Schönkirchen ihren eigenen Staat auszurufen, weil der Name gut klang, jedenfalls besser als Gänserndorf. Nach dreitägiger Belagerung durch das österreichische Bundesheer habe man dann doch aufgeben müssen – dabei hatte er sich gute Chancen auf den Posten des Schatzmeisters der Republik Schönkirchen ausgerechnet. Das ganze Lügengebäude hatte er ruhig, mit tödlichem Ernst und reuevollem Kopfschütteln vorgetragen, sodass Titus nicht zu zweifeln gewagt und auch ihn von seiner schweren Schuld erlöst hatte. *Diese Österreicher sind ein verrücktes Völkchen,* mochte er sich wohl gedacht haben.

Dann Valerie. Sie kannte ihren „Schatten der Vergangenheit" nur zu gut. Er lag tief verborgen. Nicht einmal Stolwerk wusste, dass sie als Achtzehnjährige eine Tochter geboren und diese zur anonymen Adoption freigegeben hatte. Mit *Rebecca* hatte sie dem verstoßenen Menschlein erst Jahre später einen Namen gegeben, als die Schuldgefühle aufgekeimt waren und seither prächtig wuchsen. Nichts wünschte sie sich so sehr, und nichts war so aussichtslos, wie Rebecca (oder wie sie eben in Wirklichkeit hieß) eines Tages in die Arme schließen zu können und nie wieder loslassen zu müssen. Aber das durfte niemand erfahren, schon gar nicht diese Gruppe wildfremder Selbstsucher und deren Irokesenhäuptling. Also hatte sie sich ihr eigenes kleines Lügenmärchen ausgedacht, mit dem sie dem Baron Münchhausen neben sich nicht das Wasser reichen konnte und das dennoch von akzeptabler Niedertracht war. Was sie überdeutlich an ihre Schulbeichten erinnerte. „Das ist vergangen, das ist verflogen, das ist gut." Was wusste dieser Titus schon. Nichts war gut.

Als die beiden nun am dritten Tag wie die begossenen Pudel Feuerholz sammeln sollten, hatten Valerie und Stolwerk ihren persönlichen Schlussstrich gezogen, sich unter Vorwänden davongestohlen und in der Thermalsauna verabredet. Aufgüsse mit Honig, Salz und Joghurt (!) hatten ihnen die Zeit vertrieben. Der immer noch strömende Sommerregen war zur willkommenen Abkühlung geworden, pudelnackt waren sie durch die Saunalandschaft gezogen, was bei Stolwerk keinen besonderen Unterschied machte – jedenfalls von vorne betrachtet. Sein Körpervolumen musste nun wohl das Fünffache des ihren betragen (das Wasser im eiskalten Tauchbecken war übergeschwappt, als er sich hineinsenkte wie ein Kolben in seinen Zylinder). Doch so sehr ihn die Schwerkraft an Land plagen mochte, im Solebecken bewegte er sich mit der Anmut eines See-Elefanten, was sie ihn neckisch wissen ließ und sich postwendend die Bezeichnung *Fischgräte mit Bürstenkopf* einfing. Dann hatten sie die Stille umhüllt und das Wasser getragen und Stolwerk hatte bald zu schnarchen begonnen. An der gegenüberliegenden Wand des fensterlosen Raums fügten sich Lichtpunkte zum Farbe wechselnden Sternenhimmel. Und wären sie nicht nackt gewesen, dort in der warmen Salzlauge hätte sie ihren Begleiter glatt umarmen können, für alles, das ihr fehlte und seine Nähe ihr gab. *Lebensmensch*, hatte sie dann gedacht, *ja, das ist immer noch ein schönes Wort*.

„Hier bitte, Ihr Zschee!", sprach die Kellnerin und reichte Valerie das Kännchen. Stolwerk hielt sich die Serviette vors Gesicht und hustete. Dann servierte das

Fräulein seinen Kaffee und entfernte sich mit starrer Miene. Stolwerks Schultern zuckten, der Bauch folgte wackelpuddingartig.

„Valerie! Manfred! Na, haben wir es lustig, ja? Hahaha!“ Titus Frankenfest war an ihren Tisch getreten. Sein Irokese, der im Regen des Vortags Schlagseite bekommen hatte und schließlich auf der Seite pappte, als sei der Erleuchtete einem Seerosentümpel entstiegen, stand wieder in prächtigem Grün. „Was machen deine Regelbeschwerden?“, fragte er Valerie mit kräftiger Stimme. Sie zog das Gesicht breit und gestikulierte „so lala“.

„Und Mannis Fußpilz?“

„Ach, nicht gut, gar nicht gut“, antwortete Stolwerk und rieb sich schmerzverzerrt das Schienbein, gegen welches Valerie vorhin getreten hatte, um peinlichen Lachanfällen vorzubeugen. Ihr Handy klingelte in der Jackentasche ihres Trainingsanzugs.

„Turbogeiler Klingelton, Valerie! Haha! Na, was sagt man dazu. Da seid ihr beide in einer Therme und könnt sie gar nicht genießen. Haha! Glück für mich. Start um Punkt zehn Uhr, meine Lieben. Ich kann’s gar nicht erwarten, eure Veränderungspläne zu hören. Schade, dass ihr das gestern verpasst habt, ich sage nur: Da bleibt kein Stein auf dem anderen! Dieser Achim, ach, der will gleich sein ganzes Leben umkrempeln. Das wird ein guter Tag!“ Selbstverliebt tätschelte er die Haarspitzen, welche sich gut zwanzig Zentimeter über seinem Kopf befanden, nippte an seinem *Smoothie,* leckte sich die Oberlippe ab und starrte erwartungsvoll Valerie an, die ans Telefon ging. Der Nummer nach rief sie sich gerade selbst an, denn der Anruf kam aus ihrem eigenen Büro.

„Mauser, guten Morgen?“

„Guten Tag, Frau Oberstleutnant. Hier Doktor Berger. Sie sind bis morgen auf Urlaub, meint Kollege Schmatz?"

„Ja, warum?"

„Nun, weil Sie den Antrag nicht von mir abzeichnen haben lassen."

„Sie waren am Freitag in Wien, also habe ich es mit meinem Team koordiniert."

„Frau Oberstleutnant, Ihre Mitarbeiter haben keine Entscheidungskompetenz, was Ihren Urlaub betrifft. Ohne meine schriftliche Genehmigung gibt es keine planmäßigen Abwesenheiten. Spätestens am Montag hätten Sie das nachholen müssen. Nun ja. Wir haben hier eine neue Sache. Ich erwarte Sie morgen pünktlich um acht Uhr in meinem Büro."

Valerie überlegte kurz und spannte das Gesicht an.

„Ach, so dringend? Hm ... ja, ich verstehe ... dann fahr ich gleich los ... ja, bis Mittag könnte ich es schaffen."

„Was? Nein, morgen um acht. Sie haben den Urlaub nun schon angetreten, also ..."

Ein Blick in Stolwerks Gesicht genügte: Er war mit ihrem Fluchtplan einverstanden. „Gut, da kann man nichts machen. Also bis in zirka drei Stunden."

„Frau Oberstleutnant, ich verstehe nicht ..."

„Beeilen. Jawohl!", nickte Valerie, drückte aufs rote Symbol und sprang auf. „Stolwerk, Einsatz!"

Dieser erhob sich, so schnell es eben ging. Titus Frankenfest machte große Augen.

„Tut mir leid, wir müssen", waren die letzten Worte, die sie in diesem Leben an den Seminarleiter zu richten hoffte.

„Aber ... aber", stammelte er ihnen nach, als sie im Laufschritt den Frühstücksraum verließen. Draußen klatschten sie ab, packten und ließen Längenfeld hinter sich.

Auf Stolwerks hartnäckigen Wunsch hin holten Valerie und er das verpatzte Frühstück in einer Raststätte an der Autobahn nach und erreichten das Landeskriminalamt Innsbruck gegen elf Uhr fünfundvierzig. Manfred Stolwerk war vor Jahren aus dem Polizeidienst ausgeschieden und verdiente sein Geld als Sicherheitsberater und Alarmanlagentechniker in Linz. Während er nun unten im Wagen wartete, eilte Valerie zum Leiter des Landeskriminalamts Tirol, Doktor Dietmar Berger.

„Frau Oberstleutnant, können Sie mir erklären, was das sollte?", gab er ihr zur Begrüßung.

„Verzeihen Sie, Ihr Anruf hat mich vor der Selbstfindung bewahrt. Was gibt es?", fragte sie und lächelte ihren Vorgesetzten an, der weder auf Witz noch suggestive Mimik zu reagieren pflegte.

„Nun gut, wir hatten zwar morgen um acht Uhr vereinbart, aber Ihr Erscheinen bietet die Möglichkeit, dass Sie sich gleich selbst einen Eindruck von diesem Subjekt verschaffen."

„Von wem?" Valerie war erleichtert, dass er nicht auf dem kurzfristigen Urlaub herumkaute.

Berger zog eine Akte zu sich, klappte sie auf und machte es spannend. „Sagt Ihnen Gotthilf Semmelweis etwas?"

Sie musste nicht überlegen, dieser Name wäre sicher an irgendeiner neuronalen Kreuzung hängen geblieben.

„Nein?"

„Besser bekannt als ..." Berger hielt sich den Zeigefinger quer vor den Mund, als wollte er in Schranken weisen, was gleich seinen Mund verließ, und murmelte: „Wolf Rock."

„Oha!" *Oha?* Ja, der Name war ihr geläufig. „Der Musiker?"

„Manche nennen ihn so, ja", sagte der LKA-Leiter und zeigte weiterhin keine Regung. Immerhin schien er doch Humor zu haben, wenngleich von der staubtrockenen Sorte.

Wolf Rock. Wer kannte ihn nicht, diesen ach-so-beliebten, auf bösen Dämon machenden Deutschrocker, der von den Medien abwechselnd verteufelt und in den Himmel gelobt wurde.

„Diese Woche soll sein großes Abschiedskonzert hier in Innsbruck stattfinden. Und es gibt Probleme." Nun sah Berger sie an und sprach lauter: „Besorgnis erregende Probleme."

Valerie konnte sich dunkel an die abstoßenden Plakate erinnern, die überall in Innsbruck hingen und mit denen seit Monaten Werbung für Wolf Rocks große Abschiedstournee gemacht wurde, irgendwas mit einem Berg aus entblößten Körpern, schwarzen Rosen und brennenden Kreuzen. Jedenfalls viel nackte Haut. Sie hatte aber nie genau hingesehen, weil sie weder ihn noch seine Musik je anziehend gefunden hatte.

„Was hat er angestellt?"

„Nichts. *Er* wird bedroht."

„Von der Schneider-Lobby?"

„Das verstehe ich nicht."

Was sonst sollte sie vom alten Berger erwarten.

„Ich meine, wegen der Plakate überall."

„Nun ja, nein. Der Urheber der Bedrohung ist unbekannt. Ihr Mitarbeiter, Major Geyer, hat die Sache an mich herangetragen, in Koordination mit der Staatsanwaltschaft haben wir Ermittlungen eingeleitet. Major Geyer kennt diesen Wolf ... Herrn Semmelweis wohl persönlich und hat darum gebeten, die weiteren Ermittlungen übernehmen zu dürfen. Ich habe dem zugestimmt."

„Geyer?"

„Natürlich vorbehaltlich Ihrer Entscheidung."

Die Einhaltung des Dienstwegs war gerade weniger interessant als die Tatsache, dass es eine persönliche Verbindung zwischen ihrem Stellvertreter und dem Musikstar gab. „Natürlich", gab sie zurück, „also, was haben wir?"

„Bisher kein umfängliches Dossier ... nur Major Geyers Bericht hier und ein paar Abfragen", antwortete Berger und streckte ihr ein Blatt Papier entgegen.

Gezeichnetem persönlich bekannter Gotthilf Semmelweis, geb. 05.05.1955, alias Wolf Rock hat die dringliche Bitte an uns herangetragen, seine persönliche Sicherheit rund um das anstehende Konzertfinale in Innsbruck herzustellen. Dem Vernehmen nach sieht er sich massiven Bedrohungen ausgesetzt (hier Drohschreiben, Bedrohung Leib/Leben, wird nachgereicht), was unserer persönlichen Beobachtung nach auch am wachsenden Diskurs in einschlägigen Medien abzulesen war, vor allem in Gestalt einer religiös motivierten Gegenbewegung, die ihrerseits zu scharfen Protesten gegen das anstehende Konzert anhält. Ebenso sind dem scheinbar rechtsfreien Internet diverse drohähnliche Botschaften zu entnehmen, wovon sich persönlich zu überzeugen und den dringenden Verdacht zu erhärten der sachkundige Kollege Sven Schmatz imstande war. Aufgrund des mehrfach vermuteten Tatbestandes § 107 StGB wird umgehende Ermächtigung zu ausführlichen Ermittlungen angeregt. Auch weil Gezeichneter persönlich der unübersehbaren Tatsache gewahr wurde, dass der private Sicherheitsdienst, welcher für das Konzert vorgesehen ist, bestenfalls zur Beaufsichtigung der Parkplätze geeignet scheint, jedoch keinesfalls zum Personenschutze taugt, wird darüber hinaus empfohlen, geschätzte Landespolizeidirektion sowie Sondereinsatzkommando Cobra über die Situation in Kenntnis zu setzen und Maßnahmenkoordination anzuregen.

Poet wird er keiner mehr ... Poet des Grauens vielleicht, dachte Valerie und gab Berger das Blatt zurück.

„Ist das nicht zu dick aufgetragen?"

„Was meinen Sie?"

„Die Cobra für ein Rockkonzert in *Innsbruck*?"

„Machen Sie sich selbst ein Bild. Ich beobachte dieses Ereignis mit wachsender Beunruhigung, um offen zu sein. Aber andere Polizeieinheiten werden uns wohl nicht zur Verfügung stehen."

„Warum?"

„Sehen Sie ... es gab diese Situation schon einmal ganz ähnlich." Er nahm ein weiteres Blatt zur Hand. „Wir haben gestern die jüngeren Ereignisse rund um diesen Musiker überprüft. Gustav Benz heißt sein Manager. Zwei Jahre ist es her, da wurde er in Deutschland wegen Vortäuschung einer gefährlichen Drohung – hier, *Bedrohung* nennen die deutschen Kollegen das Delikt – verurteilt. Damals wurde gesagt, dass es eine Finte war, um die aktuelle Platte seines Schützlings zu bewerben."

„Und wer einmal lügt ...", zog Valerie den naheliegenden Schluss.

„Dem glaubt man nicht. So würde es der Volksmund sagen, ja. Darüber hinaus ist nicht wirklich ein Terroranschlag zu befürchten, sondern es wird eine konkrete Einzelperson bedroht ... und damit ist das ... unsere Zuständigkeit."

„Was war mit dieser religiösen Bewegung?"

„Vergessen Sie das. Leute, die ihren Frust ablassen und dabei glauben, im Internet seien sie anonym. Wir konzentrieren uns auf die konkrete Bedrohung des Künstlers."

„Sie nehmen die Sache ernst?", interpretierte Valerie seine Nachdenklichkeit.

„Nun ..."

„Ja?"

Berger rieb sich das Kinn.

„Geyer ist überzeugt, dass mehr dahintersteckt. Und sein kriminalistisches Urteilsvermögen lässt ihn selten im Stich."

„Also glauben wir ihm doch, diesem Benz?"

„Solange wir keine Hinweise in die andere Richtung haben, ja."

Womit klar war, dass Valerie nicht nur den Manager, sondern auch Wolf Rock kennenlernen würde, ob sie wollte oder – viel eher – nicht.

„Und wie geht es weiter?"

„Pressekonferenz im Hotel Europa um dreizehn Uhr. In Ihrer Abwesenheit habe ich Kollegen Geyer hingeschickt. Es wird wohl ratsam sein, wenn Sie sich dort selbst ein Bild machen. Ich erwarte regelmäßigen Bericht."

„Natürlich. Also, Mahlzeit."

Berger sah sie schief an und hob die Augenbrauen.

„Hier", sagte er und streckte ihr ein Blatt Papier entgegen, „Ihr Urlaubsantrag. Ich habe mir erlaubt, diesen für Sie auszufüllen. Mehr muss ich dazu nicht sagen, nicht wahr."

Valerie unterzeichnete das Formular.

„Eine Kopie geht Ihnen zu, prägen Sie sich die nötigen Punkte ein. Ohne vollständigen Antrag kein Urlaub. Ich empfehle, es auch in Ihrem Team so zu halten. Guten Tag, Frau Oberstleutnant."

Am Gang fragte sie sich, weshalb sie Menschen wie ihrem Chef ständig Informelles zu entlocken versuchte, und sei es nur ein „Mahlzeit" zur Mittagsstunde, wenn doch klar war, dass er sich dafür zuerst einen kilometerlangen Besenstiel aus dem Hintern ziehen müsste. Nicht zum ersten Mal fühlte sie sich ihm unterlegen. Sie prüfte die Uhrzeit. Bevor sie diesem Rocker das Händchen halten würde müssen, ging es sich noch aus, in ihrem Büro vorbeizuschauen.

„Ja grias di, Frau Mauser, hast du dich gut erholt?", wurde sie von ihrem frisch gebackenen Assistenten begrüßt.

Sie machte ein Gesicht zur Antwort.

„So schlimm?"

„Schlimmer, Schmatz. Was haben wir?"

„Das Übliche und einen echten Heuler. Warte ..." Er tauchte in den Aktenberg ein, der sich auf seinem Schreibtisch stapelte.

„Wolf Rock?", schlug Valerie vor.

Er sah auf.

„Was?" Seine Sommersprossen traten viel deutlicher hervor als sonst, er musste zur Abwechslung mal Sonne abbekommen haben.

„Na, der *Heuler*. Wolf Rock?"

„Bingo! Aber woher ..."

„Ich komme gerade von Berger."

„Au. Na wenn du den Niki gesehen hättest ..." Schmatz überlegte angestrengt. „Warte!", rief er und fuhr auf seinem Smartphone herum. *Niki*. War ja klar, dass er Nikolaus Geyer auch schon duzte. Wie er es mit allen tat, ob sie wollten oder nicht. „Hier!" Er gab ihr sein Handy, auf dem ein Video lief. Offenbar geheim aufgenommen. Geyer von hinten, wie er zu Rhythmen von Wolf Rock durch das Großraumbüro tanzte (jedenfalls konnte man es *tanzen* nennen, wenn man nett sein wollte). Andere klatschten dazu, gaben sich aber nicht der Peinlichkeit preis, die Geyer nichts auszumachen schien. „Glaubst du's, Frau Mauser? Der steht echt voll auf den Scheiß!"

Valerie dachte an den Spruch mit Katze, Maus und Kirtag. Kaum war sie mal nicht hier, wurde aus der Abteilung Leib und Leben ein Tanzlokal. *Klapse,* wurde sie von der kleinen bösen Souffleuse auf ihrer rechten Schulter verbessert.

Mit verzogenem Mund, der ihr Grinsen verstecken sollte, gab sie Schmatz das Gerät zurück. Es war gar nicht so einfach gewesen, den jungen Mann aus der EDV-Abteilung loszueisen. Und er hatte sich als der erhoffte Glücksgriff herausgestellt. Jeder im Team war fröhlicher und ungezwungener, seit der Jüngling mit den blonden Wuschelhaaren als Valeries persönlicher Assistent in ihrem Vorzimmer saß. Lebendiger Klebstoff.

„Ob Kollege Geyer will, dass du mir die Aufnahme zeigst?"

Daran hatte er wohl nicht gedacht.

„Oh ... aber ... das bleibt ja unter uns, oder?"

„Klar, Schmatz. Ist Geyer noch hier?"

„Nein, vermutlich steht er schon Schlange, damit er ganz vorne sitzen darf."

Und Witz hatte er auch.

„Du hast Wolf Rock für ihn überprüft?"

„Nur, was sich da gerade im *Social Media* tut. Soll ich's dir zeigen?"

Valerie sah auf die Uhr am Display des Tischtelefons. Schon zwölf Uhr zweiunddreißig.

„Geht sich nicht aus. Sag's mir kurz."

„Auf Facebook und anderen *Sites* verlinken sich Leute gegen das Konzert. Geht gerade hoch wie eine Rakete. Voll viral."

Aus Zeitmangel ignorierte sie das letzte Wort, das sich nicht recht in den Kontext einfügen wollte.

„Weißt du, warum?"

„Was mit Religion, ich check's nicht so ganz. Sein Plakat taucht immer wieder auf, vielleicht schaust du dir das mal genauer an. Mir kommt's eher harmlos vor."

„Gut, Schmatz, danke. Noch was?"

„Ja, warte ... hier." Er legte Valerie einen Aktenordner vor. „Der alte Berger hat gemeint, du sollst dir die internen Vorschriften für Urlaubsgenehmigungen genau ansehen und die ... warte ...", Schmatz öffnete den Ordner und las mit geschwollenem Akzent vom Post-it vor, „... die Kenntnisnahme gegenzeichnen."

Wäre auch zu schön gewesen, dachte Valerie. Aber der LKA-Leiter war ein glühender Verehrer der Doppelt-genäht-Theorie.

„Leg's mir rein. Bis später!"

„Mahlzeit, Frau Mauser."

„So eilig, Veilchen?", fragte Stolwerk, nachdem sie zum Auto gelaufen und auf den Fahrersitz gesprungen war. Wie schon beim Frühstück nahm sie einen merkwürdigen Geruch wahr.

„Sag mal, riecht es hier nach Pferd?"

Stolwerk sog die Luft um sich ein und schmatzte, als könnte er Gerüche schmecken. „Wie? Öhm, wieso ... nein?"

„Egal, ich muss gleich zum Hotel Europa beim Hauptbahnhof. Pressekonferenz. Kann dich bei der Altstadt absetzen."

„Was läuft?"

„Wolf Rock."

Stolwerk zeigte ihr seinen linken Zeigefinger und kramte mit rechts eine Zeitung aus dem Fach der Beifahrertür hervor.

„Na dann schau mal da!", rief er und hielt ihr die Titelseite vors Gesicht, was ungünstig war, da sie bereits fuhren.

„Hey!" Valerie konnte einen kurzen Blick auf das Blatt werfen, bevor sie Stolwerks Hand wegdrückte und sich auf das Geschehen vorm Auto konzentrierte. Das Foto zeigte Wolf Rock, wie er – geschützt von Regenschirmen – am Flughafen Innsbruck in eine befleckte Limousine stieg, darüber die Schlagzeile: „Chaos in der Stadt".

„Hab mir das Blatt vorhin geholt", sagte Stolwerk, „und was sagst jetzt, schon geht's rein ins Vergnügen."

„Was schreiben die?"

„Scheint *das* Thema zu sein ... also, hier steht, dass man ihn gestern am Flughafen mit Eiern beworfen hat ... Ha!"

„Was?"

„Da ist ein Kommentar auf der Titelseite ... hör zu: ‚Der Wolf ist in der Stadt. Für sein großes Finale gibt er sich von der dunkelsten Sorte und überschreitet die letzten Schamgrenzen, tapeziert die Alpenstadt mit Sex, Tod und Teufel. Tirol zeigt mit seiner geballten Heiligkeit, was es davon hält, denn nun hat sich ein Rudel formiert, um dem Wolf seine ganz persönliche Abschiedsmelodie zu heulen. Der Tiroler Sohn, Musikexport Nummer eins, kehrt noch einmal heim ins

Vaterland. Am Samstag wird der Bergisel zum Hexenkessel, und er wird brodeln in leuchtend Rot.'"

„In leuchtend Rot", rollte Valerie über spitze Lippen, als wollte sie ein Gedicht vortragen, und bog in die Bürgerstraße ein. Es hatte sich erübrigt, Stolwerk anzubieten, es sich inzwischen in ihrer Wohnung nahe dem Goldenen Dachl gemütlich zu machen, denn diese Show hätte er sich niemals entgehen lassen. „Wolf Rock ist Tiroler?", fragte sie überrascht.

„Ja, hast das nicht gewusst? Da seid's doch sonst so stolz drauf, auf eure *Söhne*."

„Hat mich nie interessiert."

„Der Kerl oder die Musik?"

Zur Antwort sah sie Stolwerk schief an. Dieser stimmte grinsend und mit wachsender Lautstärke den größten Hit des Musikers an: „Drum komm und tauch mich, tauch mich in Liebe ... tauch mich, tauch mich ..."

„Aufhören!", rief sie und schlug die flache Hand auf seinen riesigen Oberschenkel, sodass es brennen musste.

„Aua!" Stolwerk rieb sich die Stelle und gluckste.

„Du stehst wohl auf den Mist?"

„Wirst lachen, vor vielen Jahren war ich schon auf einem seiner Konzerte."

Valerie lachte nicht.

„Weißt, die Sachen von früher sind echt gut. Aber seit Jahren kommt nichts Neues dazu. Nur Kommerz."

„Hm", gab Valerie lustlos von sich und drehte das Radio auf. Ein Reporter sprach, besser gesagt, er schrie, um sich von dem ihn umgebenden Geräuschteppich abzuheben: „... hier am Südtiroler Platz, und es strömen immer neue herbei. Damit zurück zu dir ins Studio." Eine weibliche Stimme bedankte sich, lachte mädchenhaft (was Radiomoderatorinnen erstaunlich häufig taten, ob es nun passte oder nicht) und fuhr fort: „Ja, wir haben's gerade gehört, am Bahnhof geht es schon rund, und passend zum Anlass haben wir für euch jetzt ... na?" Die ersten Takte eines unverkennbaren Lieds erklangen. „Genau, Rrrrru..."

Valerie würgte das Gerät ab. Stolwerk übernahm und grölte: „Ja-a-heute geht es RRUND! Dam dam, da da da ..."

„Sch...luss jetzt! Sonst lass ich dich gleich hier aussteigen!" Kein Lied war so schlimm wie dieses. Schon alleine die Art, wie Wolf Rock die erste Strophe sang: „A-heute lassen wirr uns nicht alleine ... a-komm, gib mirr deine Hand, ich geb dirr meine ... und auch wenn uns am nächsten Tag derr Schädel brrummt ... na und ... a-heute geht es RRUND!" – ob man wollte oder nicht, das Zeug brannte sich in jede Gehirnwindung. Zum Davonlaufen. Links ging es weiter in die Maximilianstraße.

„Ist wohl schon einiges los am Südtiroler Platz", wechselte Stolwerk mit gefasster Stimme das Thema. Die Androhung, ihn am Gehsteig abzusetzen, hatte die gewünschte Wirkung erzielt, war doch körperliche Aktivität die zwingende Folge.

„Gleich sind wir schlauer."

Eine Minute darauf bogen sie auf den Platz vorm Innsbrucker Hauptbahnhof ein. Am unteren Ende befand sich mit dem Grand Hotel Europa das Fünfsternehaus, in dem die Crème de la Crème abstieg, wenn sie der Tiroler Landeshauptstadt die Ehre gab, und was gekrönten Häuptern recht war, konnte diesem akustischen Luftverschmutzer nur billig sein. Schon von weitem waren heftig geschwenkte Transparente und Schilder zu sehen, die an eine politische Demonstration erinnerten, davor einzelne Polizeiwägen mit Blaulicht. Die Fahrbahn war blockiert.

„Stolwerk, ich spring rein zur Pressekonferenz, kannst du einen Parkplatz suchen und dir diese Leute da ansehen? ... bitte?", fragte sie und schenkte ihrem Beifahrer ein Lächeln.

„Aber natürlich, mein Veilchen."

Sie stoppte ihr Auto wenige Meter vor dem ersten Einsatzwagen, sprang mit gezückter Dienstmarke raus und drängte sich durch die Menschenmenge, die den Hoteleingang blockierte. Ein Ellenbogen landete in ihren Rippen, unabsichtlich und doch schmerzhaft, etwas streifte ihre Haare, was bei ihrer Haarpracht so oder so unvermeidlich war, jemand schrie ihr ins Ohr, sie wühlte sich weiter. Dabei waren es höchstens zwei Dutzend Personen gemischten Alters, die zusammen eine erstaunliche Lautstärke entwickelten. Gerade skandierten sie im Chor: „Treibt-den-Teufel ... raus! Treibt-den-Teufel ... raus!" Valerie konnte nur einen kurzen Blick auf die Slogans werfen, die sie auf Bannern schwenkten – im Wesentlichen waren es Synonyme für den Leibhaftigen, verbunden mit der Aufforderung, das Weite zu suchen – ein drolliges „Kein Sex vor der Ehe!" hatte sich dazwischen geschlichen. Am Eingang rempelte sie versehentlich einen Polizisten an, der sich zu ihr drehte und sie zu fassen versuchte. Sie wich zurück und zeigte ihm ihre Marke.

„Mauser, LKA. Ich muss da rein, sofort!", brüllte sie den jungen Mann an. Ihm stand die Angst im Gesicht. Auf das Geschehen hier war die Stadtpolizei definitiv nicht vorbereitet gewesen, es waren viel zu wenige Polizisten hier, und die wenigen waren noch dazu falsch ausgerüstet.

„Kommen Sie!“, rief er, drängte eine Bahn frei und winkte durch das Glas der Drehtüre, welche von einem Polizisten im Innenraum freigegeben und gleich nach ihrem Eintreten wieder verriegelt wurde. Valerie wurde über eine breite Treppe und einen Gang in den Meinhardsaal geleitet, wo die Konferenz in diesen Minuten beginnen sollte.

Wobei *Saal* eine zu hoch gegriffene Bezeichnung für den Raum war, in dem sich eine Meute aus Journalisten und Kamerabewaffneten drängte und die Hitze sich staute. Goldgelbe, weiß umrandete Wände, antiquierte Luster, Gemälde, blauer Teppichboden. Vorne hatte man einen langen Tisch aufgebaut, auf dem fünf Mikrofone vor ebenso vielen Stühlen standen, jener in der Mitte mehr Thron als Stuhl, dahinter ein übergroßes Plakat, grell angestrahlt. Es war jenes Sujet, welches sich an jeder Innsbrucker Hausecke fand. Von Wolf Rock und Gefolge war noch nichts zu sehen und so beschloss sie, sich ganz nach vorne zu drängen, um sich dieses Bild mal genauer anzusehen – was sich als ähnlich schwer herausstellte, wie durch die Kundgebung vorm Haus zu kommen, und von ähnlich freundlichen Kommentaren begleitet war. Ansonsten verhielten sich die Anwesenden merkwürdig ruhig, fast andächtig. Valerie lehnte sich an die Wand und musterte den riesigen Stuhl mit knallroter Polsterung und Seitenlehnen, an deren vorderen Enden schwarze Kugeln nach oben standen. Gleich dahinter das Plakat. Was Schmatz vorhin als *eher harmlos* beschrieben hatte, war ganz und gar nicht ohne: Wolf Rock, der in schwarzem Frack, rotem Hemd und mit schwarzer Rose in der Hand auf einem Berg nackter Menschen stand. Dabei grinste er, den Kopf zur Seite geneigt und die Arme seitlich von sich gestreckt – unnötig auszuführen, auf welches Glaubenssymbol das anspielen sollte. Im Hintergrund fiel ein brennendes Kreuz kopfüber vom Himmel, einem Kometen gleich, und es regnete pechschwarze, am Rand glimmende Rosenblätter. EINSCHLAG stand in großen Lettern darunter, gefolgt von IN INNSBRUCK. Es sah aus, als hätte man einem Grafiker den Auftrag gegeben, alle Tabus zu brechen, als wäre die Devise gewesen: „Hey, schauen wir mal, ob wir es in diesem Heiligen Land Tirol auf die Spitze treiben können!" Dabei war das Bild nicht speziell auf das Alpenland ausgerichtet worden, denn soweit Valerie sich erinnern konnte, zierte es auch das letzte Album des Künstlers, welches „Einschlag" hieß und neben zum x-ten Mal aufgewärmten alten Hits auch einige Coverversionen bewährter Gassenhauer enthielt. Und dass es sich im gesamten deutschsprachigen Raum verkaufte wie die warmen Semmeln, tönte aus allen Medien. Was Wolf Rock anfasste, wurde zu Geld. Nirgendwo hatte sich jemand daran gerieben, ausgerechnet zum Finale in Tirol musste es jetzt passieren.

Doch so provokant sein öffentlicher Auftritt sein mochte, man lebte in einer Zeit, in der Sexspielzeug und Hausfrauenpornos in Buchform salonfähig waren und Erotik im Marketing nicht mehr wegzudenken war. Die Kirche war zu einer Randerscheinung der Gesellschaft geworden. Für Blasphemie und Ketzerei kam heute niemand mehr auf den Scheiterhaufen. Nicht mal in Tirol.

Und doch schreien sie draußen.

Es war bereits einige Minuten nach dreizehn Uhr, von Star und Gefolge noch nichts zu sehen. Valerie ließ ihren Blick über die Wartenden streifen und blieb in der ersten Reihe hängen, bei ihrem Stellvertreter

Nikolaus Geyer, der starr geradeaus sah, als wollte er den Blickkontakt vermeiden. Allmählich wurde es stickig und heiß, was sich der Pressefotograf, der eben ein Fenster öffnete, wohl auch gedacht haben mochte.

Plötzlich brach Hektik aus. Mehrere Personen betraten eilig den Raum. Zuerst ein lebendiger Schrank, der die Dampflok machte, die einen Korridor freischob, direkt auf Valerie zu. Sie stellte aus. Zu ihrem großen Erstaunen folgte Sandro Weiler, ihr unterer Nachbar, den sie schon öfter Gitarre spielen und singen gehört, aber noch nie wirklich kennengelernt hatte. Dann zwei Männer, die sie nicht kannte, und schließlich war es so weit: Unter tosendem Klicken von Kameraverschlüssen und stroboskopartigem Blitzen betrat Wolf Rock den Raum, als wäre er gerade dem Tourplakat entstiegen, knochig, in schwarzem Frack mit hohem Kragen, rotem Hemd, roten Handschuhen, dunklen Lippen in einem blass gepuderten Gesicht, Lidschatten, darüber der Zylinder, darunter seine pechschwarzen, zurückgegelten Haare. Sie hatte ihn sich größer vorgestellt. Ein weiterer Securitymann begleitete ihn Schritt auf Schritt, bis er seine Position in der Mitte des Tisches erreicht hatte. Herablassend sah er durch die Runde, fuchtelte dreimal mit der Rose, als wollte er dem Raum damit die nötigen Weihen verpassen, ging – besser gesagt: tänzelte etwas unbeholfen um den Stuhl (eine glatte Acht auf der zehnteiligen Peinlichkeitsskala), drehte sich einmal um die Achse und ließ sich von einem der Herren den Thron unter den Hintern schieben, bevor dieser in Richtung des Fensters herrschte: „Sofort schließen!", was widerstandslos passierte. Wolf Rock hob seine schaurige Blume an die Nase, holte tief Luft, grinste, drapierte sie quer vor sich auf den Tisch und atmete für alle hörbar aus.

Dann legte er eine Hand über die andere und schloss sie zur Faust, womit das Leder zwischen seinen Fingern knarzte. Schließlich lehnte er sich zurück und gab seine Hände auf die schwarzen Kugeln an den Sitzlehnen.

Niemand wagte mehr, den Auslöser seiner Kamera zu bedienen. Eine Stille, man hätte glatt einen Rosenkranz fallen hören können.

Alle Augen waren auf den Star gerichtet, auch Valeries, und so bemerkte sie den Tiroler Landeshauptmann Hubertus Freudenschuss erst Sekunden später. Er hatte als Letzter Platz genommen und starrte sie direkt an – keine zwei Meter entfernt –, und dann musste er ihr auch noch winken! Alles andere als dezent. Seit dem Winter hofierte er Valerie, dabei hatte sie ihm mehrmals zu verstehen gegeben, dass ihr Interesse ganz und gar seinen korrupten Machenschaften und kriminellen Verstrickungen und nicht ihm persönlich galt, was diesen nur noch zusätzlich angespornt hatte. Mal für Mal setzte sie eins drauf, wurde in ihren Aussagen immer deutlicher, doch dieser Kerl schluckte alles und verstand es auch noch als Einladung. Sein Auftritt im Lodenanzug mit Jägerhut war fast so peinlich wie der des Rockers (sechs von zehn, hätte Valerie geschätzt), und doch hätte der Kontrast zwischen bodenständig-gottesfürchtigem Tiroler und Wolf Rocks Aufzug nicht größer sein können.

Der hoch und breit gewachsene Glatzkopf mit Anzug und Sonnenbrille (diese war eine glatte Zehn) baute sich zwischen Valerie und dem Tisch auf, womit er ihr die Sicht verstellte, andererseits nicht ungelegen kam, denn nun konnte sie sich aussuchen, wen sie sehen (und von wem sie gesehen werden) wollte. Sie beschloss, links an dem mutmaßlichen Personenschützer vorbeizuschauen, um Wolf Rock zwischen den beiden unbekannten Herren sowie Sandro Weiler am Rand im Blick zu behalten – und Hubertus Freudenschuss diesen Riegel in Menschengestalt vorzuschieben.

„Meine hochverehrten Damen und Herren, Wolf Rock ist in der Stadt. EINSCHLAG!", rief jener Mann, der seinem Meister eben noch den Stuhl untergeschoben hatte, in bayerischer Färbung. Vermutlich sollte hier Applaus kommen. Kam aber nicht. Dem Namensschild nach handelte es sich um „Gustav Benz, Manager". Teurer Anzug, kein Schlips, das Gesicht glatt rasiert, das Haupthaar millimeterkurz. *Der Verurteilte*, erinnerte sich Valerie an das Gespräch mit Berger, der Mann, der vor zwei Jahren eine Drohung gegen Wolf Rock inszeniert hatte, um die Plattenverkäufe zu steigern. Sichtlich irritiert von der fehlenden Resonanz nahm er ein Blatt zur Hand und fuhr fort: „Erleben Sie mit uns das große Finale des Superstars, *live in Concert, live in TV*, Live-Album und Live-DVD-Produktion in seiner Heimatstadt Innsbruck – ein Event, das seinesgleichen sucht, mitten im Herz der Alpen am historischen Bergisel." Er sah auf und blickte zur Seite. „Mit besonderer Freude begrüße ich die Anwesenden, allen voran den Tiroler Landeshauptmann Hubertus Freudenschuss ..."

Valerie linste verstohlen um die andere Seite des menschlichen Bollwerks vor ihr herum. Mit einem Satz stand der Politiker kerzengerade und verneigte sich, wodurch den Anwesenden nichts anderes übrig blieb, als zu applaudieren und ihn ebenfalls abzulichten (der Besuch hunderter Zeltfeste lehrte eben, wie man sich in den Mittelpunkt rückte). Dann entriss er dem Manager nicht nur das Wort, sondern gleich noch dessen Mikrofon.

„Vielen Dank, lieber Herr Benz, ja, danke auch für die großartigen Worte, ist es nicht eine Freude, Herrn äh ... Wolf! ... bei uns zu haben, einen Sohn unserer schönen Heimat, berühmt im ganzen deutschsprachigen Raum, ach in ganz Europa, nein, was rede ich, in der ganzen Welt! Da kann ich nur den Hut ziehen!" Mit einer dezenten Verneigung wandte er sich dem Musiker zu und lüftete seine wallende Frisur. Der Rocker hob die rechte Hand von der Kugel, fuchtelte sie segensgleich in Freudenschuss' Richtung und zog sie wieder ein. Valerie glaubte, nicht recht zu sehen. Der Landeshauptmann fuhr fort: „Ja, und hier in Innsbruck, in der heimatlichsten aller Weltstädte, haben wir keine Kosten und Mühen gescheut, diesem Konzertereignis des Jahres auch den würdigsten aller Rahmen zu verleihen. Wo, wenn nicht am Bergisel, dem historischsten aller Berge ..." Er überlegte kurz und fuhr fort: „Äh, also Hügel, his-to-risch, wo wenn nicht dort sollten Sie Ihr Geschäft ... nicht wahr, Herr Wolf?" Das unwürdige Hutzieh-Segensspiel ging in die zweite Runde, wobei Freudenschuss diesmal fast die Balance verloren hätte, als er sich zur Verneigung nach vorne beugte. „Wenn nicht dort, wo sonst sollte Herrn Wolfs Karriere an ihrem Höhepunkt zu Ende gehen, gell? Man soll ja aufhören, wenn es am schönsten ist, heißt es, nicht wahr. Und was wäre ein Stern wie der Herr Wolf ohne den Himmel, an dem er aufgehängt ... äh, ja, von dem er wahrhaftig herunterstrahlen kann. Also, mit Fug und Recht darf ich behaupten, den großartigsten Platz für dieses einzigartigste Konzert gefunden zu haben."

Einer der Herren am Podium räusperte sich lautstark, der Landeshauptmann wandte sich ihm zu.

„Jaja, da hat der Klee Mike schon eine super Idee gehabt, das kann er sich schon auf die eigene Fahne schreiben, gell! Haha! Lieber Mike, danke für deinen ausgesprochen tollen Einsatz! Bravo!" Er drehte sich wieder zum Publikum. „Wissen Sie, der Bergisel, da steht nicht nur die Skisprungschanze drauf, von der Hadid Zaha, nein, da haben auch ganz andere Sachen stattgefunden ..."

Lallte er? Gustav Benz versuchte, mit einem „Ja, äh ..." ans Wort zu kommen. Der Griff in Richtung seines Mikrofons ging ins Leere, weil Freudenschuss sich rechtzeitig weggedreht hatte.

„Nein, nein, Herr Benz, lieber Gustl, das ist jetzt ganz wichtig, nicht wahr, also das muss einfach gesagt werden. Die Menschen in Deutschland wissen das ja nicht, schauen Sie her, RTL, Pro sieben, Enn Tee Vau ... alles deutsche Nachrichtensender, die sitzen hier, denen muss man das erklären, nicht wahr, unser Rundfunk weiß das, aber man kann das nicht oft genug wiederholen, nicht wahr, haha. Also sehen Sie, der Bergisel, da hat unser Andreas Hofer den verfluchten Napoleon und die Bayern vertrieben, da haben Sagengestalten gegeneinander gekämpft, der Haymon gegen den Thyrsus nämlich, und da haben zweimal die Olympischen Spiele stattgefunden, die O-lym-pi-schen Spiele, nicht wahr, vierundsechzig und sechsundsiebzig, und der Hayböck ist letztes Mal achthundertdreißig ... hundertachtunddreißig Meter geflogen, der Sauhund! Da kann der Hannawald scheißen gehen mit seinem Schanden... Schanzenrekord! Also wo sonst soll der Wolf dann hinkommen als auf unseren Berg... Hügel... ISEL?"

„Ja, danke, vielen Dank, Herr Landeshauptmann", fiel ihm der Manager nun mit aller Bestimmtheit ins Wort, wofür er sich kurzerhand Wolf Rocks Mikrofon ausgeliehen hatte. Aber Freudenschuss war ohnehin fertig, hatte sich bereits hingesetzt, hob den Hut und tupfte sich das Gesicht mit einem rotweiß karierten Stofftaschentuch ab. Kein Zweifel: Er war angetrunken – und trinken konnte er viel, bevor man es ihm anmerkte, wie Valerie bereits erfahren hatte müssen.

Gustav Benz fuhr fort: „Nun, die Einzelheiten wird Ihnen Mike Klee präsentieren, Geschäftsführer am Bergisel. Bitte.“

Der untersetzte Mann mit schlampig über die Glatze gelenktem Resthaar und ähnlich übler Kleidung nickte, blieb für seine Ausführungen sitzen und sprach leise: „Liebe Anwesende, wir freuen uns außerordentlich über dieses Konzerthighlight, zuerst ein Dankeschön an Herrn Freudenschuss für die großzügigen Fördermittel und die notwendigen unbürokratischen Genehmigungen. Wir freuen uns auf dreißigtausend Besucher!“ Ein Zuhörer pfiff, andere bliesen die Luft aus. Gemurmel, mehrmals flüsterte man sich die Zahl dreißigtausend zu. Der Landeshauptmann antwortete mit einer gönnerhaften Handbewegung.

„Gut, zum Konzertprogramm. Kommenden Samstag, neunzehn Uhr dreißig, wird Herr Sandro *Weller* hier das Vorkonzert spielen.“

Sandro beugte sich vor.

„*Weiler*, mit i, hallo ... also, ich freu mich schon ...“, stammelte Valeries Nachbar. Sie mochte die ruhigen Gitarrenlieder, die gelegentlich aus seinem *Atelier* oder vom Balkon zu ihr nach oben drangen.

„Ja gut, danke“, unterbrach Klee, „Herr Weiler ist ein Innsbrucker Liedermacher, er darf auf Einladung der Innbank-Kulturstiftung seine Sachen spielen, um die Wartezeit zu verkürzen. Um Punkt einundzwanzig Uhr, da ist es dann so weit, da wird Wolf Rock den Bergisel in einen Hexenkessel verwandeln, wie das

Tiroler Tagblatt so schön geschrieben hat. Und nun passen Sie auf: Das Konzert wird nicht nur live übertragen, die Aufzeichnung wird auch als CD und DVD erscheinen. Und es ist garantiert Wolf Rocks letzter Auftritt, das haben wir schriftlich! Da!“ Klee hob ein Blatt hoch, die Menge raunte. Mit kräftigerer Stimme sprach er weiter: „Das wird ein Auftritt für die Ewigkeit, und wer da nicht dabei ist, ist selber schuld!“

„Danke, Herr Klee“, übernahm Manager Benz wieder, „nun freuen wir uns auf Ihre Fragen. Bitte schön!“

Stille. Wolf Rock, der noch keinen einzigen Laut von sich gegeben hatte, musterte sein Publikum von einer Seite des Saals zur anderen und wieder zurück.

„Wer möchte beginnen?“, drängte Benz.

Noch mehr Stille.

Der Rockstar seufzte, hob seine Hände von den Kugeln, verschränkte die Finger und knarzte mit dem Leder der Handschuhe, beugte seinen Oberkörper vor und stützte sich auf seinen übereinandergelegten Unterarmen auf. Sein Mund war nur noch wenige Millimeter vom Mikro entfernt, sodass man hören konnte, wie er die Lippen öffnete. Was auch immer jetzt kam, würde laut kommen. Noch kurz hielt er inne und begann dann zu sprechen: „Seien Sie doch nicht so schüchterrn!“, krächzte er monoton und mit eisiger Miene, um nach wohlkalkulierter Pause (niemand hätte gewagt, einen Mucks zu machen) ein Lächeln aufzusetzen, so als hätte jemand einen Schalter umgelegt. Vereinzelte verlegene Lacher, doch dass das Eis gebrochen sei, konnte man kaum behaupten. Damit gab sich der Rocker zufrieden, lehnte sich wieder zurück und zog seinen Zylinder einen Tick weiter in die Stirn. Zusammen mit den roten Handschuhen, dem geschminkten Gesicht und den ohnehin exaltierten

Bewegungen wirkte er wie ein Gast aus einer anderen Welt. Eines war unbestreitbar, ob man ihn mochte oder nicht: Hier saß ein Star.

Endlich zeigte einer der Journalisten auf und erhielt das Wort. „Veltins, Radio Brandenburg. Herr Rock, wissen Sie schon, was Sie spielen werden?"

Der Dämon grinste, beugte sich wieder nach vorne und antwortete: „Aberr natürrlich." Womit er die Frage für ausreichend beantwortet erachtete. Manche lachten. Veltins nickte und fand sich damit ab, was Valerie kaum glauben konnte.

„Noch jemand?", fragte Benz.

„Ja, hier. Knoblauch, Tiroler Tagblatt. Wolf Rock, unserer Redaktion wurde heute früh zugespielt, dass Sie persönlich bedroht werden."

Unruhe. So gut wie alle Köpfe drehten sich zuerst zum Fragesteller und dann zum Musiker. Valerie schrieb den Namen des Journalisten auf ihre gedankliche To-do-Liste.

Benz antwortete: „Herr ... Knoblauch ... ein Weltstar wie Wolf Rock wird immer bedroht, es wäre schon ein schlechtes Zeichen, wenn er nicht bedroht werden würde, und wer ihn bedrohen will, muss eine Nummer ziehen und sich hinten anstellen. Ich könnte Ihnen auch *zuspielen*, wie Sie es so schön ausdrücken, dass auf einer Ihrer Almen eine KUH umgefallen ist, aber wenn Sie das dann drucken wollen, bitte schön."

Allgemeines Gelächter. Der Rocker zeigte keine Regung.

Knoblauch fuhr fort: „Herr Benz, Wolf Rock, sicher haben Sie schon von der Bergisel-Katastrophe im Jahr 1999 gehört, wo fünf junge Menschen in einer Massenpanik totgedrückt worden sind. Und noch einmal so viele wurden zu lebenslangen Pflegefällen. Damals waren knapp über zwanzigtausend Besucher im Stadion. Seither sind solche Veranstaltungen am Bergisel beschränkt oder überhaupt unmöglich, weil die Fluchtwege aus dem Stadion ja von Natur aus begrenzt sind. Und jetzt ist plötzlich von dreißigtausend Besuchern die Rede – bitte erklären Sie das unseren Lesern."

Für die Antwort fühlte sich niemand zuständig. An Benz' Gesichtsausdruck gemessen hatte man nicht mit kritischen Fragen gerechnet.

„Wir veranlassen, was nötig ist, um die Sicherheit der Besucher zu gewährleisten. Klären Sie amtliche Detailfragen doch bitte mit den zuständigen Behörden ab", gab er zurück. Valerie glaubte, ein ersticktes „Gschaftlhuber" aus Freudenschuss' Richtung vernommen zu haben.

„Ja, Sie bitte", sprach Benz und zeigte auf den nächsten Fragesteller.

„Herr Rock, was haben Sie zur Demonstration gegen Sie zu sagen?"

Zuerst wollte wieder sein Manager antworten, doch Wolf Rock fasste ihn am Oberarm und zog sich daran vor.

„Zwarr kenne ich nicht Ihrren werrten Namen, mein Herrr", antwortete er auf eine Art, die das Trinkwasser in der Karaffe vor ihm gefrieren lassen hätte können, „doch ich darrf Ihnen sagen, dass mirr seit jeherr egal ist, werr warrum auch immerr gegen mich zu prrotestierren beliebt!" An seine Antwort hängte er schauriges Gelächter. Niemand sonst lachte oder hatte auch nur das kleinste Lächeln im Gesicht. Als Geisterbahnfigur hätte Wolf Rock einen trefflichen Kinderschreck abgegeben.

„Warum, glauben Sie, gehen die Menschen gerade hier in Tirol auf die Barrikaden?"

„Barrrrrikaden!“, gab der Star von sich und schwieg, dann wiegte er seinen Oberkörper hin und her, als wollte er im Sitzen tanzen. Personifizierte Selbstgefälligkeit. *Mit Anlauf! Mit Anlauf kleb ich dem jetzt eine!,* schrie die böse Souffleuse auf Valeries Schulter, schwang ihr kleines rotes Fäustchen und drängte zum Angriff.

„Noch jemand mit einer Frage?“, wollte Benz wissen.

Wieder Stille.

Im Nachhinein konnte Valerie sich nicht erklären, was sie geritten hatte, vielleicht ihr Unterbewusstsein, vielleicht der Impuls, die Konferenz in Gang halten zu wollen, vielleicht die aufsteigende Wut – jedenfalls hob sie jetzt die Hand und erhielt das Wort.

„Mauser. Ich habe eine Frage an Herrn Weiler. Werden Sie am Samstag Ihr Lied ‚Schwerelos‘ für uns spielen?“

Der Angesprochene war ähnlich überrascht wie die Übrigen im Raum.

„J...ja, natürlich ist das Lied mit dabei, die meisten Menschen mögen es ja“, holperte über seine Lippen. Dann lächelte er Valerie an und nickte, als hätte er gerade die Pointe überlauert. Ob er sie schon vorhin als seine Nachbarin von oben erkannt hatte, wusste sie nicht, jetzt aber zweifelsfrei. Sein Blick blieb an ihr haften – an ihr, nicht eine Etage höher an ihrem blonden Afro, wie das meistens der Fall war – und Valerie genoss es, lächelte zurück.

Manager Benz winkte kopfschüttelnd ab.

„Wie auch immer, keine weiteren Fragen mehr? Dann ...“

Knoblauch vom Tiroler Tagblatt fing ungefragt zu sprechen an.

„Doch, hier. Die Konzertkarten kosten im Vorverkauf zwischen zweihundert und vierhundert Euro. Herr Landeshauptmann, können Sie mir sagen, ob dieses Preisniveau eine zusätzliche *großzügige* öffentliche Kulturförderung, wie sie Herr Klee vorhin angedeutet hat, rechtfertigt? Anders gefragt, wie kommt der Steuerzahler dazu, dieses Konzert zu subventionieren, wenn die Besucher gemolken werden wie die Turbokühe und Zusatzeinnahmen aus Fernsehrechten, Live-CD und DVD zu erwarten sind? Andere Kulturbetriebe müssen knausern oder zusperren, da geht es um Mini-Budgets, bei denen werden Sie und die Stadt nicht müde, die Wirtschaftskrise zu zitieren, und hier ist plötzlich genug öffentliches Geld vorhan...“

Freudenschuss schlug so überraschend und fest mit der flachen Hand auf den Tisch, dass nicht nur zwei Mikrofone umfielen, sondern auch Wolf Rocks Zylinder von dessen Kopf purzelte. *Hat es ihn wohl ordentlich gerissen, den Dämon,* dachte Valerie.

„Ja Himmel verflucht und Kruzitürken, du Schmierfink du, du Nestbeschmutzer du, du ... du wirst mir das jetzt nicht schlechtreden vor all den internationalen Medien, DU nicht, wo kommen wir denn da hin, wenn wir Tiroler uns schon gegenseitig das Leben schwermachen, du ... abführen!“ Der Landeshauptmann schoss in die Höhe und zeigte mit hochrotem Kopf abwechselnd auf den Securitymann und den Journalisten. „Abführen, sag ich!“

Benz, der inzwischen Wolf Rocks Zylinder aufgehoben und ihm wieder aufgesetzt hatte, versuchte, die Situation zu retten.

„Bitte, bitte, liebe Anwesende, lassen Sie uns doch besonnen bleiben. Was wir hier veranstalten, ist doch etwas Schönes, Großartiges. Also, wenn es keine Fragen mehr gibt, dürfen wir die Pressekonferenz hiermit schließen. Danke schön." Dann stammelte er noch „EINSCHLAG!" hintennach, das sich mehr nach *EINSCHLÄGCHEN* anhörte, und die Herren erhoben sich.

Nun flogen die Hände in die Höhe, Fragen wurden durcheinandergebrüllt, doch es war zu spät. Unter den Armen des Muskelmanns wurde Wolf Rock am Rand entlanggeführt und aus dem Raum gebracht, ihm folgten nur sein Manager und der Bergiselchef. Aus den Augenwinkeln sah Valerie noch, wie sich sowohl Sandro Weiler als auch Freudenschuss auf sie zubewegten, doch sie musste dem Star hinterher.

Vor dem Meinhardsaal befand sich ein kleines Foyer, in dessen Ecke gerade eine Tür zufiel. Davor stand der Mann, der vorhin Wolf Rock hereingebracht hatte.

„Machen Sie den Weg frei!", brüllte sie ihn an.

„In deinen Träumen, Süße!", gab der Kerl zurück.

Sie zückte ihren Ausweis. „Mauser, LKA. Machen. Sie. Den. Weg. Frei. Sofort!"

Zögerlich gehorchte er und ließ sie passieren. Durch die Tür gelangte sie in ein enges Treppenhaus. Rechts sah Valerie den Bergiselchef hinuntergehen, er war alleine, hatte es überhaupt nicht eilig und starrte in sein Smartphone. Also stieg sie ein paar Stufen hinauf, direkt auf einen opulenten, barock umrandeten Spiegel zu, der über einer Kommode aus dunklem Holz hing, schlich um die Ecke, sah, dass die Treppen um einen Lift herum führten, der gerade in Betrieb war. Leider fehlte die Anzeige, wohin er fuhr. Nach oben, entschied sie – wahrscheinlich ganz nach oben, wo Stars normalerweise residierten – und rannte die teppichbespannten Stufen hinauf, nahm zwei auf einmal und nutzte den goldenen Handlauf, um mit Schwung um die Ecken zu kommen. Im fünften Stock war Schluss, und dort war sie goldrichtig, denn der Securitymann – die Lok – stand vor einer der Türen.

Es folgte dasselbe wie unten, in grün: Passieren – nie im Leben – Ausweis – doch passieren. Das Querformat ließ sie mit den Worten „Chef, Polizeibesuch, sorry“ hinein.

Valerie sah zuerst Manager Benz auf einem Perserteppich am Parkettboden der Suite knien und einen Fuß des Rockstars umfassen. Neben ihm lag der erste ausgezogene Stiefel aus rotem Lack, mit riesigen Plateauabsätzen. Der Frack mit dem Stehkragen hing über einem Holzstuhl beim Kachelofen. Auf der Couch saß Wolf Rock und verzog das Gesicht, bis auch der zweite Stiefel geschafft war, wobei das *Plopp!* ausblieb, das Valerie sich irgendwie erwartet hatte.

„Ahh, danke, Gustav. Nun, wen haben wir denn da Hübsches? Kommen Sie herein!“, winkte er. Das Rollen war aus seinen R’s verschwunden.

„Mauser, Landeskriminalamt.“

„Ha ... und ich hätte jetzt auf *Dionne* aus ‚Hair‘ getippt.“ Belustigt fuhr er mit seinem Zeigefinger zwischen ihr und Benz hin und her. „Nicht wahr, Gustav, eine blonde *Dionne*, wie sie leibt und lebt, hahaha!“ Die Herren schienen sich prächtig zu amüsieren. „Die wäre doch perfekt für den Backgroundchor, was Gustav? Was meinen Sie, Dionne, wie wär’s? Haha HA!“ Das letzte *HA* klang schon ziemlich irre.

Sie würde diese Befragung so schnell wie möglich hinter sich bringen.

„Wegen der gefährlichen Drohung“, fing Valerie an, „Sie werden bedroht, Herr Semmelweis?“

Sein Lächeln erstarb. Er blies die Luft aus, sah zu Benz und dann wieder zu ihr. Die Pause dauerte unbehaglich lange.

„Kommen Sie hierher, setzen Sie sich“, säuselte er. „In diesem Raum da drunten war es ja kaum auszuhalten, schreckliche Leute ... Sie sind doch diese Verehrerin von Sandro Weiler, richtig? Von diesem Innsbrucker ... Ja! Sehen Sie, mir entgeht nichts, meine liebe Dionne.“

„Ich heiße Mauser. Schluss mit dem Blödsinn, Herr Semmelweis. Ich bin hier, um zu helfen, und ich habe nicht ewig Zeit, also reden wir Tacheles. Was haben wir?“

Der Deutschrocker seufzte, nahm seinen Zylinder ab und gab ihn seinem Manager. Selbst im Sitzen schien der Star noch tanzen zu wollen.

„Gustav, hol's her und zeig's ihr.“ Er beugte sich nach vorne, legte seine dürren Unterarme auf den ähnlich kümmerlichen Oberschenkeln ab und zupfte an seinen roten Lederhandschuhen, bis sich diese abstreifen ließen und zu Boden fielen. Dann senkte er den Kopf und strich sich durchs pechschwarze, mit Unmengen von Gel fixierte Haar. *Wieder so eine Rockstargeste,* dachte sie. Aus der Nähe betrachtet entsprach der Körper seinem Rentenalter. Erste Altersflecken am Handrücken, das Gesicht zerfurcht, die Haut an manchen Stellen nicht mehr straff über Gewebe und Knochen gespannt. Wolf Rock legte den Kopf in den Nacken und lächelte sie an. Kurz war seine Zungenspitze zwischen den schwarzen Lippen zu sehen. Sie bemühte sich, sein Lächeln nicht zu erwidern – sollte er nur wissen, was sie von ihm hielt.

Valerie blickte sich um. Alles in diesem Zimmer war aus Holz. Eine Fantasie in Zirbe, und ihr Bewohner passte hinein wie ein Borkenkäfer in den Stamm. Sie schwiegen sich an.

Gustav Benz kam zurück und überreichte ihr ein Blatt Papier, das bereits in eine Klarsichthülle gegeben worden war, offensichtlich ein Drohbrief, verfasst auf einer elektrischen Schreibmaschine.

In Innsbruck hat es begonnen, in Innsbruck wirst du enden. Wolf Rock, du wirst für deine Schandtat '76 brennen! Noch vier Tage.

Valerie kramte ihr Handy heraus und fotografierte das Blatt ab. Im selben Moment ging die Zimmertür auf.

„Gibt's hier ein Problem, Wolf?", fragte eine Männerstimme, die Valerie kannte, aber nicht gleich zuordnen konnte. Sie warf den Kopf herum. Ihr Blick traf den ihres Stellvertreters Nikolaus Geyer, der, wie sie ja bereits wusste, persönlich mit dem Star bekannt und mächtig überzeugt davon war, dass man diese Drohung ernst nehmen musste. „Oh, Frau Mauser, ich wusste nicht …"

„Nein, kein Problem, Herr Geyer, danke schön."

Er wartete sichtlich darauf, hereingebeten zu werden, was jedoch nicht geschah, weil sie sich ein unvoreingenommenes Bild von der Lage machen wollte.

„Ich komme gleich zu Ihnen raus, Herr Geyer", präzisierte Valerie. Sein Kopf verschwand und die Tür wurde wieder zugezogen. Also drehte sie sich wieder um und zeigte ihm das Blatt. „Herr Semmelweis, wie haben Sie das bekommen?"

„Lag heute früh dort", sprach er und zeigte auf den Boden vor der Tür. Dann richtete er sich gerade, dieses Mal wirkte sein Lächeln eher gespielt als amüsiert.

„Bekommen Prominente nicht öfter solche Schreiben?", fragte Valerie beide Herren zugleich, „in der Pressekonferenz haben Sie es ja so angedeutet."

„Wie man's nimmt", übernahm Gustav Benz, „übliche Spinnereien, mit denen muss man leben. Beschimpfungen und Morddrohungen von Legasthenikern und gesellschaftlichem Abschaum, auf Facebook und überall. Heiratsanträge von unförmigen Fleischbergen, ja, so was kommt immer wieder, nicht so oft, wie gerne behauptet wird, aber immer wieder." Er machte eine Pause, die Valerie nicht unterbrechen wollte. Nachdem er einen seiner Manschettenknöpfe einmal ganz herumgedreht und Wolf Rock einen bemüht einfühlsamen Blick zugeworfen hatte, dem dieser auswich und zum Fenster sah, fuhr er fort: „Aber keine Drohungen mit konkretem Bezug auf ein Ereignis in seiner Vergangenheit."

„Schandtat '76."

„Ja."

„Sicher haben Sie schon überlegt, worum es sich dabei handeln könnte."

„Da bin ich der Falsche", antwortete Benz. „Ich vertrete Wolf Rock erst seit etwa ... fünf Jahren. '76 war ich gerade mal im Kindergarten."

Valerie drehte ihren Kopf zum Musiker, der nun auf den Teppich unter der Couchgruppe glotzte und mit der rechten Hand fuchtelte, als wollte er gerade zu dirigieren beginnen. „Nun, Herr Semmelweis?"

Keine Antwort.

„Gab es bereits frühere Drohbriefe dieser Art?"

„Nein!", rief Benz, eine Spur zu laut und zu schnell.

Er lügt, dachte Valerie und pausierte, um es ihn spüren zu lassen. Dann fuhr sie fort: „Herr Semmelweis, was war '76? Oder meinte der Verfasser Ihre sechsundsiebzigste Schandtat?"

„Ach, was weiß ich!", bellte Wolf Rock gereizt.

„Frau ... Mauser?", übernahm der Manager, merklich unsicher, den richtigen Namen erwischt zu haben.

Sie nickte zur Antwort. „Frau Mauser, ich begleite ihn sehr eng auf der Tour und überhaupt. Ich wüsste wirklich nicht, welche Schandtat er da begangen haben soll. Es ist mehr als wahrscheinlich, dass das Jahr 1976 gemeint ist."

„Sagt der, der es wissen muss?"

„Bitte wie?"

„Herr Benz, Sie wurden vor zwei Jahren in Deutschland wegen einer fingierten Bedrohung Ihres Schützlings verurteilt. Und nun haben wir hier – Hokuspokus – plötzlich wieder ein Drohschreiben, das in Österreich durchaus den Tatbestand der gefährlichen Drohung erfüllen könnte. Rechtzeitig vor dem großen Abgang, alles wird im Fernsehen übertragen und danach auf CD und DVD vermarktet. Sch... und puff!" Dazu gestikulierte Valerie Aufstieg und Explosion einer Feuerwerksrakete.

Während sie sprach, hatte er sich immer weiter aufgeplustert, doch mussten ihm seine Manieren verboten haben, sie zu unterbrechen.

„Das ist ja unerhört!", rief er, „das war damals ein Fehler, den ich teuer bezahlen hab müssen. Ich muss mir von Ihnen keine Frechheiten anhören, ich ..." Er rang sichtlich um Fassung. „Ach!" Mit einer verächtlichen Handbewegung stand er auf und trat ans Fenster, versenkte seine Hände in den Hosentaschen, starrte hinaus.

„Und wie hat das Tiroler Tagblatt Wind davon bekommen?", fragte sie in seinen Rücken und erntete nicht mehr als ein Schulterzucken.

Valeries Handy signalisierte das Eintreffen einer SMS. Es war Stolwerk.

Was für ein seltsamer Zirkus ;)) Bin zu dir und koch uns WOLFSbarsch, passt? 1900 OK? Gruß Stolwerk

Sie grinste, tippte ein schnelles *OK Danke :)* und sandte es ab.

„Wissen Sie, die Siebziger“, sprach Wolf Rock wie aus dem Nichts, „das war wohl eine wilde Zeit.“ Verträumt hob er den Kopf zur Holzdecke. „Und doch blieb mir nur ein Glitzern ... in der Dunkelheit.“ Er fand sichtlich Gefallen an seinem Wortspiel. Dann hob er den rechten Arm und bewegte ihn wie Karajan zu einer lieblichen Melodie.

„Was wollen Sie mir damit sagen?“, fragte sie genervt.

Er sagte nichts, führte stattdessen die rechte Hand zum Mund und fing an zu reiben, womit er den schwarzen Lippenstift auf die gepuderten Wangen verteilte. Bewusst, wie es schien, und jedenfalls irre.

Benz trat an die beiden heran.

„Frau Mauser, es ist Zeit. Haben Sie alles?“

Ja, es war tatsächlich Zeit, diese beiden Traumtänzer sich selbst zu überlassen.

„Dann nehme ich das Schreiben mit für die kriminaltechnische Untersuchung.“ Der Blick, den sie Benz schickte, sollte verraten: *Und wenn du es wieder selbst geschrieben hast, wirst du dein blaues Wunder erleben.*

Der Manager nickte.

„Halten Sie sich zu unserer Verfügung. Auf Wiedersehen.“ Damit erhob sie sich und ging Richtung Tür. Wolf Rocks „Bye, Dionne“ stoppte sie kurz, doch sah sie sich nicht um.

Als sie die Tür öffnete, wäre Geyer ihr beinahe in die Arme gefallen.

„Oh, oh, hoppla.“ Trotz gekonnter Gewichtsverlagerung hatte er nicht vermeiden können, seine Chefin am Oberarm zu streifen.

„Sie sind immer noch hier, Herr Geyer?“ Er und der Schrankmann neben ihm standen eng beisammen. Die beiden konnten fast als Brüder durchgehen, vor allem die gebräunten, geschorenen Köpfe machten sie seltsam verwechselbar. Aber der andere war wohl um ein paar Jahrzehnte jünger als Kollege Geyer.

„Ja, ähäm ... also wissen Sie ...“

„Sie sind mit diesem Herrn Semmelweis befreundet?“, fragte Valerie, um ihrem Mitarbeiter den Einstieg zu erleichtern. „Darf ich fragen, wie Sie sich kennengelernt haben?“

„Ach“, wiegelte er ab, „befreundet ist zu viel gesagt. Ich kenne ihn eben seit meiner Jugendzeit, früher hat er ja oft in Innsbrucker Clubs gespielt, das war ungezwungen, da trifft man sich eben und trinkt ein Bier zusammen.“

„Und Sie mögen seine Musik.“

„Na ja.“ Verlegen wie ein kleiner Junge sah er zu Boden. „Geht so.“

Die Erinnerung an die Bilder seiner Tanzeinlage im LKA flammte auf. Valerie bemühte sich, so gleichgültig wie möglich dreinzuschauen, was gründlich misslang.

„Was?“, fragte Geyer gereizt.

„Und wen haben wir hier?“, lenkte sie die Aufmerksamkeit auf den Personenschützer.

„Kevin Bollinger“, gab der Muskelberg zurück. „Chef von *Rock ’n’ Lock*. Aber meine Freunde dürfen *Badass* sagen.“

„Ach was, Badass?“ *Böser Arsch? Freunde?*, überlegte sie.

„Badass“, bestätigte er und trat einen Schritt näher, als hätte sie ihn gerade zum Tanz aufgefordert. Vor ihr seine mächtigen Brustmuskeln, die er mit Sicherheit in jedem gewünschten Rhythmus zucken lassen konnte. Eine alte „Wetten, dass...?"-Wette fiel ihr ein. Valerie sah hoch. Wie auf Stichwort zuckten Bollingers Augenbrauen zweimal.

Die böse Souffleuse zuckte zweimal zurück, im Ganzen.

„Herr Bollinger, wurde diese Tür letzte Nacht bewacht?", fragte sie den Zuckmeister.

„Nein."

„Wieso nicht?"

„Weil wir nur Bühne, Backstage und Personenkontrollen am Konzertgelände machen. Sind ja keine verfluchten Bodyguards."

Obwohl er sich alle Mühe gibt, wie einer auszusehen, ergänzte sie still.

„Und nun stehen Sie doch hier."

„Benz hat das so haben wollen."

„Na dann. Herr Geyer, lassen Sie das Schreiben hier gleich kriminaltechnisch untersuchen. Ergebnisse bis morgen neun Uhr, Teamsitzung."

„Frau Mauser, ich ... sollte hier bleiben, die Proteste vorm Haus, die Bedrohungslage ..."

Und dazu ein Luftgebäck von Security, dachte Valerie mit Blick auf Bollinger. *Brustmuskelzucken,* fiel ihr der Titel der Fernsehwette wieder ein.

„In Ordnung. Morgen neun Uhr, Herr Geyer. Mit Ergebnissen." Sie deutete auf das Blatt, das er in Händen hielt, ging zum Treppenhaus – dessen Stufen sie wie üblich dem Lift vorzog – und rief Sven Schmatz an. Er sollte erste Schritte veranlassen. Denn selbst wenn sie nicht an eine ernste Bedrohung glauben konnte, hatte sie den Auftrag, die Sache zu verfolgen. Vielleicht würde es ja ganz witzig werden. Und viel anderes stand gerade nicht an. Spätsommer eben.

„Frau Mauser? Alles senkrecht bei dir? Da geht's ja total ab am Bahnhof, volles *Getwitter* im Netz."

„Jaja. Schmatz, kannst du für morgen neun Uhr eine Teamsitzung einberufen? Wir brauchen bis dahin so viel über diesen Gotthilf Semmelweis, wie wir bekommen können. Vor allem die Siebziger. Schreib dir auf: Schandtat '76. Hast du das? Ich schick dir gleich noch das Foto durch. Drohschreiben. Vielleicht findest du was dazu. Und wir brauchen die Strafregisterauszüge, Klatsch, Verflossene, Neider und Gegenspieler, In- und Ausland, einfach alles."

„'76? Oje, ich glaub nicht, dass ich da viel im Internet finden werde."

„Schmatz, schau in die Archive. Frag dich durch. Hangel dich von einem Hinweis zum nächsten."

„Autsch."

„Genau." So oft ihr seine Fähigkeiten im Online-Bereich schon gelegen gekommen waren – was dieses Drohschreiben und Wolf Rocks Vergangenheit betraf, würde er ohne elektronische Unterstützung recherchieren müssen. Wie in den ersten paar Jahren ihrer Polizeikarriere. Furchtbar aufwändig und fehleranfällig und doch befriedigender, als die Computermaus herumzuschieben und Verbrechen auf Knopfdruck aufzuklären. Worauf es eines Tages hinauslaufen würde.

„Na gut. Dann hau ich mich rein."

„Kopf hoch, Schmatz. Ach ja, und kontaktiere bitte einen Herrn Knoblauch vom Tiroler Tagblatt, er soll sich schnellstmöglich bei mir melden, gut?"

„Frau Mauser, der Freudenschuss hat angerufen für dich, es geht um die Pressekonferenz, hat er gemeint."

„Und du so?", fragte sie ihn im jugendlichen Slang.

„Ich so: Nicht verzagen, Berger fragen.“ Hieß, wenn der Landeshauptmann etwas wollte, sollte er sich direkt an den LKA-Leiter wenden. Um den korrekten Dienstweg einzuhalten. Ihr missratener Einstand in Tirol samt Verstrickung in delikate Seilschaften war ihr eine Lehre gewesen. Seither nahm sie weder Befehle (zu welchen er ohnehin nicht befugt war) noch Bitten von seiner Seite entgegen und hatte zuletzt sogar ihre Handynummer gewechselt, Weitergabe an ihn und sein Umfeld streng verboten, weil Freudenschuss ihr immer unverblümter nachgestiegen war.

„Gut gemacht.“

Je näher sie dem Hotelfoyer kam, desto lauter wurde es. Durch das Panoramafenster des Eingangsbereichs konnte Valerie das Geschehen beobachten. Ihr kam vor, dass die Demonstranten jetzt anders aussahen, obwohl das schwerlich der Fall sein konnte. Einige mussten ihre Ausweise herzeigen, einzelne Personen wurden abgeführt. Blaulichter überall.

„Unerfreulich, einfach unerfreulich“, sprach jemand neben ihr.

Valerie musterte ihn – dem Aufzug und der Aussprache nach konnte er zum Hotel gehören. Sie entschloss sich, ihn anzusprechen.

„Verzeihen Sie, Mauser, LKA.“

„Ach, dann sind Sie wegen dieser pöbelnden Meute hier?“ Er zeigte hinaus. „Einfach grässlich. Kann man das nicht beschleunigen? ... Oh, wo habe ich nur meine Manieren. Lukas mein Name. Gebhard Lukas, Direktor dieses Hauses.“ Nun nahm er doch tatsächlich Valeries rechte Hand und deutete einen Kuss an. „LKA, sagten Sie?“

„Hier." Sie zeigte ihm ihre Marke, die er aufmerksam begutachtete.

„Eine Frau Oberstleutnant, in solch jungen Jahren. Ja, ist das denn die Möglichkeit!"

„Herr Lukas, ich komme gerade von Ihrem Gast Gotthilf Semmelweis."

„Ach? Der Name sagt mir leider wenig."

„Wolf Rock."

„Ach. Ja ..." Er sah wieder hinaus. „Einfach grässlich."

„Er wohnt in einer Ihrer Europasuiten."

„Dazu kann ich Ihnen keine Auskunft erteilen."

„Wie gesagt, ich *komme* gerade aus seiner Suite. Das war rhetorisch gesagt."

„Ach, wie erfreulich!"

„Herr Lukas, wie sorgen Sie für die Sicherheit Ihrer VIPs? Kameras in den Gängen? Im Aufzug?"

„Diskretion ist unser höchstes Gut, Frau Oberstleutnant. Die *High Society* wünscht nicht von uns überwacht zu werden, sondern bringt, wenn nötig, ihr eigenes Sicherheitspersonal mit. Manchmal sichern auch Ihre Kollegen die Zimmer. Was allerdings höchst selten vonnöten ist."

„Könnte sich also jemand unerkannt zu ihm hochschleichen?"

„Sehen Sie", deutete er zur Rezeption, „unser Personal ist bestens geschult und stets anwesend. Es mag für Außenstehende schwer zu bemerken sein, doch wir wissen, wer ins Haus gehört und wer nicht."

„Und wenn sich mitten in der Nacht jemand hochschleicht?"

„Wie ich bereits sagte, Frau Mauser, wir haben bestens geschultes Personal, Tag und Nacht. Wir kennen unsere Gäste."

„Menschen machen Fehler“, gab sie zu bedenken.

„Das mag sein. Sagen Sie, wie lange kann das da draußen denn noch dauern? Das Bild, wissen Sie, das Bild, ganz und gar unerfreulich“, sprach er, machte nach einer kurzen Verneigung am Absatz kehrt und eilte an der Rezeption vorbei in einen Hinterraum.

Valerie trat ins Freie. Den ganzen Tag über war es bewölkt gewesen, jetzt hatte es wieder leicht zu nieseln begonnen. Die Auflösung der Demonstration war so gut wie beendet. Sie stellte sich dem Einsatzleiter vor und erkundigte sich nach den Einzelheiten des Einsatzes.

„Richtig, die Kundgebung war nicht angemeldet. Erst waren es nicht viele, aber später kamen immer mehr von ihnen – wie aus dem Nichts“, berichtete der Verantwortliche Karl Heizer von der Stadtpolizei.

„Wie meinen Sie das?“, fragte Valerie.

„Als hätten sie sich im Geheimen verabredet, staffelweise. Zuerst nur ein kleines Grüppchen, nicht der Rede wert, also haben wir vier Kollegen geschickt, doch als die eintrafen, waren es doppelt so viele, also haben wir Verstärkung hinbeordert, die wiederum überfordert war. Am Ende wurde ein Großeinsatz draus.“

„Und die Teilnehmer waren aggressiv?“

„Nein, eigentlich nicht. Bis auf die Parolen. Aber eben zahlenmäßig überlegen.“

„Bekannte Gesichter?“

„Ein, zwei Subjekte mit Vorgeschichte sind gegen Ende hin aufgetaucht. Sonst ein ziemlich bunter Haufen, Inländer, Ausländer, alt, jung, die meisten harmlos, ein paar Gewaltbereite. Mehr kann ich Ihnen erst sagen, wenn die erkennungsdienstlichen Daten ausgewertet sind. Insgesamt kein roter Faden.“

Valerie sah ihn an.

„Roter Faden?“

„Keine Verbindung. Kein Trikot, keine Schals wie bei Fußballspielen. Keine Ähnlichkeiten in der Kleidung, dem Stil, der Sprache. Nichts. Selbst die Transparente sind widersprüchlich. Und keine Gegendemo ... sehen Sie, das ist nicht meine erste Kundgebung. Jede Gruppierung hat irgendein typisches Merkmal. Aber bei denen hier gibt's überhaupt keine Gemeinsamkeiten. Außer, dass sie Wolf Rock als Teufel bezeichnen und ihn aus der Stadt vertreiben wollen.“

„Als würden sich Aktivisten aller Richtungen vereinen?“

„Irgendwie ja.“

Ein gemeinsames Feindbild, überlegte Valerie. Aber das war absurd, gerade in der heutigen Zeit, wo Nacktheit und provokante Symbolik niemanden mehr hinter der Ofenbank hervorholten. Also war das, was hier geschehen war, eigentlich nicht möglich. Dieser Fall versprach interessant zu werden.

„Herr Heizer, würden Sie mir Ihren Bericht zukommen lassen?“

„Selbstverständlich.“

Sie sah sich noch eine Weile am Südtiroler Platz um. An der Straßenbahnstation schräg gegenüber stand ein Fernsehteam des ORF. Ein Reporter sprach in die Kamera und nutzte das Hotel Europa als Hintergrund. Hier und da Personengruppen, die das Geschehen aufmerksam beobachteten, Schaulustige und Teilnehmer, einige filmten mit ihren Smartphones oder starrten in selbige, manche hatten Stangen mit eingerollten Transparenten dabei und hielten Abstand zur Polizei. Als würden sie darauf warten, dass die Beamten abrückten, um weitermachen zu können. *Pattsituation*, dachte Valerie. *Was für ein seltsamer Zirkus*, hatte Stolwerk gesimst.

Sie stellte sich in eine Einfahrt und verfolgte das weitere Geschehen. Besonders interessant fand sie die Bemühungen eines neuen Kamerateams, das einige Demonstranten ansprach und dazu brachte, extra für sie noch einmal ihre Fahnen zu schwenken und auf dicke Luft zu machen. Das lenkte sofort die Aufmerksamkeit der Polizeikräfte auf sie und die Gruppe zerstob in alle Richtungen. Sonst passierte wenig. Dann, gegen sechs Uhr, verschwanden die weiträumig verteilten Störenfriede wie auf Stichwort und Ruhe kehrte ein.

„Hier riecht's ja schon gut!", rief Valerie zur Begrüßung, als sie gegen halb sieben Uhr abends ihre Wohnung betrat. Stolwerk musste neben dem Besorgen und Zubereiten der Lebensmittel noch genügend Zeit gefunden haben, rund um den Herd aufzuräumen, den Abwasch zu machen und zu putzen. Jedenfalls kam ihr die Küche viel geräumiger und heller vor, und das, obwohl ein fast zwei Meter großes (und annähernd halb so breites) *Marshmallow* mittendrin mit Pfannen und Töpfen jonglierte.

„Schau mal da rein, mein Veilchen", sprach er und deutete zum Backofen. Sie kniete sich hin, ging nah an das Glasfenster heran und musste von der Hitze blinzeln.

„Wow, Kuchen. Wolltest du nicht Fisch machen?"

„Kuchen ... Kuchen!", spuckte Stolwerk, „Wolfsbarsch in Salzkruste! Gerade reingeschoben."

Eine Ebene darunter befand sich ein Blech Kartoffeln, die bereits Farbe hatten und von denen der Geruch ausgegangen war.

„Und da im Topf?"

Mit sichtlichem Stolz hob er den Deckel, nahm eine Nase aus der Dampfwolke und ließ Valerie dann auch riechen.

„Aha. Wie heißt das noch mal?"

„FENCHEL, Veilchen! Ja heiliger Blauschimmelkäse, du weißt ja gar nichts!"

„Und was gibt's zum Essen?", scherzte sie und lief lachend ins Bad, um sich kurz frischzumachen. Stolwerk warf ihr seltsame Zischlaute hinterher, dann klapperte er wieder mit Deckeln und Geschirr, Besteck und Weingläsern.

„Seltsamer Zirkus, hast du gut beobachtet", rief sie hinaus.

„Was?"

„Die Demo", brüllte sie durch die Türe, „Zirkus!"

„Aber echt!", gab er mit Intensität und Volumen eines Opernsängers zurück. „Weißt, was ich nicht versteh?"

Valerie kam in die Küche und stellte sich an seine Seite. Hätte sie ihm dieselbe Frage gestellt, hätte er garantiert mit *Chinesisch?* geantwortet. „Hm?"

Stolwerk lachte sie an.

„Gut siehst aus ... für deine Verhältnisse."

Sie boxte ihm neckisch in die Seite.

„Also, was verstehst du nicht?"

„Die fehlende Motivation."

„Du meinst das Motiv?"

„Nein, die Motivation, Veilchen. Schau, ich kenn mich ja ein bisschen aus mit den Menschen. Und irgendwie ... bei den meisten heute, da hat mir der Pfeffer im Hintern gefehlt. Fast wie ein Seniorenausflug."

„Aber laut waren sie schon."

„Nicht laut genug. Sieh mal, wenn ich auf die Straße gehe, dann bin ich doch echt sauer, oder?"

„Immerhin musste die Polizei einschreiten."

„Ach was?"

„Laut Polizei sind auch ein paar Gewaltbereite aufgetaucht."

„Also ich hab keine gesehen, solange ich dort war. Chaoten, hm ... aber die gibt's überall, die brauchen keinen Grund, nur einen Anlass. Trittbrettfahrer vielleicht."

„Und die anderen? Inszeniert?"

Stolwerks Mimik war zu entnehmen, dass er das für möglich hielt. Und wer sollte Regie führen? *Benz*, dachte Valerie. *Dem ist jedes Mittel recht, um sein Bankkonto aufzufetten.*

Um Punkt neunzehn Uhr setzten sich die beiden zu Tisch und machten sich daran, den Fisch zu entgräten, was Stolwerk wesentlich leichter fiel als ihr. Während sie den Barsch zu sezieren versuchte, dachte Valerie an den Rocker.

„Schon ein Kaliber, dieser Wolf Rock ... alias Gotthilf Semmelweis."

Stolwerk gluckste.

„Wie ist die Pressekonferenz gewesen?"

„Lästig für ihn, denke ich. Am Anfang alles nach Plan, bis auf Freudenschuss, dem sind die Pferde durchgegangen."

„War er angesoffen? Der Freudenschuss?"

„Äh ... ja, glaube schon, wieso?" Sie hatte es geschafft, so ziemlich alle Gräten, klein wie groß, vom Hauptstrang zu trennen und im Fleisch zu belassen. Das konnte dauern.

„Die hatten gestern eine Landeshauptleutekonferenz hier in Innsbruck. Stand in der Zeitung."

Valerie schwieg eine Weile, versuchte, das Essbare zwischen den Gräten zu erwischen und auf die Seite zu schieben. Nach einer Weile störte sie die Stille und sie sagte etwas, um etwas gesagt zu haben: „Dann darf der Gastgeber nicht vorzeitig die Segel streichen, hm, Stolwerk?“

„Veilchen?“

„Hm?“ Sie sah auf, er sie an. Dann nahm er ihr den Teller weg, um das Entgräten zu beschleunigen. Erst jetzt merkte sie, dass das Besteck in ihren Händen zitterte.

„Hast wieder nichts gehabt seit dem Frühstück, oder?“

„Hm.“

Da klingelte ihr Telefon.

„Mauser? ... Oh, Herr Knoblauch, ja, danke für den Anruf.“

„Es geht um Wolf Rock, hat Ihr Assistent gesagt.“

„Ja, ich war heute auch in der *PK*, und da müsste ich dringend mit Ihnen reden.“

„Ahja ... aber wenn, dann gleich. Morgen früh muss ich schon ins Ausland. Wo sind Sie?“

„Altstadt.“

„Ja ideal – da kann ich in fünf Minuten bei Ihnen sein. Sagen wir beim Würstelstand vorm Stadtturm?“

Also fast vor der Haustür.

„In Ordnung. Bis gleich.“

Stolwerk hatte bereits während des Gesprächs immer trauriger dreingesehen, nun saß er da wie ein begossener Pudel.

„Oh Stolwerk, es tut mir so leid.“

„Schon gut, Veilchen.“ Er bemühte sich um ein freundliches Gesicht. „Aber versprich mir, dass jetzt gleich was isst, ja?“

„Versprochen."

So musste sie ihn sitzen lassen, mit seinen zwei lauwarmen Fischen und dem Weißwein, der inzwischen auch nicht mehr richtig temperiert war.

***

Sie atmet auf, als die Eingangstür des Wohnhauses an der An-der-Lan-Straße hinter ihr zufällt. Sie hat es geschafft. Selbst wenn er ihr Verschwinden bemerkt, wird er sie jetzt nicht mehr einholen können. Sie hat mindestens zehn Stockwerke Vorsprung. Hofft sie jedenfalls. Schnell öffnet sie das Fahrradschloss, immer die Tür im Blick, springt auf und strampelt los, weg von diesem Block, in den sie vor wenigen Monaten gezogen sind, im Mai, bald nach Ende der zweiten Olympischen Winterspiele in Innsbruck. Günstiger Wohnraum für junge Familien hat ihr Papa gesagt, gute hundert Quadratmeter statt der schimmligen Zwei-Zimmer-Wohnung in Hötting. Viele Nachbarn von damals sind jetzt auch hier.

Heute ist alles anders. Ihre Mama tot, Scheiß Krebs, ihr Papa, früher Kfz-Mechaniker, heute ein arbeitsloser Alkoholiker und brutaler Schläger. Kann den Kredit von der Stadt nicht mehr abzahlen. Bald werden sie noch auf der Straße stehen. Die Zimmer schauen ärger aus als in ihrem alten Zuhause, total vermüllt. Manchmal fühlt sie sich wie eine dreckige Kakerlake da oben.

***

Unten vorm Imbisswagen musste sie noch ein paar Minuten warten. Es hatte ganz aufgehört zu regnen und die Nordkette erschien zeitweise ins Licht der Abendsonne getaucht – die angekündigte Schönwetterfront machte sich bemerkbar. Dann sah sie den Journalisten im Laufschritt auf sie zukommen.

„Ach, Sie sind das", gab er ihr zur Begrüßung. Klar – wer sie einmal gesehen hatte, erinnerte sich an sie. Oder vielmehr an ihre Haare. „George Knoblauch, angenehm! Aber nennen Sie mich George ... wie Clooney", zwinkerte er ihr zu. Und ihr war ohnehin schon flau.

„Hatten Sie was zu essen? Ich hab einen Kohldampf ... Journalistensyndrom." Ohne ihre Reaktion abzuwarten oder sich in die Schlange zu stellen, rief er in den Wagen: „Hubsi, zwei Curry!", wandte sich Valerie mit dem Wort „Bier?" zu und schoss „und zwei Bier" hinterher, wobei Valerie sich nicht erinnern konnte, irgendein Signal ausgesandt zu haben.

„Also, Wolf Rock. Spannende Geschichte, oder?", sagte er hastig.

„Sie haben ihn ja ziemlich in die Mangel genommen heute."

Er lachte.

„Lauern ... anschleichen ... und dann den Sack zuziehen, da, wo es wehtut." Gestenreich untermalte er die Schilderung seiner Brillanz.

Betrachtete man ihn als Mann und nicht als Trottel, war er gar nicht so unattraktiv, mit der Holzbrille, dem kantigen Äußeren und den dunkelbraunen, schick gewellten Haaren. Er überragte Valerie um einen guten Kopf und war wohl um ein paar Jahre jünger.

Das Essen kam, Hubsi servierte es persönlich mit den Worten: „Zweimal Menü eins, für George und seine charmante Begleitung ... aber dich kenn ich ja, du wohnst gegenüber, richtig? Ich bin der Hubsi.“ Er rieb sich die Handfläche an der Schürze.

„Valerie“, sagte sie und reichte jenem Mann die Hand, der sie schon mehrmals vor dem sicheren Hungertod bewahrt hatte.

„Na dann schmeckt’s dir wohl bei mir. Schön!“ Damit eilte er wieder zum Wagen, drehte aber an der Tür nochmals um und warf ein „Super Haare übrigens!“ in ihre Richtung. George rief „Danke!“ und fuhr sich durch selbige.

„Oh, oder hat er Ihre gemeint? Haha!“

Natürlich hatte er, dachte sie und die böse Souffleuse hängte *du dämlicher Affe* dran. Die hellbraune Jacke stand ihm wirklich gut.

„Also, Wolf Rock alias Gotthilf Semmelweis“, fuhr sie mit vollem Mund fort, „Sie haben ihn sinngemäß gefragt, ob es stimmt, dass er bedroht wird.“

„Genau. Unsere Redaktion hat heute früh einen anonymen Anruf erhalten.“

„Wie war der genaue Inhalt?“

„Wurde nicht aufgezeichnet. Jedenfalls soll ihm jemand einen Drohbrief geschickt haben, dass beim Konzert etwas Schlimmes passieren wird. Aus.“

„Mann oder Frau?“

„Ein Mann.“

„Was noch?“

„Das war’s.“

„Wer hat ihn entgegengenommen?“

„Die Telefonistin in der Vermittlung.“

„Und woher kam der Anruf?“

„Anonym.“

War ja klar.

„Sonst was, Auffälligkeiten in der Sprache?“

„Da konnte sie sich nicht erinnern.“

„Also gut. Wer, glauben Sie, könnte ihm schaden wollen?" Gierig schob sie einen weiteren Bissen in den Mund.

„Solche Briefe sind meistens harmlos. In seinem Fall gibt's ja eine Vorgeschichte zu Botschaften wie dieser. Wissen Sie davon?"

Valerie kaute, aber es ging nicht schnell genug.

„Bentsch?"

„Genau. Alles schon mal dagewesen."

Sie schluckte. „Also wieder nur ein Marketinggag."

„Vielleicht ... vielleicht auch nicht?" George *wie Clooney* Knoblauch manövrierte ein Wurststück in den Mund, an dem noch ein anderes baumelte. Nun hatte er Ketchup am Kinn. Valerie deutete es an, doch er verstand nicht.

„Herr Cloon..."

Er grinste. *Verflucht.*

„Herr Knoblauch, welchen Bezug haben Sie zum Künstler?"

„Bezug?"

„Warum saßen Sie in der Konferenz? Sind Sie Kulturreporter?" Valerie wusste, dass er eigentlich eher der große Aufdecker war, der seinem Arbeitgeber regelmäßig Schadenersatzklagen und sich selbst Anzeigen wegen übler Nachrede und Verleumdung einhandelte. Einer, an dem man sich rieb. *Im übertragenen Sinn*, fügte sie ihren Gedanken hinzu.

„Natürlich nicht!", empörte er sich und nahm einen großen Schluck aus der Dose.

Sie gab auf, es ignorieren zu wollen.

„Sie haben da Ketchup am Kinn!"

„Ja hoppala!" Endlich wischte er es weg. „Wieder schön?", fragte er selbstverliebt.

„Also, warum waren Sie heute dort?"

„Na von mir aus. Wissen Sie, ich bin mit einer unautorisierten Biografie Wolf Rocks beschäftigt. Soll in Buchform erscheinen. Und einige Artikel für die Zeitung werden wohl auch herausschauen."

„Sie wollen ihn in den Dreck ziehen?"

„Ach was", wiegelte er ab, „aber es ist eben kein Auftragswerk wie sonst üblich. Eine neutrale Auseinandersetzung mit einem Tiroler, der international Karriere gemacht hat wie noch keiner vor ihm. Der aber auch seine Schattenseiten hat."

„Konkret?" Die Currywurst war verschlungen, das Bier floss hinterher. Sie drückte die Luft, die aus ihr entweichen wollte, wieder hinunter.

„Konkret ... beleuchte ich vor allem seinen Aufstieg und die wilden Rockerjahre", fuhr er fort.

„Mögen Sie seine Musik, Herr Knoblauch?"

„Eigentlich nicht. Mich interessiert vor allem das Umfeld, das Leben als Rockstar, wie man es schafft, ein Massenphänomen zu werden, und was das aus einem macht."

Das klang interessant.

„Würden Sie mir mehr über ihn erzählen?" Notgedrungen schenkte sie ihm ein Lächeln, das ihn sofort Luft holen ließ.

„Also gut. Haben wir uns überhaupt schon zugeprostet? Prost! ... Wolf Rock. Hat 1974 nach dem Bundesheer mit der Musik begonnen und gleich seinen Megahit ‚Tauch mich in Liebe' rausgehauen. Millionen verkaufter Schallplatten, Stammgast im TV, Radio, in der Bravo, Großkonzerte von Anfang an. *Sex, Drugs & Rock 'n' Roll.* Fixstern in einem Musikbusiness, das seine Stars noch hegte und pflegte. Heute werden die fallen gelassen wie die heißen Kartoffeln, sobald sie mal ein Quartal lang nicht die erwarteten

Zahlen bringen. Das will ich unter anderem thematisieren, als Analogie zur generellen Entwicklung der kapitalistischen Gesellschaft, man könnte sie ja schon fast turbokapi...ta... ... langweile ich Sie?“

Valerie erschrak. Stolwerk hatte sich nicht ausblenden lassen, wie er (in Verlängerung ihres Blickes, an Knoblauchs linkem Ohr vorbei) oben im offenen Erkerfenster ihrer Wohnung stand, Valerie zuwinkte, sich demonstrativ seinen Fischbauch rieb und mit der anderen Hand sein Weinglas in ihre Richtung hielt.

„Oh, nein, Entschuldigung, Kapitalismus, sagen Sie?“

„Ich glaube, ich muss dann.“ Er rieb sich die Hände an der Papierserviette sauber und warf seinen Abfall in den Eimer.

„Nein, warten Sie!“ Sie legte ihre Hand auf seinen Unterarm. „Darf ich Sie noch auf ein Getränk einladen, George?“ An dieser Stelle hätte sie mal nichts gegen falsche Wimpern gehabt. Nach einem flüchtigen Blick auf seine Armbandzwiebel sagte er zu und die beiden spazierten los, hinauf zur Maria-Theresien-Straße. Hatte sie ihn zuvor nur laufen gesehen, strahlte sein Gang nun Selbstbewusstsein aus. George *wie Clooney* Knoblauch war sich seiner Wirkung auf die Welt bewusst.

Valerie beschloss, einzusetzen, was sie hatte, hängte sich bei ihm ein und verlangsamte ihren Schritt.

„Erzählen Sie mir weiter von Wolf Rock, George.“

Ihr kam vor, dass seine Brust anschwoll. „Wie gesagt, ’74 ging’s los. Eine bemerkenswerte Rolle hat sein erster Manager gespielt ... übrigens sein Bundesheerkumpel ... Friedrich Laus. Hat ihn dann bis ’89 gemanagt. Heute nennt Wolf Rock ihn öffentlich *die Filzlaus*, das sagt doch alles, oder?“

„Veruntreuung?“, schloss Valerie.

„Der Klassiker. Hier der Star, versorgt mit Drogen, Ruhm und weiblicher Gesellschaft, dort der Vertrauensmann, der sich die Hände reibt und die eigenen Taschen füllt. Die beiden haben jahrelang gegeneinander prozessiert, sich aber Gerichte und Anwälte irgendwann nicht mehr leisten können. Wolf Rock hätte das fast umgeschmissen.“

„Wie darf ich das verstehen?“

„Ende der Achtziger war er fertig, finanziell, geistig, körperlich. Wenn man die Klatschmagazine von damals liest, hatte er sich schon aufgegeben. Schlimme Zeit, da gibt’s sogar ein paar Fotos von ihm als verwahrlostem Sandler, genau da“, deutete er auf die Annasäule.

„Nicht möglich!“, staunte Valerie.

„Wie ich sagte, es gibt Schattenseiten.“

Und eine davon heißt Friedrich Laus, merkte sie sich.

„Was passierte dann?“

„Dann trat ein Engel in sein Leben.“ George hatte gestoppt und sah ihr nun direkt in die Augen. Im Film hätten jetzt die Streicher eingesetzt. Valerie zog ihre Hand weg und ging zum Eingang der Rathausgalerien.

„Ein Engel?“, fragte sie keck zurück.

Er hatte einen unverschämten Ausdruck im Gesicht, als er ihr folgte und sie gleich wieder eingeholt hatte.

„Ein Engel, ja ... Ornella De Luca. Sie hat ihn von der Straße geholt und ist mit ihm durchs Feuer gegangen. Ein Engel eben.“

Sie mochte, wie er *Engel* aussprach.

„Was meinen Sie, wollen wir ins 360 Grad?“

„Gerne.“

***

Sie weiß, ihr Vater wird sie morgen wieder schlagen, den Gürtel rausziehen, weil sie einfach ausgebüxt ist, trotz Hausarrest. Sie wird versuchen, in ihr Zimmer zu flüchten, aber sie kann es nicht mehr zusperren, seit er damals die Tür aufgebrochen hat. Dann wird er über ihrem Bett stehen und sie schlagen. Gott sei Dank ist er schlecht in Form und bald erschöpft. Dann wird er ihr wieder Hausarrest geben, alles zusammengezählt muss sie bald mehr als die Hälfte ihres Lebens in diesem Zimmer verbringen.

Aber das ist ihr egal. Denn heute wird sie IHM begegnen, IHM, der sie seit letztem Sommer um den Verstand bringt, dem sie alles geben würde, sogar ihr Leben. Sie weiß, ER wird sie eines Tages aus diesem Drecksloch holen. Sie weiß es ganz fest.

***

Eine schweigsame Minute später (in Fahrstühlen zu reden, war unangenehm, erst recht, wenn man Fahrstühle nicht mochte) betraten Valerie und George Knoblauch das Café 360 Grad im siebten Stock der Innsbrucker Rathausgalerien und setzten sich an die Bar. Das Panorama des rundum verglasten Raums faszinierte Valerie immer wieder aufs Neue. Hier war der perfekte Ort, um seinen Tag ausklingen zu lassen. Im Norden das Karwendelgebirge, im Süden der Patscherkofel, dazwischen Innsbruck und sein urbanes Flair.

„Hallo. Was darf es für Sie sein?“, fragte die Kellnerin.

Knoblauch ließ Valerie den Vortritt.

„Einen Caipirinha, bitte."

„Na so ein Zufall ... zweimal! ... Ich liebe Caipis", sagte er und starrte sie an. Dunkle Augen hinter Brillenglas. Nicht ganz so schwarzbraun wie die von Stolwerk, aber schon ziemlich anziehend.

„Also ... ein Engel. Ornella ... wie hieß sie noch mal?"

„De Luca. Hat ihn *aus der Gosse geholt*, wie unsere nördlichen Nachbarn sagen würden, auf Hochglanz poliert und jeden Zeltfestauftritt zugesagt, den sie kriegen konnte, die Banken hingehalten, die Filzlaus verklagt und den Schuldenberg Groschen für Groschen abgebaut. Eine eiserne Lady mit unerschütterlichen Prinzipien."

„Und Wolf Rock hat das mitgemacht?"

„Er hat sie sogar geheiratet!"

„Ach was!"

„Doch! Vom Saulus zum Paulus. Keine Drogen mehr, keine Frauengeschichten ... und tausend Schilling pro Abend, also praktisch nichts, zweihundertfünfzig Auftritte im Jahr, in Hotels, auf Bierfesten, Privatfeiern, überall. Beide haben aus dem Koffer gelebt. Wolf Rock hat erst kürzlich in einem Interview gemeint, das sei die beste Zeit seines Lebens gewesen."

Die Cocktails kamen und sie stießen an.

„Auf unser Kennenlernen!", rief Knoblauch, sodass der ganze Raum mithören konnte.

„Hm", antwortete Valerie, schlürfte und stocherte im Eis. „Und dann war er wieder oben?"

„Wolf Rock? Nein, noch lange nicht. Die Tingelei ging viele Jahre. Kein Hahn hat nach ihm gekräht, man hat ihn mehr ausgelacht als sonst was."

Valerie erinnerte sich, dass sie selbst erst in den letzten Jahren von dem Rocker gehört hatte, als sei dieser einer Zeitkapsel entstiegen. Seine Lieder kannte sie zwar damals schon, hatte sich aber nie gefragt, wer dahintersteckte. Dass Wolf Rock eine Vorgeschichte haben musste, war klar (er war ja nicht mehr der Jüngste, wie sie sich aus der Nähe überzeugen hatte können), aber medial nie thematisiert worden.

„Arm."

„Und doch glücklich."

Wieder trafen sich ihre Blicke. Valerie war weniger verlegen als peinlich berührt. Obwohl sie Knoblauch nicht unattraktiv fand. Dann setzte er seine Brille ab, faltete sie zusammen, legte sie auf den Tisch und fuhr fort: „Sie war übrigens sechs Jahre älter als er."

Wollte er damit ausdrücken, dass er kein Problem mit einer älteren Frau hätte? So lange er keine Brille tragen musste, oder wie?

Ganz taufrisch ist dieser Bengel aber auch nicht mehr.

„Und dann wurde sie ihm zu alt und er hat sich scheiden lassen?"

„Ornella ist abgestürzt. Hier." Er deutete zur Nordkette hoch, wo die Lichter der Seegrube waren. „Dreihundert Meter die Felsen hinunter."

„Oh ... und er hat zusehen müssen?"

„Nein, sie war alleine unterwegs. Schlimme Sache damals."

„Wann war das?"

„2009."

„Also nicht so lange her. Hatten Sie Kinder?"

„Nein."

„Aber um die Zeit war er doch schon wieder ein Promi", erinnerte sie sich zurück.

„Ja, kurz nach der Jahrtausendwende hatte er es wieder nach oben geschafft. Geschickte Frau, diese Ornella. Schritt für Schritt zum Gipfel. Harte Arbeit, aufs Glück hat die sich nie verlassen. Blitzsauber haben sie das inszeniert für die Medien. Sogar der Klatsch war erstunken und erlogen."

„Und wie hat er ihren Tod verwunden?"

„Ich glaube, gar nicht. Die beiden waren seelenverwandt, denke ich. Aber *The Show must go on.*"

„Er hat einfach weitergemacht?"

„Was blieb ihm schon, außer der Aufmerksamkeit seiner Fans?"

Valerie musste schlucken.

„Und Benz? Wie schätzen Sie ihn ein?"

„Benz, ja. Der Mann mit den Dollarzeichen in den Augen. Mister dreißig Prozent. Verdient sich mit Wolf Rock eine goldene Nase. Eines muss man ihm lassen: Er versteht sein Geschäft. Presst den letzten Cent aus der Geschichte heraus. Da braucht man nicht lang zu recherchieren, um zu wissen, wie der Hase läuft. Billigmusiker und Tänzer aus Osteuropa, Retortensongs, Playback-Tournee, Best-of-Alben, jetzt noch Live-CD und DVD. Dazu Sex, Teufel und alles, was Aufmerksamkeit erregt. Ich glaub denen ja kein Wort, was den letzten Auftritt und das große Finale in Innsbruck betrifft. Nach der Abschiedstournee ist vor der Abschiedstournee."

Valerie dachte nach.

„Glauben Sie, dass er ihn betrügt?"

„Benz Wolf Rock? Kaum. Der Star hat seine Lektion gelernt, und dafür kann er sich bei Ornella bedanken. Ich sage Ihnen eines: Unterschätzen Sie ihn nicht, nur weil er sich wie ein Clown benimmt."

„Er singt Playback?", fragte sie interessehalber.

„Sehen Sie sich die Auftritte mal genau an. Keine Silbe kommt aus seinem Mund."

„Aber das merken die Fans doch!"

„Nicht, wenn es gut gemacht ist. So lange Wolf Rock nahe genug an seinem Riesenmikro steht, braucht er nicht mal den Mund ordentlich zu bewegen. Hauptsache, er sieht drein wie der Teufel, die Backgroundtänzerinnen schwirren halbnackt um ihn herum und ganz viel Nebel und Feuerwerk erledigen den Rest. Schon fliegen ihm die Schlüpfer zu. Seine Fans verzeihen ihm alles. Und zahlen zweihundert Euro pro Karte. Zweihundert! Ist das zu fassen? Wer kann sich so was leisten?"

„Deshalb haben Sie Benz darauf angesprochen."

„Nein, wegen der öffentlichen Förderungen, für die sich der Bergiselchef bedankt hat. Ich habe meine Frage bewusst an Freudenschuss gerichtet. Dass der Typ letztes Jahr wiedergewählt worden ist, ist ... eigentlich unfassbar. Und er macht einfach weiter und weiter, und keinen interessiert, wie voll er sich seine Taschen stopft mit unserem Steuergeld. Aber irgendwann komm ich auf was, das verspreche ich Ihnen ... irgendwann ..." Gedankenverloren stocherte er in den Eisresten seines Getränks.

„Noch einen, Valerie?"

„Ach danke, ich glaube, ich muss los. Vielen Dank für die Informationen." Sie legte fünfzehn Euro zu ihrem Glas. Knoblauchs Weigerung, sich von ihr einladen zu lassen, war halbherzig.

„Schön, Sie getroffen zu haben", säuselte er.

Fand sie auch, irgendwie, sagte aber nichts. Mit zwei Wangenküssen (auf die er nachdrücklich bestanden hatte) ließ sie George *wie Clooney* sitzen, eilte aus dem Lokal, die Treppe hinunter und lief zu ihrer Wohnung. Wo Stolwerk warten würde. Den sie mitsamt seinen Fischen sitzen gelassen hatte.

Zu Hause angekommen, hörte Valerie den Fernseher. Irgendein Krimi. Stolwerk lümmelte auf der Couch, vor ihm standen zwei Schoko-Sahne-Desserts im Plastikbecher.

„Komm, setz dich her, Veilchen. Magst? Hab extra gewartet."

Seit Ewigkeiten hatte sie diese süße Versuchung nicht mehr gehabt.

„Gern."

Während sie ihre Becher leerlöffelten – Stolwerk zelebrierte es auf seine Weise: Tauchte ein, hielt den Löffel senkrecht, bis die Schokolade so gut wie abgeronnen war, nahm dann ein Spitzlein Sahne hinzu, leckte Seite für Seite ab, schmatzte, hob den Kopf und ließ die Masse die Kehle hinuntergleiten, bis sich das Schlucken nicht mehr vermeiden ließ, und begann von vorne –, erzählte er vom TV-Bericht über die Demonstration, Valerie zeigte ihm das Bild des Drohbriefs und berichtete von der Pressekonferenz sowie den Gesprächen mit Wolf Rock, Benz und Knoblauch.

„Ja, diese Ornella", sagte Stolwerk, während er die letzten Schokoatome aus seinem Becher kratzte, „an die kann ich mich auch noch erinnern. Bildhübscher Feger, und gescheit! Die hat's echt gehabt. Faustdick, sag ich dir ... und was glaubst jetzt eigentlich du, Veilchen? Wegen des Drohbriefs?"

Wenn es nach ihr ging, war der Fall klar.

„Gustav Benz wäre schon sehr dumm, würde er denselben Fehler wieder machen. Andererseits ... Dummheit kommt in den besten Familien vor. Mal sehen, was das Labor uns sagt."

„Zeig's mir noch mal, bitte."

Valerie rief erneut das Handyfoto des Schreibens auf und hielt es Stolwerk hin, der das Telefon nahm, mit seinen Fingern darauf herumfuhr und die Augen zusammenkniff.

In Innsbruck hat es begonnen, in Innsbruck wirst du enden. Wolf Rock, du wirst für deine Schandtat '76 brennen! Noch vier Tage.

„So viel Hass und Gewalt in drei Sätzen ... *begonnen* steht da ... also, ich würde mich auf die Frage konzentrieren, was in Innsbruck begonnen hat. 1976."

„Und wie geht's bei dir weiter? Musst du heim, Stolwerk?"

„Aber nein, Veilchen. Die Party lass ich mir nicht entgehen. Nimmst mich mit zum Konzert? Mach mich auch gerne nützlich."

„Noch ist nicht einmal klar, wer wofür zuständig ist. Aber danke dir. Kommst du zurecht?" Valerie streckte sich und gähnte. Mit seinem Kopfnicken stand sie auf und trat ans Fenster. Der Himmel hatte sich aufgeklart, was Sommernächte in Innsbruck zu einem kühlen Vergnügen machen konnte. Sie freute sich auf ihr Bett.

***

Als die Wohnblöcke des Olympischen Dorfs hinter ihr liegen und sich die Landschaft vor ihr weitet, spürt sie den warmen Fahrtwind, der ihr ins Gesicht weht, um die nackten Beine streicht, unters T-Shirt kriecht. Sie riecht das Heu, das auf den Feldern trocknet. Die Sonne wärmt ihren Rücken. Sie duckt sich, als ein Fliegenschwarm den Weg kreuzt, sieht silbrige Fäden über die Wiesen ziehen, tritt in die Pedale, so fest sie kann. Jedes Mal, wenn sie an den bevorstehenden Abend denkt, hüpft ihr Herz. Vorne kommen die Thaurer Felder, wo sie sonst das Gemüse anbauen, aber wegen der Dürre liegen viele Flächen brach. Heute nicht.

Heute wird es abgehen. Heute wird ER abgehen. Und sie mit IHM.

***

Donnerstag

Als Valerie gegen halb acht in die Küche schlurfte, hatte ihr Gast bereits Frühstück gerichtet, aufgeräumt und die Morgentoilette hinter sich gebracht. Erstaunlich leise, denn Valerie hatte kein Geräusch wahrgenommen.

„Morgen, mein Veilchen!"

„Morgen, Stolwerk. Du hast schon gefrühstückt?"

„Ja, muss leider doch nach Linz."

Wieder war ihr, als röche sie ein Pferd, also kippte sie ein Fenster. Das Wetter sah vielversprechend aus. Ein morgendlich frischer Luftzug drang herein.

„Bist du jetzt aber hoffentlich nicht sauer wegen gestern?"

„Aber warum denn?"

„Der gute Fisch?"

„Veilchen, wie könnt ich. War ein Genuss, dein Grätengemetzel. Nein, ich muss dringend zu einem Kunden. Da hat in der Nacht jemand versucht, einzubrechen."

„Was haben sie mitgenommen?"

„*Versucht*, Veilchen. Und leider geht's den Einbrechern jetzt gar nicht so gut ..." Er sah reumütig drein, konnte seine Schadenfreude aber kaum verstecken. „Und jetzt will die Polizei mit mir sprechen."

„Was hast du ihnen angetan?"

„Ach, nur Elektrozeug. Das Übliche, so fünfzigtausend Volt ungefähr ... und ... äh ... Schleim."

„Schleim?"

„Schleim." Nun brach sein Lächeln durch. „Klebriger Schleim. Hat ihnen voll das Polizeiauto versaut. Hihi."

„Wozu denn Schleim, Stolwerk?"

„Haha, also, Elektroschock ist so furchtbar unkreativ. Kann jeder. Aber mit neongrünem Glibber obendrauf ... also die Einbrecher, das musst dir mal vorstellen, Veilchen. Was liegt, das pickt, heißt's nicht nur beim Kartenspiel ... und selbst wenn sie es schaffen, aufzustehen und davonzurennen, die LEUCHTEN im Dunkeln! Hahaha!" Pure Schadenfreude.

„Hört sich ja furchtbar an."

„Na ja ... geht schon wieder ab ... in so zwei Wochen vielleicht ... Monaten höchstens ... hey, aber nicht dass mir jetzt Mitleid mit Einbrechern bekommst."

„Und wenn du in Linz fertig bist ... bleibst du dann zu Hause?"

„Ach was, Veilchen. Ich muss denen ein paar Fragen beantworten, aber mit fahrlässiger Körperverletzung können sie mir nicht kommen, und die Sachbeschädigung am Einsatzwagen haben sie sich selbst eingebrockt, hätten sie ja sehen können, dass das Zeug pickt wie Sau ... dann noch meinen Kunden besuchen und die Kanonen neu aufladen ... also die Schleimkanonen, Veilchen ... und dann komm ich wieder. Spätestens morgen."

„Musst du nicht."

„Will ich aber!" Dann stimmte er den Wolf-Rock-Song neu an: „Jaaa heute geht es rrrund ... a-heute geht es RRRUND! Dam dam, da da da ...", gab Valerie einen Kuss auf die Stirn und polterte aus der Wohnung.

In der es mit einem Mal viel zu still war.

Um acht Uhr dreißig erreichte Valerie ihr Büro, wo sie sich gleich nach dem Einsatzbericht der Innsbrucker Stadtpolizei erkundigte, welcher aber noch nicht eingelangt war.

„Schmatz, bitte ruf bei denen an, ein Herr Heizer von der Stadtpolizei hat das Kommando gehabt. Wir brauchen die Personendaten der Festgenommenen so schnell wie möglich."

Punkt neun Uhr eröffnete Valerie die außerordentliche Teamsitzung mit der Frage an Nikolaus Geyer, was die kriminaltechnische Untersuchung des Drohbriefs ergeben habe. Ihr Stellvertreter war unrasiert und wirkte abgekämpft.

„Negativ. Keine Spuren. Clever gemacht." Seine Stimme kratzte.

„Ja also, Herr Geyer? *Clever*?" Valerie mochte es nicht, wenn man jemandem Informationen aus der Nase ziehen musste, wem auch immer.

„Elektrische Schreibmaschine, ein Massenmodell aus den späten Achtzigern."

„Bevor es Tintenstrahler und *MICs* gab", warf Schmatz in die Runde.

„Micks, Schmatz?" Sein Computerdenglisch hatte ein weiteres Mal die Grenzen ihres Vokabulars überschritten.

„*Machine Identification Codes*. Gelbe Minipunkte. Nur mit Mikroskop sichtbar, und niemand weiß davon. Also kein Normalo jedenfalls. Macht so gut wie jeder *Printer* auf jede ausgedruckte Seite. Damit lässt sich so ein Blatt bis zum Ursprung zurückverfolgen."

Totale Überwachung, dachte Valerie.

„Also weiß der Täter, was er tut", sagte Geyer.

„Oder er hat mehr Glück als Verstand, Niki", antwortete Schmatz. Geyer warf ihm einen scharfen Blick zu. Man musste den vorlauten Bengel einfach gern haben.

„Dann konzentrieren wir uns jetzt auf den Inhalt des Schreibens. Schmatz, bitte."

Valeries Assistent fuhr am *Trackpad* seines Laptops herum, gleich darauf erschien der Brief auf der Leinwand des Besprechungszimmers.

„Schandtat '76. Schmatz, was haben wir dazu?"

„Also, Frau Mauser, ich hab mich ja echt bemüht, weißt du, in Archiven stöbern und so, aber zu '76 gibt's kaum was zu finden. Außer die Olympischen Winterspiele. Als wär in Innsbruck sonst überhaupt nix abgegangen."

„Hatte Wolf ... Gotthilf Semmelweis etwas mit den Spielen zu tun? Eröffnungsfeier, Rahmenprogramm oder irgendwas?"

„*Niente*."

„Oder Konzerte hier im Umkreis?"

„Nichts gefunden."

„Was sagt sein Strafregister?"

„Null."

„Sonst gröbere Delikte '76?"

„Klar. Aber ob da was reinpasst, da hab ich keine Ahnung."

„Also gut, Schmatz. Bleib bitte dran. Wir müssen wissen, was mit dieser *Schandtat* gemeint sein könnte. Und was damals in Innsbruck *begonnen* haben soll. Das gilt für alle. Hat jemand eine Idee? ... Irgendwas, Brainstorming? Frau Prammer? Herr Mair? Herr Geyer?"

„Ja, die Spiele halt, da wird sich jeder Tiroler dran erinnern können", sagte Geyer mit Betonung auf *Tiroler*. Valerie, die nicht in dem Land aufgewachsen war, kannte diese Sticheleien zur Genüge. Davon abgesehen wäre sie damals viel zu jung gewesen, um sich an Sportereignisse erinnern zu können.

„O. K. – Schmatz, dann zeig uns bitte, was du sonst noch gefunden hast."

„Ihr werdet Augen machen!" Er fuhr sich über den Kopf, womit seine blonden Haare zu Berge standen (was sie ohnehin meistens taten), eilte in die Ecke und zerrte ein Flipchart nach vorne, das störrisch bockte. Aber Schmatz kannte keine Gnade.

„Also, ich wollte ja eine digitale Präsentation machen, aber das ist sich nicht mehr ausgegangen. Und jetzt, aufgepasst!"

Er zeichnete ein schwarzes Männchen in die Mitte des Blatts („Wolf Rock"). Darunter einen grünen Berg („Geld wie Heu"), links und rechts neben das Männchen noch zwei blaue Männchen mit Busen („Frauengeschichten ohne Ende"), dann malte er dem ersten Männchen eine gelb rauchende Tröte und darüber ein weiteres, schwarzes Männchen mit Zickzackmund („Manager Fritz Laus"). *Filzlaus,* hatte Knoblauch gesagt. So weit, so bekannt. Schmatz' Vorstellung kam an, nur Geyer wirkte gereizt, schüttelte immer wieder den Kopf. Dann kamen neue Puzzlestücke hinzu: ein weiteres Männchen mit zu langem Mittelstrich („Schwanz! ... Also ... nennt sich der. Salvador Schwanz. Früher Musiker, heute Maler. Hat behauptet, Wolf Rocks Hit geschrieben zu haben. Erzfeind Nummer eins!") und noch eines mit raupenartig gewelltem Körper und langen Haaren, aber ohne Busen („Elke Mumm, Fanclub Tirol. Voll *Hardcore*. Stalkerin, und so was von einen an der Waffel!"). Zickzacklinien über ihrem Kopf sollten das verdeutlichen. Dann strich er Geld, Tröte, Männchen mit Busen und Zickzackmund weg. „Und das war Wolf Rocks Leben bis '89. Noch Fragen?"

Geyer stieß ein „Ts!" aus, winkte ab und sank tiefer in seinen Stuhl. Kein Wunder, wo Schmatz doch Schabernack mit seinem Liebling trieb.

„Vorstrafen?", fragte Valerie.

„Nur Fritz Laus, 1984, Geldstrafe wegen Körperverletzung. Die anderen sind *clean*."

Unbescholten, musste sie ihm irgendwann beibringen.

„Salvador ... wie hast du gesagt? Schwanz?", fragte Beate Prammer, einzige Frau unter ihren Mitarbeitern im Team. Der Nachname, den auch Valerie so verstanden hatte, kam kein bisschen zögerlich über ihre Lippen. Ob das mit dem langen Mittelstrich Schmatz' Absicht war?

„Ja, irre, oder? Bürgerlich ... warte ..." Er kramte einen Zettel aus den Unterlagen. „Früher hat er Erich Kostenzer geheißen. Und dann lässt der sich auf Salvador Schwanz umtaufen! Steht sogar in seinem Pass! Da muss dich doch der Blitz gestreift haben, ich glaub, ich check's nicht. Schwanz, hahaha! Häghäm. Also. Mehr Maler als Musiker. Aber er hat früher überall behauptet, dass er dieses ‚Tauch mich in Liebe' geschrieben hat."

„Der Millionenhit", ergänzte Valerie.

„Genau! Laut Wikipedia zehn Millionen Mal verkauft."

„Wo wohnt er?"

„Hier, Innenstadt."

„Und diese Elke Mumm?"

„Zehn Minuten außerhalb. Aldrans. Warte, seht euch die mal an", sprach Schmatz, rief mit tierischer Vorfreude ihr Facebook-Profil auf und projizierte es an die Leinwand. Valerie hatte sich – ausgehend von seinem Strichmännchen – bereits auf eine menschliche Raupe eingestellt. Und lag gar nicht weit daneben.

Die Fotos zeigten eine beleibte Dame in viel zu engen, grellen Tops und Leggings, welche ihre Speckrollen betonten, mit blonden Schneckerlhaaren, feisten Backen und eher rotem als rosigem, üppig geschminktem Gesicht. Zwischen Statusupdates zu Wolf Rock und Tiroler Fanclub postete sie immer wieder Fotos eines strahlend weißen Rassepudels mit puffigen Haarkugeln an allen Enden des ansonsten kurzgeschorenen Fells.

„Sch...", sprach Eder, dem das Hemd wie immer einen Knopf zu weit offen stand.

„Und warum ist sie für uns interessant?", fragte Valerie.

„Die totale Stalkerin. Verfolgt ihn seit den Siebzigern. Damals hat sie noch so ausgeschaut ..." Schmatz doppelklickte auf eine Bilddatei.

Was nun im Badeanzug erschien, hatte mit der heutigen Elke Mumm wenig zu tun, bis auf die blonden Haare.

„Sch...", wiederholte Eder. „Den Feger hat der Wolf doch sicher geknallt, oder?"

„Jetzt knallt's aber wirklich gleich, Eder!", empörte sich Geyer, „sind wir hier bei der Kriminalpolizei oder im Komödiantenstadl? Was soll das alles eigentlich bringen, Frau Mauser?"

„Ja, klar hat er, Simon", warf Schmatz ein, als hätte er Geyer nicht gehört. „Sie behauptet sogar, dass sie ein Kind von ihm hat."

Valerie holte Luft. Geyer schnaubte verächtlich.

„Hier, schaut's euch dieses Profil an ... Heike Mumm, ihre Tochter. Natürlich auch Wolf-Rock-Fan." Diese Dame musste um die vierzig sein und war ihrer Mutter wie aus dem früheren Gesicht geschnitten.

„Wo und wie behauptet sie Semmelweis' Vaterschaft?", fragte Valerie, die sich einmal mehr darüber freute, dass dieser Fall derart schillernde Seiten in ihren Alltag brachte.

„Na überall, schau mal hier ..." Schmatz wechselte auf die Seite des Wolf-Rock-Fanclubs Tirol und ging dort zu den Fotos, wo er eine Weile suchte. „Warte ... hm ... genau, da zum Beispiel!" Mutter und Tochter umringen den Star. Bildunterschrift: *Obfrau Elke und Stellvertreterin Heike mit ihrem wölfischen Superpapsch.*

„Schmerz!", rief Eder. Mair, der Stille im Team, hatte die Hand vorm Mund.

„Wann genau wurde Heike Mumm geboren?", fragte Valerie.

„Ist nicht online ... werde ich herausfinden."

„Hat Wolf Rock die Vaterschaft anerkannt?"

„Auch das ... kann ich ... rausfinden." Betreten schaute er zu Boden.

„Danke, Schmatz. Dann haben wir ja doch ein paar Anhaltspunkte gefunden. Gut gemacht! Frau Prammer, sehen Sie sich bitte diese Elke Mumm und den Herrn ... Salvador ... an?"

Beate Prammer schmunzelte. Der Nachname seines Pseudonyms stand in Fettschrift und mit Ausrufezeichen zwischen ihnen.

„Mach ich gerne."

Valerie sah Geyer an, der gerade ausgiebig gegähnt hatte und sich nun die Augen rieb.

„Und Herr Geyer, wie lief es mit Wolf Rock?"

„Hm? Ja, gut, ich meine, keine besonderen Vorkommnisse."

„Was machen die Proteste?", fasste sie nach.

„Das könnte ich mir anschauen, wenn Sie diese Sitzung endlich beenden würden, Frau Mauser", antwortete er gereizt. Kein Zweifel: Er hielt dieses Treffen für überflüssig und wäre lieber bei seinem Liebling geblieben. Bei dem er sich wohl auch die Nacht um die Ohren geschlagen hatte.

Beim Stichwort *Proteste* zeigte Schmatz halb auf, als säße er im Unterricht. Valerie nickte.

„Ja genau, diese Gegner, das ist voll interessant, Frau Mauser. Schau dir das da an.“ Er tippte einen Namen in die Facebook-Suchmaske, worauf eine Seite mit dem Titel „Vertreibt den Dämon“ auftauchte. Erklärtes Ziel: *Wir werden Wolf Rock das Fürchten lehren. Ewige Verdammnis dem Schänder des christlichen Abendlandes!* Valerie rollte die Augen nach oben. Wer das Wort *Abendland* in den Mund nahm, den hatte sie schon gefressen. *Extremistisches Pack*, schimpfte sie in sich hinein.

„Und jetzt pass gut auf“, sprach Schmatz und klickte auf „Diese Seite neu laden“ – die Zahl der Fans hatte sich um mehr als zwei Dutzend erhöht, auf 12. 177, innerhalb weniger Augenblicke.

„Wer klickt bei so einem Blödsinn nur auf ‚Gefällt mir‘?“

„Alle. Aus ganz Europa, eigentlich aus der ganzen Welt. Komisch, weil viele davon gar nicht deutsch reden. Und der Ton wird immer aggressiver. Schau dir nur die Kommentare an, warte, hier ...“

Geyers Handy vibrierte am Tisch. Valerie erschrak gleich doppelt, denn was sie parallel dazu am Bildschirm zu lesen bekam, war Ausdruck vernichtenden Hasses auf ein gemeinsames Feindbild. Virtuelle Lynchjustiz eines blindwütigen Pöbels. Unter einer Fotomontage, die Wolf Rock mit Hitlerbart zeigte, wurden diese Kommentare am häufigsten *geliked*:

„Zertrümmert ihm sein dreckiges Maul!“

„Primitive degenerierte Arschgeburt!“

„Zerbombt den Schänder Jesu Christi!“

„Ab ins KZ mit ihm!“

„Geisteskranker Inzüchtler!“

Geyer sah aufs Display und ging mit einer entschuldigenden Geste an den Apparat.

„Gustl, grüß dich ... ja danke, so lala ... ja genau, haha ... WAS? Kruzifix ... ja, will ich mir natürlich anschauen, also bis gleich, servus, ciao ciao ciao.“

Damit sprang er auf und sauste Richtung Tür. Valerie konnte ihm gerade noch ein „Was ist, Herr Geyer?“ in den Weg werfen.

„Das war Benz. Sie haben schon wieder was bekommen.“

Na da bin ich aber gespannt, dachte sie.

„Dann komme ich mit. Also, an die Arbeit!“, rief sie in die Runde, fuhr hoch und lief Geyer hinterher, dessen Schrittlänge wie auch Tempo beeindruckend waren. Für einen *alten Saftsack*, wie ihn die böse Souffleuse zu nennen pflegte, war er gut in Schuss.

***

Sie ist früh dran. Hat heute noch gar nichts getrunken, obwohl sie total durstig ist. Aber es wäre blöd, wenn sie aufs Klo müsste. Sie will ganz vorne stehen, damit es wird, als wären sie zusammen, als würde ER nur für sie singen. Sie wird IHM nah sein. ER wird sie sehen. Sie wird IHM zeigen, wie sehr sie IHN liebt.

Sie weiß, wie sie IHN auf sich aufmerksam machen kann. Ihr Körper blüht, schon seit letztem Jahr, eigentlich zu früh, in der Klasse sind sonst nur Bügelbretter. Logisch, dass die neidisch sind auf ihren Busen. Die Buben wissen nicht richtig, was sie damit anfangen sollen. Wer braucht die unreifen Trottel schon, sollen sie Witze machen, wie sie wollen. In ein paar Jahren werden sie draufkommen, wie schön es ist, Brüste zu kneten. Ihrem Deutschlehrer gefällt es jedenfalls sehr gut. Er lässt sie durch, obwohl sie keinen geraden Satz schreiben kann. Dafür darf er einmal die Woche unter die Bluse greifen,

Donnerstag nach dem Turnunterricht, wenn alle weg sind, was sie schon wundert, weil sie dann ja verschwitzt ist. *Aber ziemlich fair*, denkt sie.

***

Ohne seine Chefin (die sich nicht so einfach abschütteln ließ) zu fragen, sprang Nikolaus Geyer in sein eigenes Dienstauto, Valerie gerade noch so auf den Beifahrersitz, bevor er losbrauste. Nicht angeschnallt. Auf den ersten Metern lehnte er sich auf ihre Seite, als säße niemand neben ihm, riss das Handschuhfach auf, wühlte herum, kramte das Blaulicht heraus, knallte es aufs Dach und steckte es ein. Alkoholische Ausdünstungen lagen im Raum. Geyer gab sich alle Mühe, weder Schlaglöcher noch hervorstehende Bordsteine auszulassen, fluchte über jede Kleinigkeit und machte die Autofahrt zur persönlichen Frustrationsbewältigung. Valerie, die selbst nicht zimperlich beim Autofahren war, ließ es geschehen. Sollte Geyer sich abreagieren oder für die Sitzung revanchieren, wie er wollte. Sein Versetzungsgesuch, mit dem er sich Valerie an ihrem ersten Arbeitstag in Tirol vorgestellt hatte, hatte er zurückgezogen, und er leistete gute Arbeit. Und für gewöhnlich schaffte er es auch, Emotionen außen vor zu lassen. Er schien Valerie als Vorgesetzte akzeptiert zu haben, wenn auch widerwillig. Gelegentliche Gefühlsausbrüche waren kein Grund, daran zu zweifeln. Inwiefern der Alkoholgeruch, den sie nun deutlicher wahrnahm, zum Bild des verlässlichen Teammitglieds passte, würde sich herausstellen.

Wie sie so durchgeschüttelt wurde, versuchte Valerie, das Wirrwarr zu ordnen, das sich vor ihr ausgebreitet hatte: Da war der Star mit seinen Leichen im

Keller – dem Ex-Manager Laus, der ihn betrogen hatte, dem *Erzfeind* Schwanz, der behauptete, der größte Hit stamme aus seiner eigenen Feder, der *Stalkerin*, wie Schmatz diese Frau Mumm genannt hatte, welche ein gemeinsames Kind behauptete, und wohl eine Unzahl weiterer, noch unbekannter Personen, die in Gotthilf Semmelweis alles andere als den großen Helden sahen ... aber was war der konkrete Anlass, ihm an den Kragen zu wollen?

Geyer überfuhr jede rote Ampel, ohne sich besonders für den Querverkehr zu interessieren. An der Kreuzung Bürgerstraße und Maximilianstraße wären sie beinahe in ein Taxi gekracht, doch als hätten sich Geyer und der Taxifahrer irgendeines männlichen Geheimcodes bedient, hatte jeder Fahrer seine Bahn so gewählt, dass sie einander um Haaresbreite verfehlten.

„Idiot!“, schrie Geyer. Der andere wohl auch.

Zurück zum Fall, zwang sich Valerie. Aus welcher Richtung die konkrete Bedrohung des Stars kam, war mehr als schleierhaft. 1976 lag weit zurück – was immer Wolf Rock sich zuschulden kommen lassen hatte, musste inzwischen verjährt sein, denn „Schandtat“ klang zwar schlimm, aber nicht nach jenen Verbrechen, die niemals verjähren. Wer wartete so lange auf Rache? War es nicht doch viel eher ein wohlkalkulierter Marketingplan, um Wolf Rock zeitgerecht ins Gespräch zu bringen? Wozu auch gepasst hätte, dass man das Tiroler Tagblatt rechtzeitig vor der Pressekonferenz über den Drohbrief informiert hatte.

Und dann war da noch diese Protestbewegung, die sich zwar regen Zulaufs erfreute und Wolf Rock aufs Schlimmste beschimpfte – die aber eher teilnahmslos und inszeniert wirkte, wenn es ans Demonstrieren auf der Straße ging. Da passte gar nichts zusammen.

Vorm Hotel Europa standen Beamte der Stadtpolizei, die sofort Platz machten, als sie das Blaulicht sahen. Von Protestierenden war dieses Mal nichts zu sehen. Geyer stellte den Wagen halb am Gehsteig ab und sie liefen ins Foyer, wo Benz sie bereits mit einem Päckchen in der Hand erwartete.

„Gehen wir da rüber ... jetzt schau dir diese Schweinerei an, Niki!“

Der Angesprochene trat entschieden an den Stehtisch, streifte sich Untersuchungshandschuhe über (Valerie kramte in ihrer Tasche, hatte aber keine dabei) und öffnete vorsichtig den Karton.

„Ach, Frau ... Mauser, richtig?“, sagte Benz, schenkte ihr ein süffisantes Lächeln, drehte sich um und schob seinen Rücken zwischen Valerie und das Paket. Sie dachte, sie sei im falschen Film. Einem Streifen namens *Männersache*. Mit der Außenfläche ihrer linken Hand brachte sie den Mann aus dem Gleichgewicht und drängte sich in die Lücke.

„Herr Benz, gehen Sie zur Seite, bitte, danke.“

„Ja was fällt Ihnen denn ein?“

Geyer sah kurz auf.

„Hast du das einfach so aufgemacht, Gustl?“

„Ja mei, was kann schon groß sein, Niki, oder?“

Eine Menge, dachte Valerie. *Wie praktisch, dass er sicher schon alles angetapst hat*. Ob er sich absichtlich dumm stellte?

„Geyer, was haben wir hier?“

Ihr Mitarbeiter hatte einen Stofffetzen sowie ein Blatt Papier aus der Verpackung geholt und auf der Tischfläche ausgebreitet.

„Vermutlich eine Frauenunterhose“, antwortete er. Weiß, hellblau umsäumt, Blümchen in Marineblau und Dotter. Geyer deutete auf große, dunkle Flecken.

„Sieht aus wie eingetrocknetes Blut, was meinen Sie? ... Und wieder so einen Brief."

„Lassen Sie mal lesen."

Geyer schob ihr das Blatt hin.

Am Samstag spielt der Teufel sein letztes Konzert. Er wird für die Schandtat '76 brennen und seine Asche wird in alle Winde wehen!

Valerie zog den Schluss: Also würde der Anschlag – wenn überhaupt – beim oder nach dem Konzert passieren.

„Wie haben Sie das Päckchen bekommen, Herr Benz?", fragte Valerie.

„Per Fahrradboten. Er sollte es ausschließlich Wolf Rock übergeben, persönlich. Ich habe ihn noch abgefangen."

So ein Zufall aber auch. Sie sah ihn schief an, wodurch er sich recht bald zu einer genaueren Erklärung genötigt sah.

„Die Rezeption hat den Kurier aufgehalten und mich angerufen."

„Wieso Sie?"

„Wolf Rock braucht größtmögliche Ruhe, um sich auf das Konzert vorbereiten zu können. Solange es nicht ums Singen und Tanzen geht, bin ich Wolf Rock, Frau Mauser. Das Hotel weiß das natürlich."

„Natürlich", wiederholte Valerie. „Ich denke, wir sollten Herrn Semmelweis erneut befragen. Gehen wir hoch."

„Sie können mich alles fragen, was sie von ihm wissen wollen, Frau Mauser."

„Dann erzählen Sie mir mal von der Schandtat '76, Herr Benz. Wie war das damals? Was hat da begonnen?“, fragte sie ihn, wohl wissend, dass Benz zu der Zeit eher im Sandkasten gesessen hatte.

Dieser plusterte sich auf und zupfte sein Jackett gerade. Sein Kopf hatte sich verfärbt. Der Manager sah Geyer an, suchte Verständnis für seine Empörung, das dieser ihm nicht zu zeigen wagte.

Geyer versuchte, zu beschwichtigen: „Gustl, komm, reden wir mit ihm. Wir müssen ihm ja nicht alles zeigen. Er wird sich doch an irgendwas erinnern können, das uns weiterhilft.“

„Nein, das geht nicht. Er braucht dringend Ruhe. Migräneattacke. Absolute Dunkelheit und Ruhe. Bis zur Generalprobe morgen.“

Valerie tat sich zunehmend schwer, an etwas anderes als eine Inszenierung zu denken. Aber falls die Sendungen nicht vom Manager selbst kamen, musste man den Täter tatsächlich ernst nehmen. *Falls.* Sie überlegte kurz. *Mal sehen, wie er reagiert, wenn man ihm auf sein Sparschwein klopft.*

„Herr Benz, wollen Sie Ihren Schützling wirklich der Gefahr eines Anschlags aussetzen? Solange wir nicht wissen, wer dahintersteckt, wäre es doch besser, er bliebe in Sicherheit, oder? Konzerte lassen sich ja auch verschieben, zum Beispiel.“

„Ja sind Sie denn verrückt?!“, schrie er ohne Rücksicht auf andere Gäste, die ihre Köpfe zu ihnen drehten. „Ja was glauben Sie denn, was da alles dranhängt? Pah! Was red ich überhaupt mit Ihnen darüber. Sie sind eine dieser rundumversorgten Staatsdienerinnen, die das nie kapieren werden ...“ Benz rang um Fassung und Luft. „Live im Fernsehen. EUROVISION! Wissen Sie, was das bedeutet? Wissen Sie, wie oft so was wirklich LIVE gesendet werden kann? Wissen Sie nicht! So gut wie nie nämlich! Alles aufgezeichneter Käse! Den

Sendeplatz bekommen wir nie mehr. Der Werbewert geht in die Millionen! MILLIONEN! Das Konzertereignis des Jahres, ach was red ich, des Jahrzehnts!"

„Das wird doch versichert sein, oder?"

„Frau Mauser, strengen Sie doch einfach Ihren hübschen Wuschelkopf an, bevor Sie solch absurden Mist von sich geben."

„Herr Benz", entgegnete Valerie gefasst, „wie viele Millionen ist Ihnen das Leben Ihres Schützlings eigentlich wert?"

„Kümmern Sie sich um Ihren Job und ich mich um meinen. Wenn Sie diesen Wahnsinnigen bis Samstag finden, müssen wir uns ja keine Sorgen machen."

Und wie viele Millionen wäre ein toter Schützling wert?, drängte sich in ihr Bewusstsein. Immer wieder ließ sich beobachten, wie die Umsätze der großen Stars geradezu durch die Decke gingen, wenn sie erst mal unter der Erde waren. Ein toter Star war ein guter Star, wenn es ums Geld ging. *Er kann nur gewinnen.*

Ohne Benz eines weiteren Blickes zu würdigen, wies Valerie Geyer an, das Päckchen ins Labor zu bringen.

„Und dann versuchen Sie bitte, den Fahrradkurier ausfindig zu machen." Mit diesen Worten überließ sie die beiden Herren sich selbst und ging auf die Straße hinaus.

***

Sie erreicht den kleinen Heustadel, in dem sie es zum ersten Mal gemacht hat, letzten Herbst mit Benjamin, einem ziemlich stattlichen Kerl von zwei Klassen über ihr. Er hat ihr gezeigt, wie man die Tür aushängt, und dann hat er ihr noch ganz andere Sachen gezeigt. Zuerst war es unangenehm, hat sogar wehgetan, aber nicht so fest wie Schläge, eher wie eine Spritze. Beim zweiten Mal hat es ihr dann schon total Spaß gemacht.

***

Die Temperaturen hatten spürbar angezogen, sodass Valerie die Lederjacke unter den Arm nehmen konnte. Es sollte ein Sommertag werden. Die Sonne schien ihr ins Gesicht. Einmal holte sie tief Luft – genoss diesen kurzen Augenblick – und kramte dann ihr vibrierendes Handy aus der Tasche.

„Mauser?"

„Einen Augenblick, ich verbinde Sie mit Oberst Berger." Der LKA-Leiter pflegte anrufen zu lassen. Von seiner Sekretärin, Gisela Hundsbichler, spröde wie er selbst, was ihr den Spitznamen „stocksteife Gisela" eingebrockt hatte, was Valerie natürlich von Schmatz wusste. Während sie darauf wartete, mit ihrem Chef verbunden zu werden, schaute sie zuerst zum Himmel und dann um sich herum. Immer noch keine Demonstranten in Sicht, nur Polizisten und Geyers unmöglich geparktes Auto.

„Frau Oberstleutnant?"

„Tag." *Tag?*

„Hier spricht Oberst Doktor Berger."

Na klar, wer sonst. „Guten Tag, Herr Oberst."

„Frau Oberstleutnant, wie steht es in der Sache Semmelweis?"

Sie unterrichtete ihn vom eingetroffenen Paket und dessen Inhalt sowie von ihrem Gespräch mit Wolf Rocks Manager.

„Dann deutet alles auf ein Sexualdelikt im Jahr 1976 hin. Ist die Untersuchung schon im Gange?"

„Ja. Wir werden auch diesen Fahrradkurier befragen, sobald wir ihn gefunden haben."

„Gut. Was halten Sie von Gustav Benz?"

„Was ich menschlich von ihm halte, wollen Sie nicht wissen. Er kooperiert nicht wirklich. Sie kennen ja seine Vorgeschichte. Wirtschaftlich kann er nur gewinnen."

„Außer wir untersagen diese Veranstaltung."

Da hatte er Recht.

„Aber dann kommt das Rumpelstilzchen."

„Wie bitte?"

Valerie trat gegen einen Laternenpfahl. *Erst denken, dann reden.*

„Benz wird das nicht mit sich machen lassen."

„Nun gut. Und die Proteste?"

„Hier ist nichts zu sehen. Sehr wohl aber im Internet, scheint sich zu beschleunigen. Merkwürdige Sache, nicht wahr?"

„Nun ja. Halten Sie mich informiert, Frau Oberstleutnant. Täglich, schriftlich."

Geht klar, Chef, konnte sie gerade noch hinunterschlucken.

„Natürlich, Herr Oberst!", antwortete sie und legte auf. Das kleine Teufelchen auf ihrer Schulter stand stramm und salutierte.

Valerie hatte Zeit, sich den Veranstaltungsort des Konzerts genauer anzusehen. Da sie die Ressourcen der Stadtpolizei nicht mit Fahrdiensten blockieren wollte, überquerte Valerie den Südtiroler Platz und nahm sich ein Taxi, das sie zum Bergiselstadion brachte. An die zehn Sattelzüge standen entlang der Auffahrtsstraße, teils von TV-Anstalten, teils *Tour-Trucks,* teils normale Lastwägen ohne Aufschrift, dutzende Arbeiter schwirrten mit Ausrüstung herum, hoben Kisten aus größeren Kisten oder schoben Rollcontainer in den Innenbereich des Stadions, schrien sich Kommandos und Freundlichkeiten unterschiedlichen Grades zu. Dazwischen fuhren Hubstapler ihre Lasten hinein. Aus gutem Grund trugen einige der Arbeitskräfte Gehörschutz – und alle bunte Helme. Mit vorgehaltenem Dienstausweis fragte sich Valerie zum *Klee Mike,* wie Hubertus Freudenschuss ihn genannt hatte, durch, welcher am tiefsten Punkt der Anlage stand und sich gerade lautstark mit einem Mann unterhielt. Valerie kam in Hörweite.

„Ja glaubt's ihr, wir reißen den Bergisel nach euch ab und bauen ihn neu auf, oder was? Das kann doch nicht wahr sein. Hier gibt's kommende Woche ein Sommerspringen! Wisst's ihr überhaupt, was die Matten da kosten? Was glaubt's ihr, was passiert, wenn übermorgen zehntausend Leute auf dieser Plattform stehen und im Takt hüpfen? Eine Pfahlramme ist ein Dreck dagegen! Der Schlierenzauer wird uns schön den Vogel zeigen, wenn alles voller Schlaglöcher ist. Also, da müssen viel größere Platten drunter. Da, und da, und da drüben auch. Und das da geht schon gar nicht. Verstanden?"

„Entschuldigen Sie ...", sagte Valerie von der Seite.

„Was?", fauchte Klee. Als er sie sah, wandelte sich sein Gesichtsausdruck in weniger als einer Sekunde, vom Bengel zum Engel. „Ach, schönen guten Tag!"

Valerie stellte sich vor.

„Landeskriminalamt? Leiterin? Schön. Aber so können Sie hier trotzdem nicht herumrennen." Damit pfiff er, winkte einem der Arbeiter zu und deutete auf seinen eigenen Bauhelm. Der Angepfiffene brachte Klee einen Kopfschutz in Rot. „Hier, der dürfte Ihnen passen. Hoff ich jedenfalls", sagte er und schmunzelte.

Sie drückte ihre Haarpracht in den Helm und informierte den Bergiselchef grob über die Lage. Dieser hatte ein Funkgerät umhängen, das immer wieder aufmuckte.

„Drohungen, sagten Sie? Aber das ist ja entsetzlich ... wer tut so was? Das soll am Samstag doch ein Fest für alle werden!“ Das Gerät um seinen Hals schnarrte, er hielt es ans Ohr und schnarrte zurück, Valerie kombinierte, dass es um irgendeine Kameraposition ging, dann fauchte er ein paar Befehle, ergänzte: „Ist mir schnurzpiepegal, was der Wiener Regiehansl gerne hätte“, und stellte leiser. „Verzeihung – Sie sehen ja“, sprach er und zeigte auf die Gitterrohrkonstruktion, die vor den beiden in die Höhe wuchs. „Da kommt dann ein Bretterboden darüber. So gleichen wir den Radius des Schanzenauslaufs aus. Die Leute können ja nicht fünf Meter unterhalb der Bühne stehen. Und hier, drehen Sie sich mal um ... da oben kommt das Ungetüm – dreimal so groß wie die größte Konzertanlage, die wir bisher hatten. Vom Geländer bis da hinüber, alles eine Fläche. Maßgeschneidert. Und da“, deutete Klee und schwang seinen Arm einmal durch das Stadion, „werden dreißigtausend Menschen das Highlight des Jahres erleben!“

Hinter ihnen hämmerte jemand gegen ein Metallteil, schrill und spitz, jeder Schlag schmerzte in den Ohren.

„Kommen Sie, hier ist es zu laut, steigen wir hinauf an den Rand. Waren Sie schon mal hier?“

„Nein“, rief sie zwischen zwei Hammerschläge und folgte dem stämmigen Mann, der in etwa ihre Größe hatte. Sein Hemd musste mal schwarz gewesen sein. Irgendwann in den Neunzigern.

***

Sie zieht das T-Shirt nach vorne und späht durch den Ausschnitt, ob die Buchstaben, die sie sich mit dickem Stift vorm Badezimmerspiegel draufgeschrieben hat, noch lesbar sind. Ein bisschen verronnen vom Schwitzen, aber O.K. Zufrieden läuft sie los, kommt bald zu den Parkplätzen, die extra für heute eingerichtet worden sind, noch halb leer, aber schon jetzt fliegen ihr Pfiffe entgegen, kein Wunder. Sie weiß, dass sie Männern gefällt mit ihren langen Haaren und der super Figur. Das knappe Shirt und die noch knapper abgeschnittenen Jeans sitzen perfekt. Perfekt für IHN.

***

Oben am Rand des Stadions waren drei Feuerschalen und die olympischen Ringe zu sehen. Sie stiegen rechts die Tribüne hoch, welche aus der Ferne betrachtet aus sieben überdimensionalen Stufen bestand, die für Riesen hätten gebaut sein können. Was sie an Freudenschuss' Geschwafel von gigantischen Sagengestalten erinnerte, die hier irgendwo gegeneinander gekämpft haben sollen, der eine hieß Haymon, den anderen hatte sie vergessen. Aus der Nähe gesehen bestanden die großen aus wiederum sieben kleinen Stufen, für normale Menschen. Wo diese dann sitzen oder stehen konnten. Ein Amphitheater aus Beton, durchschnitten vom Auslauf der Skisprungschanze, die majestätisch über dem Geschehen thronte. Eine Eidechse kreuzte ihren Weg und verschwand in einer Betonritze.

„Dreißigtausend“, staunte Valerie.

„Ja, das ist was. Ein riesengroßes Fest wird es sein. *Hexenkessel* hat man geschrieben, und schauen Sie sich nur diese gigantische Schüssel an. Ja, Hexenkessel, was für ein super Vergleich.“ Sein Funkgerät muckte auf, er drehte es lauter, ließ den anderen wiederholen, antwortete gereizt und stellte es wieder leiser. „Nichts klappt, wenn man nicht persönlich dahinter ist. Kennen Sie das?“

Valerie hatte weder Zeit noch Lust, mit ihm über Mitarbeiterführung zu philosophieren. Wieder sah sie eine Eidechse.

„Herr Klee, glauben Sie nicht, dass das ziemlich viele Zuschauer sind?“ Dreißigtausend, das entsprach schon mehr als der Hälfte des Fassungsvermögens der größten österreichischen Anlage, des Ernst-Happel-Stadions in Wien, welches fünfzigtausend Fußballfans aufnehmen konnte, wie sie sich erinnerte – aber um ein Vielfaches größer war als diese Anlage.

„Sie müssen rechnen, dass wir auch den Schanzenauslauf bis zur Bühne voll nutzen werden. Das wird eine riesengroße gerade Fläche, sehen Sie? Am höchsten Punkt stehen die Leute mehrere Meter über dem Radius.“

„Radius?“ Das Wort hatte sie schon vorhin nicht verstanden.

„Ganz unten, wo es flach wird, wo die Skispringer zu bremsen beginnen, bevor es wieder aufwärts geht.“

„Und das alles war Ihre Idee.“

„Wie kommen Sie darauf?“

„Freudenschuss hat das doch so gesagt. In der Pressekonferenz. Dass Sie eine super Idee gehabt haben und hartnäckig waren. Oder stimmt das nicht?“

„Na ja“, sagte er und schien geschmeichelt, „dass Wolf Rock das große Konzertfinale hier in seiner Heimatstadt veranstalten will, das stand schon lange fest. Aber ursprünglich waren das Tivolistadion oder die

Olympiahalle vorgesehen. Da hätten nie so viele Zuschauer reingepasst, und seien wir uns ehrlich, das sind austauschbare Stätten. Wie Einkaufszentren oder Schwimmbäder. Sehen überall gleich aus, ob hier oder in Frankfurt oder in Dschibuti. Und deswegen habe ich dem Hubertus den Bergisel vorgeschlagen. Schauen Sie sich nur dieses Panorama an, da können die Kameraleute gar nicht anders, als die Nordkette einzufangen, die lässt sich nicht einmal mit Gewalt ausblenden. So eine schöne Werbung für den Tourismus gibt's kein zweites Mal, hat der Hubertus gemeint."

„Und für die Genehmigungen gesorgt."

„Sehen Sie", sagte Klee und zeigte auf die olympischen Fackeln von 1964 und 1976 sowie jene der Jugend-Winterspiele von 2012. „Können Sie sich vorstellen, wie das ausgesehen hat, das olympische Feuer vorm Bergpanorama? Dazu der Jubel im Stadion? Da läuft es Ihnen kalt den Rücken hinunter. Zweizwölf haben gleich alle drei Fackeln gebrannt, wer kann das schon behaupten, dreimal die olympischen Spiele *gehostet* zu haben? Wobei ... die Jugendspiele waren halbe Spiele sozusagen. Aber ein *Spirit* hier, mit all den jungen Leuten, Gänsehaut pur. Genau das brauchen wir am Samstag auch."

„Während sich 1999 besser nicht wiederholen sollte", stichelte Valerie und deutete zurück auf die hohe Metallsäule, die sie im Vorbeigehen wahrgenommen hatte, auf der *Wir denken an die Unfallopfer vom Bergisel am 4. Dezember 1999* geschrieben stand.

„Nein, natürlich nicht. Gott bewahre, Frau Mauser."

„Was genau ist damals passiert?"

Darüber zu reden, war ihm sichtlich unangenehm.

„Ein Snowboardevent. Das Unglück hat niemand vorhersehen können damals, wie auch, das war eine Verkettung von unglücklichen Umständen. Tragisch."

„Wie ist es dazu gekommen?"

„Nach der Veranstaltung wollten eben zu viele Menschen zur selben Zeit aus dem Stadion. Beim Westausgang dort. Die Straße war glatt, ein paar sind ausgerutscht und hinten haben sie nachgedrängelt, man kennt das ja von Jugendlichen, das ist ein ganz anderes Publikum! Voller Ungeduld! Dann war noch dieser Absperrzaun im Weg. Alles sehr, sehr unglücklich."

„Waren Sie damals schon verantwortlich hier?"

„Nein, ich bin erst vor einem Jahr hierher gewechselt."

„Was haben Sie davor gemacht?"

„Da war ich Referent für allgemeine Sicherheit und Veranstaltungen bei der Stadt. Bevor Sie mich gleich fragen: Nein, ich hatte damals auch in dieser Funktion nichts mit der Snowboardveranstaltung zu tun."

„Und wie wollen Sie so eine Panik am Samstag verhindern, mit viel mehr Zuschauern als damals?"

„Frau Mauser, das können Sie doch nicht vergleichen. '99 im Dezember, da war alles rutschig und dieser unglückliche Zaun eben. Jetzt haben wir Sommer und sind perfekt vorbereitet."

„Und wie viele Rockkonzerte haben hier in den letzten Jahren stattgefunden?"

Wieder meldete sich sein Funkgerät. Dieses Mal gestikulierte er entschuldigend und entfernte sich von Valerie. Sie ging einige Meter am oberen Kesselrand entlang, blieb stehen und drehte sich um die eigene Achse, um den Schauplatz auf sich wirken zu lassen. Eine breite Schotterfläche bildete den oberen Rand, die Feuerschalen standen am hinteren östlichen Ende, steile Wiesen führten an der Nordseite hinunter zu den Zufahrtsstraßen, Metallgeländer schützten vor dem Absturz. Sie schritt auf die Schanze zu. Auf der dunkelgrünen, von horizontalen Weitenlinien unterteilten Kunststoffbahn landeten die Skispringer im Sommer. Unten ging der Auslauf in Wiese über, die steil hinauf führte, direkt dorthin, wo sie gerade stand. Dieser Auslauf war umringt vom Zuschauerraum, dessen Sektoren in unterschiedlichen Farben gestrichen waren, violett, grün, ocker, orange, rot, blau. Über allem die elegante Schanze.

Sie sah links hinunter, wo die Bühne aufgebaut wurde. Emsiges Treiben. Ja, es war schön hier. Schön gelegen. Aber auch ganz schön gefährlich. Denn die Anlage hatte etwas Beklemmendes, Gefängnisartiges an sich. Ein gigantischer Kessel, dem man nicht schnell genug entkommen konnte, wenn etwas passierte. Eine Grube.

Sie stieg die Stufen hinunter. Die mit Sicherheit zehnte kleine Eidechse, die ihr fast über die Füße lief, ließ sie kurz darüber nachdenken, ob man die Anlage nicht in Eidechsenstadion umbenennen sollte. Oder sie wenigstens zum Maskottchen machen. Die flinken Tierchen schienen sich hier außerordentlich wohl zu fühlen, und je mehr sie darüber nachdachte, desto weniger wunderte sie das. Manche Stufe bröckelte vor sich hin und bot damit ausgezeichnete Versteckmöglichkeiten. Und schien die Sonne, heizte sich das Oval auf und der Beton speicherte die Wärme, was den Reptilien besonders gut bekommen musste.

Klee holte sie ein.

„Frau Mauser, darf ich Sie zum Essen einladen? Ganz oben im Schanzenlokal. Das wird Ihnen gefallen!"

***

Die Sonne sticht herunter, sie ist durstig, aber das macht nichts, keinen Tropfen will sie trinken. Sie wird einen

Platz ganz vorne erobern und nicht wieder hergeben, und wenn sie Pipi muss, notfalls einfach laufen lassen. Die Bühne ist riesig, zuerst muss sie aber ganz nach hinten oben am Feld, weil da der Eingang ist. Dort steht schon eine ganze Menschentraube! *Scheiße!*, denkt sie und rennt los.

***

Valerie und der Bergiselchef nahmen die kleine Standseilbahn zum Fuß der eindrucksvoll geschwungenen Schanze. Dann gingen sie um den Turm herum und bestiegen die Aufzugskabine, die sie ins Schanzenlokal brachte, welches die ganze Etage für sich beanspruchte und rundum verglast war. In Sprungrichtung breitete sich Innsbruck aus, darüber die Nordkette. Sie nahmen ganz vorne Platz, wo man schwindelfrei sein musste, denn die Glasfront trotzte nach oben ausfallend der Schwerkraft, gab dadurch einen hervorragenden Blick nach unten frei. Valerie bestellte die gegrillte Hühnerbrust, Klee mit dem Kalbsrahmgulasch das teuerste Gericht auf der Karte.

„Dann sind Sie also ganz entspannt wegen Samstag, Herr Klee?"

„Natürlich. Wo wir doch Polizisten wie Sie haben?"

Ihr Telefon klingelte. Geyer. Valerie entschuldigte sich und ging nach hinten, stützte sich auf einen der Stehtische und sah zum Patscherkofel hinauf.

„Ja, Herr Geyer?"

„Wegen dieses Fahrradkuriers ..."

„Ja?"

„Der Gustl ... also Benz konnte sich an den Namen des Botendienstes erinnern. Der hatte heute aber keine Sendung ins Hotel Europa."

„Glauben Sie, der Täter hat das Paket selbst abgegeben?“

„Eher eine Schwarzfahrt.“

Valerie gab ihm Recht. Falls doch nicht alles Benz’ Fantasie entsprungen war, wäre es ein unverhältnismäßiger Aufwand (und ziemlich dumm) gewesen, sich extra als Fahrradbote einer existierenden Firma zu verkleiden. Sie wies Geyer an, den Fahrer zu suchen, Benz sollte die Personenbeschreibung liefern und ihn dann identifizieren. Das würde den Manager in die Enge treiben und zeigen, wie real diese Bedrohung wirklich war.

„Haben wir nichts Wichtigeres?“

„Haben wir sonst noch jemanden, der den Täter gesehen haben könnte, Herr Geyer?“

Das leuchtete ihm ein und Valerie kehrte zu Klee zurück. Das Essen wartete schon. Eines musste man dem Restaurant lassen: So überteuert die Preise sein mochten, so schnell ging es – und schmeckte jedenfalls akzeptabel.

„Zurück zum Konzert, Herr Klee ... wie kann man sich das finanziell vorstellen, mit den Förderungen?“

„Ach, das ... na ja, sehen Sie ... ohne Zuschuss könnten wir uns den Aufwand nicht leisten, alleine das zusätzliche Personal, das nötig ist. Und schauen Sie hinunter, wo die mobile Plattform und die Bühne aufgebaut werden – das alleine verursacht Kosten in sechsstelliger Höhe!“

„Reichen denn die Eintrittsgelder nicht? Die Karten sind ja nicht unbedingt billig, oder? Das macht ... bei dreißigtausend Besuchern und zweihundert pro Nase ... mindestens sechs Millionen Euro? Dazu vermutlich Einnahmen aus Fernsehrechten?“

„Mag sein. Aber davon hat der Bergisel nichts, Frau Mauser.“

„Warum nicht?"

„Na weil wir nicht der Veranstalter sind, sondern Benz."

„Was bezahlt er Ihnen dann an Stadionmiete?"

Klee antwortete nicht, schüttelte nur den Kopf.

„Ihr Schweigen soll mir doch nicht verraten, dass der Steuerzahler die ganze Zeche bezahlt? ... Von wie viel Geld sprechen wir hier?"

Er wischte sich den Mund und stand auf.

„Frau Mauser, ich habe keine Zeit, mit Ihnen über politische Entscheidungen zu moralisieren. Einmaligkeit hat eben ihren Preis. Wenden Sie sich an die zuständigen Stellen, wenn Sie finanzielle Auskünfte haben wollen. Wenn Sie sonst noch etwas brauchen, das Ihre Polizeiarbeit betrifft, stehe ich gerne zur Verfügung. Wenn nicht, wünsche ich Ihnen noch einen guten Tag." Beim Hinausgehen deutete er dem Kellner. „Das übernehme ich!"

Valerie wartete noch kurz, schaute in die Ferne, versuchte, ihre Gedanken zu ordnen. In direkter Verlängerung des Schanzenauslaufs lag der Friedhof Wilten – unten in der Stadt, die Perspektive täuschte also, es war aber trotzdem makaber. Was sich wohl ein Skispringer dabei dachte? *Regel Nummer eins: Nicht dort landen?* Daneben das Stift Wilten, dahinter der Bahnhof mit Südtiroler Platz und Hotel Europa. Alles in einem Blick vereint.

Sie ließ ihr zu einem Viertel aufgegessenes Essen stehen, weil ihr der Appetit vergangen war, legte fünfundzwanzig Euro auf den Tisch und ging zu Fuß die Anlage hinunter, vorbei an den Räumlichkeiten der Bergisel-Betriebsgesellschaft, die direkt in den obersten Teil des Schanzenhügels gebaut worden waren, weiter hinunter über steile Betonstufen, bis sie die

Zuschauerränge erreicht hatte, noch einmal herum ums Oval, vorbei an den Feuerschalen, hinunter zu den Arbeitern und hinaus aus dem Stadion.

***

Nach einer halben Stunde Anstehen, in der sie immer wieder versucht hat, zu sehen, wie dicht sich die Leute schon vor der Bühne drängeln, kommt sie zur Eingangskontrolle.

„Ausweis!", ruft der Kontrolleur und starrt sie an, als wäre sie noch ein Baby. Sie weiß natürlich, dass sie vom Alter her ohne Begleitung nicht hineinkommt, sie ist ja nicht blöd. Aber sie hat gehofft, dass sie älter aussieht.

„Hab ich vergessen."

„Dann tut's mir leid, kein Zutritt!"

Ein Stich. Aber nur ganz kurz, weil sie weiß, dass sie hineinkommen wird. Sie weiß es ganz fest. Kurz überlegt sie, ob sie den Mann auch mal greifen lassen soll wie den Deutschlehrer (der ihr fast freiwillig die Karte besorgt hat), aber das würde vielleicht auffallen. Also tut sie so, als würde sie weggehen, in Wahrheit reiht sie sich in eine andere Schlange ein, stellt sich einfach zu einer Gruppe von Männern, die ziemlich betrunken ausschauen, alle uralt, sicher schon vierzig, zwei haben eine Glatze. Bei der Vorstellung, einen von denen küssen zu müssen, könnte sie kotzen.

Aber jeder von denen ginge als mein Vater durch, denkt sie. Niemand wird mich aufhalten. „Hey ihr Süßen, nehmt ihr mich mit rein?"

Die Alten johlen und umarmen sie, eine Hand greift ihr gleich hinten in die Hose, „Hallo, du Schnecke", voll krank, eine andere versucht, an die Brüste zu kommen, blöd, aber egal. Bald ist sie drin, reißt sich aus der Umklammerung der alten Spanner und läuft, so schnell sie kann. Nach vorne. Zu IHM.

***

Kurze Zeit später traf Valerie im Landeskriminalamt ein. Ihr Vorzimmer war leer, doch auf ihrem Schreibtisch fand sie eine Mappe mit Post-it drauf: *Daten von der Demo. Soll LG von Karl Heizer v. d. Stadtpolizei ausrichten. Schmatz*

Sie sah die Unterlagen durch. Ganz oben lag Heizers angekündigte Stellungnahme, unbrauchbar, weil viel zu allgemein. Die Abfragen darunter wiesen ein paar der Festgenommenen als amtsbekannte Störenfriede aus, doch besondere Aufschlüsse oder konkrete Bezugspunkte zu Wolf Rock ergaben sich nicht. Die Demonstration blieb undurchsichtig.

Valerie ging ins Internet und auf die Facebook-Seite, die ihnen Schmatz in der Früh präsentiert hatte. Die Zahl der Fans hatte sich seither auf über fünfundzwanzigtausend verdoppelt. Regelmäßig wurden hetzerische Beiträge veröffentlicht. Das Foto eines brennenden CD-Stapels fand besonderen Anklang. Die Beteiligung in Kommentarform wuchs von Eintrag zu Eintrag. *Unfassbar*, dachte Valerie, nachdem sie einige der Postings gelesen hatte. Hier ging es nicht mehr um bloße Morddrohungen, hier unterhielt man sich darüber, was man mit der Leiche anstellen würde und wie man alles (und jeden) ausrotten könnte, das (und den) Wolf Rock je angefasst hat. Selbst gebastelte Fotomontagen zeigten ihn mit Hitlerbärtchen oder setzten seinen Kopf auf andere dämonische Figuren der Vergangenheit. Blanker Hass, blinde Wut, unbeschreibliche Dummheit.

„Ja grias di, Frau Mauser!“

Valerie erschrak.

„Wie? Ach, Schmatz, grüß dich."

„Ich war auf Mittag. Du hast die Unterlagen eh schon gesehen, oder?"

„Ja. Gerade bin ich auf Facebook."

„Da wird einem ganz anders, wenn man sich anschaut, wie die Sache explodiert. Vorhin haben sie schon was im Radio gebracht. Die Online-Zeitungen sind voll davon. Total viral. Irre, oder?"

Die Massenmedien springen also auf, dachte Valerie. *Und gießen Öl ins Feuer – wie üblich.* Ein Streichholz inmitten vieler anderer entzündete sie alle, womit sich der Begriff *viral* von selbst erklärt hatte. Tatsächlich konnte einem davon *anders* zumute werden.

„Trotzdem hat die Demo gestern scheinbar inszeniert gewirkt."

„Also, davon seh ich da auf Facebook nichts mehr, Frau Mauser."

„Am besten lassen wir die Seite sperren."

„Was? Bei Facebook?" Das fand der junge Assistent mächtig komisch.

„Was ist daran lustig?" Sie warf ihm einen grimmigen Blick zu.

„Tschuldigung, Frau Mauser. Nicht böse gemeint. Aber solange die kein Busenfoto posten, kannst du bei Facebook gar nichts machen."

„Schmatz, hier sind strafrechtlich relevante Tatbestände, wohin man schaut. Üble Nachrede, Verleumdung, Beleidigung und vor allem gefährliche Drohung. Das reicht zusammen für hundert Jahre Gefängnis, was sich auf der Seite da abspielt. Es gibt Gesetze und hier ist Gefahr im Verzug. Wir müssen erfahren, wer dahintersteckt, und die Seite muss raus."

„Na dann, viel Spaß!" Er wirkte amüsiert.

„Das wünsch ich dir, Schmatz."

„Was?"

„Ruf bei Facebook an und erkundige dich, wie das Prozedere ist. Sag ihnen, wer du bist und woher du anrufst. Teil ihnen mit, dass hier gegen Gesetze verstoßen wird, und sie, wenn sie die Seite nicht vom Netz nehmen, Beihilfe leisten."

„Sorry, Frau Mauser", brachte er in seinem Gelächter noch heraus, „ist wirklich nichts gegen dich!" Damit schloss er die Tür zwischen seinem und ihrem Arbeitsplatz. Sie konnte hören, wie er sich draußen förmlich zerkugelte. Was war so lustig daran, Facebook anzurufen? Manchmal konnte er ziemlich anstrengend sein, dieser Schmatz.

***

Sie verliert beinahe die Nerven, als sie sieht, dass dort vor der Bühne schon viele Leute stehen, ganz dicht, hauptsächlich Mädchen, fürchterlich aufgedonnert. Vollnutten. Keine Chance, sich durchzuzwängen, da wird sofort geschrien, gekratzt und gespuckt. Sie will keine Schlägerei riskieren, muss schön sein für IHN, also bleibt sie in der vierten oder fünften Reihe stehen. Die Nutten singen „Ein Bett im Kornfeld", total bescheuert, weil gar nicht von IHM. Im Radio spielen sie das Lied zehnmal am Tag. Aber der Typ, der das singt, wäre ihr viel zu alt, der ist letztes Jahr dreißig geworden, hat sie heimlich in der Bravo gelesen.

ER ist jung. Nur ein paar Jahre älter als sie. Sie spart sich alle Energie für den Moment auf, in dem ER sie hören kann. *Sollen sie singen, was sie wollen*, denkt sie und lacht sich eins.

***

Valerie konsultierte Wikipedia und rief den Eintrag zum Bergisel auf, um sich über die Katastrophe von 1999 und deren Folgen zu informieren. George (wie Clooney) Knoblauchs Aussagen in der Pressekonferenz bestätigten sich: fünf Tote und fünf Pflegefälle bei knapp über zwanzigtausend Besuchern. Die Betriebsanlage wurde in den nachfolgenden Verfahren als „sehr problematisch", teilweise auch „ungeeignet für Großveranstaltungen" beschrieben.

Trotzdem packen sie jetzt wieder dreißigtausend Zuschauer rein, überlegte Valerie. Wundern konnte sie weder das eine noch das andere. Sie hatte Freudenschuss bereits besser kennengelernt, als ihr lieb gewesen war, und traute ihm alles zu, was seine Macht und sein Ansehen in irgendeiner Weise vergrößerte.

Nachdem sie zu Facebook zurückgekehrt war und dort eine Weile erfolglos nach direkten Kontaktmöglichkeiten und Ansprechpartnern gesucht hatte (hier fiel ihr Asterix' und Obelix' Aufgabe ein, im Irrenhaus an den Passagierschein A38 zu gelangen), stand sie auf und öffnete die Tür zu ihrem Vorzimmer.

„Schmatz, das war kein Scherz. Los!"

Ihr Gewissen meldete sich schon leise – schließlich hatte sie nun eine erste Ahnung von dem Wahnsinn, der ihn erwartete –, doch wenn jemand im Internet etwas erreichen konnte, dann Schmatz. Dieser runzelte die Stirn und nickte, sagte aber nichts mehr. Das Lachen war ihm vergangen.

Sei mir nicht böse, schluckte sie hinunter und ging zurück an ihren Platz, weil ihr Büroapparat klingelte.

„Mauser?"

„Hallo Valerie, George Knoblauch hier."

„Oh, hallo. Sind Sie nicht im Ausland?"

„Ich warte gerade auf den Weiterflug und arbeite an einem Kommentar über die Proteste gegen Wolf Rock. Da scheint's die Chefredaktion plötzlich furchtbar eilig zu haben."

„Schauen Sie ins Internet."

„Ja, hab ich gesehen ... Valerie, ich wollte nur sagen, dass ich den gestrigen Abend sehr schön fand."

Kein Wunder, dachte sie, schließlich hatte sie alle Reize eingesetzt, um ihm Informationen zu entlocken. Wenn sie Männer um den Finger wickeln wollte, schaffte sie das mit links, dessen war sich Valerie bewusst. Aber ganz reizlos hatte sie seine Gesellschaft ja auch nicht gefunden.

„Danke." *Danke?*

Stille. *Ich auch,* lag ihr auf der Zunge, doch sie schluckte es hinunter.

„Valerie ... Frau Mauser ... gibt's was Neues, über das ich berichten könnte? Haben Sie schon einen Verdacht, wer hinter den Drohungen steckt?"

„Und jetzt glauben Sie, dass ich Ihnen einfach so alles erzähle?"

„Schon klar. Aber ich will keinen Bock schießen, weil ich etwas übersehe. Wissen Sie zum Beispiel schon, von wem diese Protestbewegung ausgeht?"

„Noch nicht. Wir sind dran."

„Gar keinen Anhaltspunkt?"

„Wir gehen mehreren Spuren nach."

„Also nein."

Valerie sagte nichts. Der Kerl kannte sich aus mit der Polizeisprache.

„Was werden Sie unternehmen?"

„Na, wir bleiben dran."

„Und sonst, irgendwelche neuen Ereignisse?"

„Nein", log sie. „Und Sie, Herr Knoblauch, wissen Sie vielleicht etwas, das uns weiterhelfen kann? Neue Anrufe in der Redaktion vielleicht?"

„Leider. Würden Sie sich melden, wenn es Neues gibt?"

Ziehen Sie eine Nummer, dachte sie. Bei dem Wust, in dem sie nun den roten Faden finden sollte, blieb keine Zeit für Öffentlichkeitsarbeit. Zumal schon *der alte Berger* täglichen Bericht erwartete.

„Wenn es sich einrichten lässt, ja."

„Großartig! Auf ein Abendessen bei mir?"

In deinen Träumen, George, dachte sie. *Andererseits ...*

***

Es ist stickig heiß. Und staubig. Auf der Bühne steht jemand mit einem Feuerwehrschlauch und spritzt in die Höhe, sodass es auf sie herabregnet. Aber viel kommt nicht bei ihr an. Manchmal sieht man einen Regenbogen, dort, wo das Wasser herunterfällt, nur ganz kurz, dann ist er wieder weg. Es riecht nach Erde, Leuten und Zigarettenrauch, vielleicht sogar Haschisch, aber das hat sie noch nie probiert, weil das ungesund ist und total blöd macht. Ihr ist schwindlig. Vor ihr sind schon ein paar umgekippt, die hat man dann von vorne aus der Menge geholt. Für die ist der Spaß jetzt vorbei. Als sie das gesehen hat, hat sie sich zuerst gefreut, weil sie gedacht hat, dass da wieder Platz frei wird, aber nichts: Immer wieder drängen sich stärkere Mädchen und manchmal ein Bursche an ihr vorbei, sie hat schon Mühe, ihren eigenen Platz zu verteidigen. Langsam bekommt sie Angst, IHM nicht nahe genug zu kommen. Noch sind es zwei Stunden bis zu SEINEM Konzert. Erst wenn es fast dunkel ist, wird ER die Bühne betreten.

***

Gegen vier Uhr Nachmittag stand Valerie vor einem typischen Tiroler Wohnhaus aus den Achtzigern, Satteldach, Blumentröge am Balkon, verwitterte, teilweise mit dunklem Holz verkleidete Fassade, mitten in einem riesigen Grundstück, das sie auf über tausend Quadratmeter schätzte, in Igls, einer der nobelsten Wohngegenden Tirols. Wie ihr das Grundbuch verraten hatte, gehörte es Fritz Laus – der *Filzlaus*, Wolf Rocks erstem Manager. Hypothekenfrei.

Ein beeindruckend großer, tiefengebräunter älterer Mann öffnete nur wenige Sekunden, nachdem sie geklingelt hatte.

„Ja?", sprach er mit kräftigem Organ. Alles an ihm wirkte autoritär.

„Guten Tag, Herr Filz ... Fritz ... ähm ... Laus?" Valerie sah beschämt zu Boden.

„Soll das jetzt witzig sein, du Clown, du?", blaffte er und trat einen Schritt nach vorne.

„Nein, verzeihen Sie bitte!", warf sie ihm entgegen, „Mauser, LKA! Hier, sehen Sie!"

Er zupfte den Ausweis mit Schwung aus ihrer Hand, prüfte ihn ausführlich – was Valerie die Gelegenheit verschaffte, seine grob tätowierten Unterarme zu mustern – und gab ihn ihr zurück.

„Arbeiten jetzt Komiker bei euch? Wär ja mal ganz was Neues!"

„Herr Laus, ich bin hier, weil ich Sie zu Wolf Rock befragen möchte. Sie haben ihn ja in den Siebzigern und Achtzigern gemanagt, nicht wahr?"

„Das ist sehr lange her", sprach er langsam aus.

„Dürfte ich Ihnen trotzdem ein paar Fragen stellen?"

Er musterte sie, ein Auge etwas schmäler als das andere.

„Bitte?", schob sie nach und lächelte, woraufhin sich sein Gesicht etwas aufhellte.

„Na von mir aus, kommen Sie, setzen wir uns in den Garten." Er führte sie durchs Wohnhaus, dessen Inneres den äußeren Eindruck bestätigte. Die Einrichtung war alt, aber hochwertig. *Muss einiges gekostet haben*, dachte sie. Ihr kam vor, dass Türen und Decken höher gesetzt waren als üblich, was wohl Laus' Körpergröße geschuldet war, welche die Zweimetermarke locker durchbrach. Das Haus war eindeutig um ihn herum gebaut worden. Wie sie so hinter ihm herging, bemerkte sie den schneeweißen und zu einem langen, dünnen Zopf gebundenen Pferdeschwanz, der dem Bereich über seinen Ohren sowie seinem Hinterkopf entsprang und zwischen einschüchternd breiten Schultern baumelte. Oben hatte er eine Glatze, in der man sich spiegeln hätte können. Dazu fiel ihr spontan die Kreuzung zwischen einem österreichischen Politiker und dem Bassisten der Rockband KISS ein: *Erwin Pröll meets Gene Simmons*. Er trug ausgewaschene Jeans, T-Shirt und darüber eine speckig schwarze Lederweste, alles in Riesengröße.

„Schön!", kommentierte sie, als sie das große, mit Antiquitäten möblierte Wohnzimmer durchschritten. Er reagierte nicht. Draußen hörte man Kinder spielen.

Sie setzten sich an einen großen, von Weinreben überdachten Terrassentisch. Laus stellte ihr seine Frau vor, die um einiges älter als er wirkte.

„Mögen Sie Kaffee?", fragte er.

Valerie nickte.

„Mimi, bring uns bitte einen Kaffee, wärst du so gut?“

Die Dame stand auf, richtete sich langsam gerade – ihr Rücken musste ihr Schmerzen bereiten – und ging ins Haus. Gebrechlich und doch seltsam grazil. Laus griff nach einer Packung Tabak, die hinter ihm auf der Fensterbank lag, öffnete sie und zog ein Blatt Zigarettenpapier aus dem Spender. Gegenüber in der Wiese stand eine große Schaukel-Rutschen-Kombination, auf der sich zwei kleine Kinder austobten. Sie hatten vom Gast noch keine Notiz genommen.

„Else und Mark. Meine Lieblinge“, sagte er.

Valerie hoffte, nicht zu lange in deren Richtung gestarrt zu haben.

„Ihre Enkelkinder?“, fragte sie schnell.

„Jawohl“, antwortete er mit Stolz erfüllt und sah noch einmal zu ihnen hinüber. „Was hat er angestellt?“

Valerie war sich nicht sicher, ob die Frage an ein Kind oder an sie gerichtet war.

„Wer?“

Er drehte seinen Kopf zu ihr.

„Na der Gotthilf natürlich.“

„Wir ermitteln bezüglich des Verdachts auf gefährliche Drohung.“

„Wen soll der denn bedrohen mit dem kommerziellen Bullenmist und den peinlichen Klamotten? Den letzten Rest guten Geschmacks?“ Laus grinste, gab eine Portion Tabak auf das Papier und zwirbelte ihn gekonnt.

„*Er* wird bedroht. Und ich bin hier, um herauszufinden, von wem.“

„Na dann bin ich mal gespannt, wie ich Ihnen dabei helfen kann.“ Nun rollte er seine Zigarette mit Daumen und Zeigefinger beider Hände, die Ellenbogen am Tisch aufgestützt, leckte am Papier entlang und klebte sein Werk zusammen.

Valerie hatte es immer schon faszinierend gefunden, Menschen zu beobachten, die etwas mit ihren Händen anzufangen wussten. Ihr Vater hatte Pfeife geraucht, und sie hatte es geliebt, ihm beim Stopfen zu helfen, am süßen Tabak zu riechen, mit Pfeifenreinigern und Filtern zu spielen und dann zuzusehen, wie er die Glut entfachte, wie sie zu Beginn noch gelbrot leuchtete, bevor die Oberfläche weiß wurde, wie er paffte und den Raum mit Aromen anreicherte, die sie wunderbar gefunden hatte, in seltener Übereinstimmung mit ihrer Mutter. Valerie war tief in Gedanken versunken. So lange war es nun her, dass Doktor Hartmut Mauser, führender Staatsanwalt in Wien (und trotzdem kerniger Tiroler geblieben), am Schreibtisch einem Herzinfarkt erlegen war.

„Oh, verzeihen Sie, wollen Sie auch?", fragte Laus, dem nicht entgangen war, dass Valerie auf die Packung sah. In Wahrheit starrte sie durch den Tabak hindurch. In unendliche Weiten.

„Nein, nein, danke." Er zündete seine *Selbstgewuzelte* an und nahm einen tiefen Zug. Valerie überlegte, bevor sie weitersprach: *Laus ja, Filz nein.* „Herr Laus, erzählen Sie mir bitte von den Siebzigern. Von Ihrer gemeinsamen Zeit mit Wolf Rock."

Nun blies er den Rauch zwischen schmalen Lippen aus, wodurch ein lautes „Ffff" entstand, als drückte man ins Ventil eines Fahrradreifens. „Wo soll ich da beginnen. Bewegte Zeiten, das kann ich Ihnen sagen."

„Wie hat es begonnen?"

Er schmunzelte.

„Mit einer besoffenen Geschichte ... im Bundesheer. Der Gotthilf hat uns immer mit seinem Gesang unterhalten, der konnte den Elvis imitieren, das sag ich Ihnen.“ Wieder zog er an seiner Zigarette. „Also hab ich ihm eines Tages beim Saufen vorgeschlagen, dass er damit weitermachen soll. Und er hat zugesagt unter der Bedingung, dass ich ihn dafür manage. Also haben wir uns gleich einen möglichst bescheuerten Künstlernamen ausgedacht, und als wir ihn hatten, haben wir uns die Bäuche gerieben vor Lachen ...“

„Wolf Rock.“

Er stieß ein „Ha!“ aus, gefolgt von heftigem Husten, räusperte sich und fuhr fort: „Genau. Dann haben wir wochenlang nicht mehr darüber geredet. Ich hatte das schon ganz vergessen, bis der Gotthilf mit seiner Gitarre aufgetaucht ist und mir und den anderen Zimmerkollegen ‚Tauch mich in Liebe‘ vorgespielt hat. Das hat uns umgehauen, und der Rest ... ist Rockgeschichte.“

Durch ein offenes Fenster drang das Geräusch eines brodelnden Wasserkochers nach außen.

„Hat er das Lied selbst geschrieben?“

„Na klar, was glauben Sie denn?“, dröhnte er. Die Kinder sahen auf und schauten zu ihm, er winkte, Valerie auch. Nach wie vor schienen sich die beiden wenig für sie zu interessieren, wo Kinder doch normalerweise auf sie abfuhren, der Haarpracht wegen.

„Und wie ging es dann weiter?“

Er beruhigte sich etwas.

„Mehr aus Spaß haben wir ein Demo aufgenommen, mit einem einfachen Rekorder und nur einem Mikrofon! Die Kassette haben wir an eine einzige Plattenfirma geschickt. Eine einzige! Und der Rest ...“ Wieder führte er den weißen Glimmstängel zum

Mund. ... *ist Rockgeschichte,* dachte Valerie zu Ende, weil er mitten im Satz innegehalten hatte.

„Wie lief die nächste Zeit ab, Herr Laus?"

Blaugrauer Rauch entströmte seinen Lungen.

„Schön für ihn, weniger schön für mich. Während er nichts ausgelassen hat, hatte ich keine freie Minute. Er stand im Rampenlicht, während ich mich um den ganzen Dreck kümmern durfte."

Und Frauen und Drogen besorgte, ergänzte sie im Stillen. Mitleid würde er bei ihr vergebens suchen. Er hatte wohl selbst kaum etwas anbrennen lassen, zumal seine großflächigen, grob gestochenen Tattoos ebenso auf eine bewegte Vergangenheit deuteten. Sie konnte ihre Augen nicht abwenden. Auch sie hatte turbulente Zeiten erlebt, in denen sie wenig ausgelassen hatte. Als Rebecca passierte. Wieder fühlte sie den kleinen, wohl vertrauten Stich hinterm Brustbein.

„Geht's Ihnen gut?"

„Wie? ... Jaja." Valerie brauchte einige Sekunden, um wieder ins Thema zu finden. „Herr Laus, wie kann ich mir den damaligen Alltag vorstellen?"

„Kennen Sie die Klischees über Rockstars in den Siebzigern?"

„Sex, Drugs & Rock 'n' Roll?"

„Damit ist alles gesagt."

„Das ist mir aber zu wenig. Sehen Sie, wir müssen alles erfahren, was Sie über eine Schandtat ..."

Mit lautem Räuspern unterbrach er Valerie.

„Ah, Mimi, danke!"

Schandtat hallte in ihr nach. Die ältliche Dame war an den Tisch getreten, hatte ein Tablett abgestellt und servierte nun den Kaffee. Das Porzellan klapperte in ihren Händen. Valerie konnte nicht anders, als hinzusehen – die Finger der Frau waren steif und verformt.

„Mimi, holst du uns noch was von deiner Sachertorte?“

Sie nickte, hob das Tablett hoch und ging wieder. Valerie fühlte sich unbehaglich.

„Und den Kuchen bitte anwärmen. Und Schlagsahne obendrauf!“, rief er ihr hinterher.

„Auch Kuchen!“, schrie eines der Kinder. Beide kamen zum Tisch gelaufen. Das Mädchen machte Anstalten, den Berg namens Großvater zu erklimmen. Er nahm die Kleine bei den Händen, hob sie hoch, drehte sie herum und setzte sie zur Terrassentür ausgerichtet wieder ab. „Kommt's, geht's der Oma helfen in der Küche.“ Womit sie losdüsten. Valerie sah ihnen nach.

Fritz Laus fuhr fort: „Was haben Sie sagen wollen?“

„Schandtat. Was fällt Ihnen dazu ein?“

„Nichts Bestimmtes.“

„Wie soll ich das verstehen?“

„Na ja, so ein Rockstar ist ja nicht unbedingt ein Mauerblümchen, oder?“

„Sie meinen, da kommen gleich mehrere Ereignisse infrage?“

Er zuckte gleichgültig mit den Schultern und zündete die Zigarette neu an. Nun musste er den Stummel ganz hinten mit Zeigefinger und Daumen halten.

„Was ist mit 1976? Klingelt da etwas?“

Wieder ertönte sein „Ffff“.

„Frau Mauser, wissen Sie, was alles in diesen Jahren passiert ist? Wir waren unendlich auf Tour, dazwischen im Studio. Ich habe keine Erinnerung, wann wir wo auf der Welt waren und was in irgendeinem bestimmten Jahr gewesen sein soll.“

„Aber Sie werden doch Aufzeichnungen haben. Irgendwas?“

Er schüttelte den Kopf.

„Ich bedaure, nein."

„Herr Laus", sprach Valerie mit fester Stimme, „mit Verlaub, das reicht mir nicht. Sie haben jahrelang gegen Gotthilf Semmelweis prozessiert. So wie ich es verstanden habe, fühlte er sich von Ihnen betrogen, und das wird wohl auch die Siebziger betroffen haben. Da sind doch sicher ordnerweise Unterlagen produziert worden."

Er warf den Stummel in einen Aschenbecher am Boden und verschränkte die Arme. Irgendwie trotzig. Valerie beschloss, ihn aus der Reserve zu locken.

„Haben Sie vielleicht noch eine Rechnung mit Wolf Rock alias Gotthilf Semmelweis offen, Herr Laus?"

„Ach was. Lächerlich. Alter Käse. Sehe ich aus, als würde ich noch etwas von dem Kerl haben wollen? Ich hab ihn vor Jahrzehnten zuletzt gesehen. Und es wird wohl ähnlich lange her sein, dass ich das letzte Mal von ..." Pause.

„Dass Sie? Wovon? Was?"

„Nein. Nichts."

„Von der Schandtat? Was hat damals begonnen? Was wissen Sie davon?"

„Ich warne Sie, legen Sie mir keine Worte in den Mund. Ich habe Typen wie Sie schon vor langer Zeit zum Frühstück gefressen."

„Sie meinen Ihre Verurteilung wegen Körperverletzung? '84?"

„Was? Also bitte." Er lachte dreckig und schüttelte den Kopf. „Dass *die* Geschichte noch einmal auftaucht."

„Was war da?"

„Frau Mauser, hätten Sie sich besser vorbereitet, wüssten Sie es. Geradezu harmlos war das. Können Sie sich vorstellen, wie oft ich dem Gotthilf den Weg freiräumen hab müssen in all den Jahren? Wenn die Fans und Reporter ums Verrecken nicht mehr zur Seite gehen wollten? Ein einziges Mal hat sich jemand beklagt, und bumm. Zehntausend Schilling und vorbestraft."

„Handgreiflich zu werden gehörte also zum Job?"

„Ja klar, was dachten Sie denn? Ich war gleichzeitig sein Bodyguard. Sie haben ja keine Ahnung, wie oft er belästigt wurde."

„Na gut. Herr Laus, was haben Sie am Samstag vor?"

Er lachte.

„Wollen Sie mich vielleicht zu einem Rendezvous einladen, Frau Mauser? Sie sehen ja, ich bin glücklich verheiratet." Er musste husten.

„Sie wissen, was am Samstag ist."

„Jaja."

„Zeit der Abrechnung", sprach sie locker dahin.

Er musterte sie amüsiert, seufzte und holte Luft.

„Schauen Sie sich um, Frau Mauser. Glauben Sie im Ernst, mich interessiert es, alte Geschichten aufzuwärmen? Meinen Sie, ich habe keine anderen Sorgen, als diesem Scharlatan noch mal eins auszuwischen?"

„Werden Sie hingehen?"

„Muss ich Ihnen nicht sagen."

„Also ja?"

Er schwieg und runzelte die Stirn. Nun musste sie aufpassen, nicht gleich rausgeschmissen zu werden. Also lenkte sie die Befragung auf neutrale Ebene.

„Haben Sie von den Protesten gehört?"

„Gestern Abend im Fernsehen, ja."

„Und was sagen Sie dazu?"

„Geschieht ihm ganz recht. Wer zündelt, muss mit Feuer rechnen."

Valerie wollte nachfassen, da drängte sich plötzlich etwas in ihr Bewusstsein, ein Eindruck, eine Erinnerung, etwas, das sich nicht so recht greifen ließ. Sie brauchte einige Zeit, um die nächste Frage zu formulieren.

„Gab es ... 1976 ... irgendwelche Konzerte hier in Tirol? Vielleicht rund um die olympischen Spiele?"

Er zog die Mundwinkel nach unten und drehte den Kopf wenige Zentimeter nach links, dann wieder zurück.

„Kommen Sie, Herr Laus. Daran erinnert sich doch scheinbar jeder Tiroler, der damals gelebt hat, mindestens genauso gut wie ans Kennedy-Attentat. Wo waren Sie damals?"

Er starrte zu den Reben hoch.

„Olympia, ja, Sie haben Recht. '76. Franz Klammers Teufelsritt bei der Abfahrt ... nein, bei den Spielen hatten wir sicher keinen Auftritt. Ich ... weiß noch, dass ich die Wettkämpfe im Fernsehen mitverfolgt habe, wann ich konnte. In irgendwelchen Hotelzimmern. Wenn sie überhaupt übertragen wurden. Oft war das nicht der Fall. Darüber hab ich mich richtig ärgern können. Wissen Sie, damals hatten wir ja nur die paar Kanäle des Landes, in dem wir gerade steckten. Also ... haben wir im Ausland getourt ... Deutschland, Holland, England, Frankreich vielleicht."

„Hatten Sie in diesem Jahr auch ein Konzert in Tirol? Oder waren Sie privat hier?"

„Möglich. Wir waren immer wieder mal in unserer *lieben Heimat* zu Gast." Valerie entging nicht die Geringschätzung in seinen Worten.

„Was war mit Ihnen und Tirol?"

„Nichts. Die Konzerte hatten einfach nichts von der Klasse der Großstädte. Bauerntrampel. Bedeutungslos. Gespielt, gefeiert, geflüchtet."

„Trotzdem leben Sie hier, Herr Laus?"

„Solange man nicht zu viel mit den Leuten zu tun haben muss, geht's ja."

Valerie hatte ihre Fragen gestellt. Jetzt konnte sie riskieren, dass er das Gespräch zu einem schnellen Ende bringen würde.

„Welche Schandtat ist 1976 hier in Tirol passiert, Herr Laus? Was genau könnte in dieser Zeit *begonnen* haben?"

Eine Weile sagte er nichts, saß da, inspizierte seine Fingernägel, starrte hierhin und dorthin, sah aus, als würde er angestrengt nachdenken. Dann schien ihm etwas eingefallen zu sein, er holte Luft, setzte an, verhielt es sich aber.

„Ja, Herr Laus? Sie erinnern sich? Woran?"

„Nein. Nichts. Ich kann Ihnen wirklich nicht helfen, Frau Mauser."

„Aber Sie müssen doch irgendetwas haben? Konzertdaten, Fotoalben? Wenn ... ich so viel erreicht hätte wie Sie beide, würde ich mir doch eine Erinnerung schaffen, die ich dann eines Tages meinen Enkeln zeigen kann!"

Valerie war stolz auf ihre spontane Eingebung, zumal die Laus'schen Sprösslinge wie aufs Stichwort aus dem Haus geschossen kamen und sich in Windeseile zu ihrem Opa gesellten. Dahinter brachte seine Frau den Kuchen an den Tisch. Diese Familienidylle gefiel ihr sehr.

„Schade, Mimi, ausgerechnet jetzt muss Frau Mauser weg", zerschmetterte Fritz Laus jeden Anflug der Verklärung, „aber dann bleibt mehr Kuchen für uns übrig, hm, ihr Mäuse? Mit ganz viel Schlag?"

Johlend kletterten sie auf ihren Opa. Valerie entschuldigte sich und nahm die Gartentüre. Sie wusste nicht, ob das flaue Gefühl in der Magengrube mehr von der Demütigung oder dem schlechten Gewissen stammte, das sie auf irrationale Weise befallen hatte. Oder von etwas ganz anderem.

***

Die erste Band spielt. Total scheiße und laut. Sehen wie Obertrottel aus. Die sollten einmal IHM zuhören, wie man das macht. Eigentlich ist jede Musik scheiße außer SEINE. Sie versteht kein Wort, hört auch gar nicht hin, sondern hält sich die Ohren zu. Wieder drängt sich jemand vorbei. Sie weiß nicht, wie lange sie das noch durchhält. Aber sie MUSS durchhalten.

***

Schneller als nötig fuhr Valerie ins LKA zurück, das sie so gut wie verlassen vorfand. Der Blick auf die Zeitanzeige am Handy verriet, warum. Entgegen der Klischees aus Fernsehkrimis waren nämlich weder Polizeibeamte noch Assistenten abgeneigt, das Ende der offiziellen Dienstzeit auch als Anlass zum Heimgehen zu nehmen. Noch dazu versprach dieser Abend, strahlend schön zu werden, perfekt, um den Grill anzuheizen und das Feierabendbier in der Abendsonne zu genießen. Wie Valerie hatte feststellen müssen, waren die meisten ihrer Mitarbeiter ganz normale Menschen, von denen man ganz normale Dienste erwarten durfte – es sei denn, man befahl ihnen das Gegenteil. Was ihr nicht wirklich behagte und doch immer wieder notwendig war.

Beate Prammer, mit der sie gerne noch die Ergebnisse der Vernehmungen von Salvador Schwanz und Elke Mumm besprochen hätte, war ebenfalls nicht –

oder nicht mehr – anwesend. So setzte sich Valerie an den PC und fasste ihre Eindrücke zusammen, schließlich wartete *der alte Berger* auf den Bericht. Mit Sicherheit saß er noch in seinem Büro, denn in seinem LKA war er der Erste, der kam, und der Letzte, der ging. Und der, dem nichts entging. Wer auch immer ihm in ein paar Jahren nachfolgte, würde es alles andere als leicht haben, in seine Fußstapfen zu treten.

Als sie das Gespräch mit Laus protokollierte und sich den ersten Manager des Stars bildlich vorstellte, besser gesagt sein jüngeres Ich, das am Konzertgelände die Strippen zog, kam ihr die Idee mit den T-Shirts. Sie surfte auf eBay und tippte „Wolf Rock Tour Shirt 1976" ein. Tatsächlich gab es Auktionen und Bilder. Kurze Zeit später fand sie die begehrte Information: eine Konzertliste auf der Hinterseite eines T-Shirts, die „Innsbruck/Thaur" mit dem 10.08.1976 auswies. Sofort suchte sie nach dem Datum, im internen System wie auch im Internet, mit wenig befriedigenden Ergebnissen: Keine nennenswerten Straftaten, keine Konzertberichte, nichts, das auf Wolf Rocks Erscheinen oder eine *Schandtat* in Tirol hingedeutet hätte. Immerhin, es war ein Dienstag. Vollmond, wie sie mit verzogenem Mund zur Kenntnis nahm. Vollmond und Wolf.

Auuuu!, heulte die böse Souffleuse.

Wie auf dem Wolf-Rock-Leibchen stand, war das nächste Konzert bereits einen Tag später in Salzburg, danach kamen München, Nürnberg, Frankfurt und andere deutsche Städte an die Reihe.

„Frau Mauser!"

Valerie erstarrte vor Schreck.

„Herr Geyer!" Sie hatte ihn nicht kommen hören. Er stand im Türstock und hatte sichtlich Freude, sich erfolgreich angepirscht zu haben.

„Der Fahrradkurier sitzt im Vernehmungsraum. Los geht's!"

Das gibt's doch nicht, dachte Valerie und sprang auf.

***

Der Mond ist ziemlich groß, vielleicht Vollmond, überlegt sie. Rundherum sieht man Gebirge, obwohl es schon fast dunkel ist. Sie mag die blöden Berge überhaupt nicht, träumt vom Meer, von Amerika, von der großen Welt. Hauptsache weg. Vorhin hat jemand alle Lichter ausgemacht, zuerst haben die Leute gejubelt und gepfiffen oder gekreischt wie die Nutten vor ihr, aber es ist nichts passiert. Jetzt ist es relativ ruhig. Vorne auf der Bühne tut sich etwas, kaum zu sehen. Aber sie weiß: ER wird kommen. So lange hat sie warten müssen, so viel über sich ergehen lassen, und damit ist es nicht getan, sie denkt an die Schläge, die sie zu Hause erwarten werden, jetzt wird sich alles lohnen. Ganz gleich. Sie spürt IHN fast schon.

Da knallt ein Lautsprecher, Jubel, ihr Herz schlägt bis zum Hals, aber wieder nichts. Fünf Minuten lang. Immer mehr Pfiffe. Die Leute werden ungeduldig. Sie nicht. Wenn nötig, würde sie ihr ganzes Leben lang auf IHN warten.

***

„Name und Geburtsdatum?", sprach Geyer. Valerie saß neben ihm und konzentrierte sich auf die Körpersprache des jungen, für einen professionellen Radfahrer eher untrainiert wirkenden Mannes.

„Josef Haupt, 13. 04. '95."

'95 ... bald werden hier Leute sitzen, die in den Nullerjahren geboren sind, dachte sie. Haupt saß recht lässig in seinem Stuhl.

Geyer fuhr fort: „Herr Haupt, Sie fahren für TurboVelo Innsbruck Sendungen aus?"

„Ja."

„Auch heute?"

„Ja."

„Sie wurden eindeutig als jener Kurier identifiziert, der heute früh ein Paket ins Hotel Europa gebracht hat."

Er schüttelte den Kopf.

„Na was? Das ist Fakt, Herr Haupt! Das brauchen Sie gar nicht zu leugnen, weil Sie Angst um den Job haben. Hier geht's um mehr als Ihre Arbeit. Also, Schwarzfahrt, nicht wahr?"

Haupt zeigte keine Reaktion.

„Oder ... wollen Sie lieber wegen Beihilfe einsitzen gehen? Oder gleich selbst wegen gefährlicher Drohung belangt werden? Wie wäre es mit einem Sexualdelikt? Suchen Sie sich's aus, kein Problem, wir haben hier für jeden Geschmack das Passende dabei."

Geyer ist gut, dachte Valerie nicht zum ersten Mal, hatte es ihm aber nie gesagt. Ihr Verhältnis war mehr von gegenseitigem Belauern als von offener Wertschätzung geprägt. Da lagen Mitarbeiterlob und Führungsschwäche eng nebeneinander.

Der Bote setzte sich auf und legte die Unterarme auf den Tisch, Handballen aneinander, als würde er auf Handschellen warten.

„O. K."

Valerie horchte auf.

„O. K. was?", hakte Geyer nach.

„O. K., ich habe das Päckchen geliefert. Aber ich habe nichts mit dem zu tun, was drin ist!"

„Wer hat es Ihnen gegeben?"

„Ich sollte es aus einem Winkel beim Nebeneingang der alten Uni abholen und ins Hotel bringen. Das Geld lag darunter."

„Und Wolf Rock geben."

„Ja ... ich sollte es ihm persönlich überreichen, fünfter Stock, Zimmer ..."

„Egal. Wie haben Sie vom Auftrag erfahren?"

„Ein Anruf. Unterdrückte Nummer."

„Aufs Diensthandy?"

„Nein, wir haben ja Funkgeräte. Privat."

„Kannten Sie die Stimme?"

„Nein ... glaub nicht."

„Glauben heißt nicht wissen."

„Ich kannte den Anrufer nicht!" Für einen Moment flammte Verärgerung in seiner Mimik auf. Mit der Lässigkeit von vorhin war es nun auch vorbei.

„Jedenfalls ein Mann?"

„Ja."

„Woher soll er Ihre Nummer haben, oder wissen, dass Sie für TurboVelo arbeiten?"

Haupt sah zur Seite. „Ich ... weiß es nicht."

„Würden Sie die Stimme wiedererkennen?"

„Glaube ich nicht", antwortete er – für Valerie zu leichtfertig und unüberlegt.

„Sprach der Anrufer im Dialekt? Irgendwelche Auffälligkeiten?"

„Er hat wie einer von hier gesprochen."

„Wie viel hat er bezahlt?"

„Hundert."

„Hundert Euro? Für eine einfache Fahrt? Und da haben Sie sich nichts gedacht?"

Er hob kurz die Schultern.

„Ich bin Student."

„Das sagt gar nichts aus, Herr Haupt. Also?"

„Also was?"

„Was haben Sie gedacht, dass im Paket drin ist?"

„Was weiß ich, irgendwas Dringendes eben von der Uni. Organspende oder so."

Geyer schwieg, ließ das Gesagte nachhallen. Valeries Fantasie zeichnete in der Zwischenzeit einen Operationssaal ins edle Ambiente des Fünfsternehauses, wo betuchten Gästen zwischen Botox-Injektionen und Lippenfüllungen neue Nieren und Lebern verpflanzt wurden. *Fräulein von Stahl, wir hätten da heute wunderhübsche Nierchen hereinbekommen, ganz frisch ...*

„Werden Sie jetzt meinem Chef davon erzählen?", fragte der Kurier kleinlaut.

Geyer seufzte und ließ sich mit der Antwort Zeit.

„Herr Haupt, ich bin schon zu lange Polizist, als dass ich Sie jetzt mit Ihrem lausigen Studentenjob erpressen wollte. Machen wir es doch einfach so: Wir helfen Ihnen, Sie helfen uns. Halten Sie die Augen und vor allem Ihre Ohren offen. Überlegen Sie, woher der Mann Sie kennen könnte. Zerbrechen Sie sich Ihren Studentenkopf. Und melden Sie sich, sobald Sie draufgekommen sind." Geyer sah zu Valerie und fragte: „Gut?"

Sie wartete kurz und nickte.

„Dann danken wir Ihnen für Ihre Zeit, Herr Haupt. Wissen Sie was, ich bringe Sie gleich zurück", schloss Geyer die Vernehmung.

„Ich mach so was nie mehr, versprochen", hörte sie Josef Haupt noch sagen, als die beiden sich am Gang entfernten.

Valerie gähnte und blickte aufs Handy. Im selben Moment, in dem sie die Uhrzeit prüfen wollte, rief Stolwerk an.

„Stolwerk, hallo! Was macht der ... hm ... das ...“ *Was war es noch? Gelee? Glibber? Kleber?*

„Der *Schleim*, Veilchen?“

„Genau, der Schleim!“

„Klebt noch an den suspekten Subjekten.“

„Und du?“

„Ich klebe auch. Ich werd die Nacht über noch hier bleiben müssen.“

„Haben Sie dich eingekerkert?“

„Nein, nein, sonst könnt ich ja jetzt nicht mit dir telefonieren. Ich hab noch nicht alles erledigt, und muss dem Kunden noch ein Weilchen die Hand halten. Verstehst das? Morgen früh fahr ich dann wieder zu dir.“

„Du musst nicht kommen, Stolwerk.“

„Weiß ich ja, aber die Neugier, Veilchen, die Neugier!“

„Hm.“

Pause.

„Veilchen? War das eben dein Magen?“

„Hm?“

„Ich brauch dir jetzt eh nichts zu sagen, oder?“

„Mach ich, Stolwerk.“

Es war ein intensiver Arbeitstag gewesen, und jetzt war Zeit, ihn zu beenden. Wie Stolwerk ihr geheißen hatte, kaufte sie am Nachhauseweg etwas zu essen: Kartoffeln. *Erdäpfel speckig festkochend* klang handfester und nahrhafter als *Mehlige*. Zwiebel und Butter hatte sie noch daheim. Vermutlich.

***

Tosendes Lichtgewitter, Trommelschläge wie Peitschenhiebe, wie aus dem Nichts. Plötzlich springen alle um sie herum, sie tut sich schwer, etwas zu sehen. Sie hört die

Gitarre. Alles ist viel zu laut. Zuerst weiß sie nicht einmal, welches Lied das ist, erst als die Nutten zu singen beginnen. Sie wirft ihren Kopf hin und her, um irgendetwas zu erkennen, dann ist plötzlich Stille. Mitten im Lied. Und dann sieht sie IHN dastehen. Nur ein paar Meter entfernt, links. ER sieht so gut aus in SEINEM Anzug mit Zylinder. ER tut gar nichts, schaut einfach ins Publikum, das total ausflippt. Dann kreischt auch sie, obwohl sie weiß, dass es untergeht. Sie kreischt lauter und höher, als sie es sich jemals zugetraut hätte. Sie kreischt so lange, bis ihr fast schwarz vor Augen wird. Und ER steht einfach nur da. Alles rund um IHN ist dunkel, nur ER steht im Licht.

Plötzlich geht es weiter. ER fängt zu singen an, zuerst alleine, schwingt SEINE Hüften, dann setzt die Musik wieder ein und alles explodiert. Viel bekommt sie nicht mit, weil sie immer noch kreischen muss, nach jedem Lufthol en. Jemand ist gerade auf ihren Zehen gelandet, der Schmerz lenkt sie aber nur kurz ab. Dann ist das Lied schon vorbei.

„Hallo Innsbrrruck!"

Sie überlegt zu lange, was sie zur Antwort rufen soll.

Die anderen tun es für sie. ER lacht. ER sieht kurz in ihre Richtung. Sie winkt.

ER SIEHT SIE NICHT.

***

Eine halbe Stunde später stand Valerie in der Küche, füllte Wasser in den größten Topf, den sie fand, gab das ganze Kilo Kartoffeln hinein, kam drauf, dass viel zu viel Wasser drin war, goss die Hälfte wieder ab – und drehte die altersschwache Herdplatte auf, deren Leistung seit Monaten von Mondphase, Luftdruck und astrologischen Konstellationen abhing. Das konnte dauern. Also holte sie ihren Laptop, um nachzusehen, was die Facebook-Gruppe gegen Wolf Rock so machte. Auch das konnte dauern, schließlich war der Rechner in ähnlicher Verfassung wie der Herd. Und so saß sie in der Stille, die nur von gelegentlichen elektronischen Piep- und Knattergeräuschen unterbrochen wurde, gähnte, schloss die Augen und ließ die Eindrücke des Tages Revue passieren.

Ein Bild drängte sich unmittelbar nach vorne. Nicht die komödiantische Teamsitzung, nicht der neuerliche Drohbrief, nicht die Mädchenunterhose und nicht der Bergisel – es waren Laus' tätowierte Unterarme. Mit ihnen kam die dunkle Assoziation zu ihrer eigenen Vergangenheit. Zu ihrer eigenen Schandtat. Übermächtig.

Sie zwang sich, an gar nichts zu denken. Nahm die Hände zu Hilfe, um die Erinnerung zu verjagen wie eine lästige Fliege. Doch sie kam immer wieder, landete ein ums andere Mal an derselben Stelle. Sie musste sich ablenken. Also riss sie die Augen auf. Sah zum Herd hinüber. Klappte den Computer zu. Und wieder war es viel zu still.

Valerie schüttelte den Kopf, stellte sich an die Arbeitsplatte, nahm eine Zwiebel, legte sie auf ein Schneidbrett, kramte das Gemüsemesser heraus, schälte sie und schnitt sie in Scheiben, langsam, gedankenleer, mechanisch. Es brannte in ihren Augen, sie ließ es zu, schnitt weiter, Scheibe für Scheibe. Eine einzelne Träne rann ihr über die linke Wange, zog als einsames Rinnsal der Schwerkraft entgegen.

Und wie aus heiterem Himmel begann es aus ihr zu strömen, flossen salzige Tropfen an ihr herab. Den ersten Tränen folgten immer neue, doch man konnte es nicht *heulen* nennen. Sie ließ es einfach laufen, konnte nicht einordnen, was da gerade mit ihr passierte, wollte es aber auch nicht aufhalten. Alles war verschwommen. Ihr Gesicht wurde heiß und ihre Brust zog sich zu dem Punkt zusammen, an dem sie sonst das Stechen fühlte, wenn sie an Rebecca dachte, sie schnitt weiter, langsam, gedankenleer, mechanisch, Scheibe für Scheibe.

Und dann konnte man es doch *heulen* nennen. Sie ließ das Messer aus, sank zusammen, ging vor dem Backofen auf die Knie, krümmte sich, lehnte ihre Stirn an seine kühlende Glasfront. Und trug nur noch eine Vorstellung in sich: das Mädchen ohne Gesicht. Rebecca. Ihre Schandtat. Ihre verstoßene Tochter, die sie so sehr wiedersehen wollte. Alles musste sie erfahren, und das bald, kostete es, was es wolle. Wer sie war, wie sie war, wie sie die Welt sah und wie die Welt sie sah, wer sie liebte und wen sie liebte, ob sie das Leben liebte und ob sie überhaupt noch lebte ... Valerie setzte sich auf die Fersen und presste die Handballen gegen ihre Augen. Vom Druck sah sie bunte Sternenwolken. Ein nicht enden wollendes „Wo“ drängte sich halb erstickt aus ihr heraus. Und dann noch eines. Und viele hinterher.

***

SEIN Blick bleibt nicht auf ihr haften, egal, was sie versucht. Dabei hat sie sich extra so schön für IHN gemacht, und ER sieht auch immer wieder in ihre Richtung, ein paarmal hat sie schon geglaubt, ER habe sie jetzt endlich gesehen, aber nichts, weil eigentlich hat ER die versaute Nutte in der ersten Reihe gemeint, die auf die Absperrung geklettert ist und voll dumm mit dem Arsch gewackelt hat. Jetzt ist schon wieder ein Lied vorbei und ER hat sie immer noch nicht entdeckt. Manchmal kommt der Bassist und stellt sich so blöd in den Weg, dass sie IHN gar nicht mehr sehen kann. Sie glaubt sogar, dass dieser Kerl ihr gerade einen Kuss zugeworfen hat, aber was soll sie denn mit dem? Vielleicht … vielleicht könnte er sie zu IHM bringen? Dafür würde sie sich auch ordentlich bedanken. Doch bevor sie seinen Kuss erwidern kann, ist er schon wieder weg.

***

Irgendwann richtete sich Valerie wieder auf, schnäuzte sich und schaute nach den Kartoffeln. Das Wasser würde noch brauchen, sofern die Platte überhaupt geneigt war, es an diesem Tag auf Siedetemperatur zu bringen. Sie legte ihre Hände seitlich an den Topf. Bestenfalls lauwarm. Wie Stolwerk es jedes Mal schaffte, damit zu kochen, wenn er bei ihr war, würde ein Rätsel bleiben. Nie hatte er sich über das Ding beklagt, und sie selbst benutzte es kaum. *Da hättest du auch früher draufkommen können,* schalt sie sich für die Idee mit den Pellkartoffeln. Ihr Magen grummelte zustimmend.

Dann hörte sie die Klingel. Weil sie niemanden erwartete, reagierte sie nicht.

Klopfgeräusche. Jemand stand direkt vor der Wohnungstür. Sie blieb still, doch wieder klopfte es. Und wieder. Wer auch immer es war, musste wissen, dass sie in der Wohnung war. Also ging sie doch zur Tür, wischte sich das Gesicht am erstbesten Stück Stoff, das ihren Weg kreuzte, schniefte zur Sicherheit tief ein und öffnete.

Sandro Weiler.

„Hallo“, stammelte er.

„Hallo“, stammelte sie.

Aber hallo, stammelte das kleine Teufelchen.

„Oh, entschuldige bitte, geht's dir nicht gut?“, fragte er.

An jedem anderen Tag hätte sie es geleugnet, heute nicht.

„Nein.“

„Oje. Dann lass ich dich gleich in Ruhe, gute Besserung.“

„Nein, nein, geht schon.“ Sie sog die Luft zurück. „Brauchst du was?“

„Nein, ich wollte mich bedanken, für deine Frage gestern.“

„Ach das.“ Die Pressekonferenz. Sie musste lachen und dabei hörte es sich nach weinen an. „Gern geschehen.“

„Sonst hätte ich nämlich überhaupt nichts sagen dürfen.“

„Hm.“

Ein paar Sekunden passierte nichts. Dann sprach er weiter: „Ich ... wir haben uns ja schon oft gesehen ... als Nachbarn ... aber mehr als ... hallo ...“ Mitten im Satz hielt er inne.

„Ja, daran habe ich gestern auch schon gedacht.“

Schlagartig stand die Sonne in seinem Gesicht und die Worte sprudelten nur so aus ihm heraus: „Und da wollte ich dich jetzt einfach fragen, ob du schon was gegessen hast. Ich habe nämlich viel zu viele Nudeln aufgestellt. Aber wenn's dir nicht gut geht, dann können wir das auch auf ein anderes Mal verschieben.“

Geht schon wieder!, schrie die Souffleuse. Valerie wollte an diesem Abend nicht mit sich alleine sein.

„Doch, das wäre schön", verließ ihren Mund, beinahe geflüstert. Er strahlte. Und ohne eine Sekunde nachzudenken, schlüpfte sie in die Schuhe, zog den Wohnungsschlüssel ab, ging hinaus und sperrte zu. So stand sie ihm gegenüber. Maskenlos. Verheult, erschöpft, am Boden der Tatsachen, und trotzdem war ihr leichter als zuvor. Sie gingen gemeinsam das Stockwerk hinunter und traten durch die offen stehende Eingangstür des *Ateliers*, wie Sandro seine Wohnung bezeichnete. Oft schon hatte sie sich gefragt, ob er vielleicht malte, fotografierte oder Skulpturen formte, zusätzlich zur Musik, nun hatte sie die Antwort: Am Flur lehnten großformatige Bilderrahmen. Viele. Man konnte gerade so zwischen ihnen durchschlüpfen.

„Entschuldige den Saustall", sagte er, „ich kann sie sonst nirgends lagern."

Langsam ging sie weiter, versuchte, einen Blick auf die Motive zu erhaschen, doch die Bilder standen alle mit dem Rücken zu ihr. Geradeaus lag ein großer Raum. Der Boden war mit dicken weißen Plastikplanen abgedeckt. In der Mitte, ausgerichtet zum ostseitigen Fenster, stand eine leere Staffelei. Mehr sah sie nicht, denn Sandro war nach rechts abgezweigt, sie folgte ihm in die Küche, wo Töpfe brodelten und dampften und das Raumklima knapp davor war, Cumuluswolken zu bilden.

„Prosecco?", fragte er.

„Gern."

Er öffnete den Kühlschrank und holte eine Flasche mit gelborangem Etikett heraus, die Valerie sofort als *Veuve Clicquot* identifizierte. Wer kannte ihn nicht, den teuren Champagner? Offensichtlich er. „Hab ich geschenkt bekommen. Keine Ahnung, wie der ist."

Den solltest du lieber nicht aufmachen, lag ihr auf der Zunge. Sie schwieg und sah zu, wie er den Drahtkorb unbeholfen von der Flasche entfernte.

„Ich trink das sonst nie."

Ach was.

Der Korken schoss an die Decke, eine Fontäne des edlen Tropfens landete am Fußboden, deren Wert Valerie auf zehn Euro schätzte.

„Hoppla!" Beide lachten aus verschiedenen Gründen.

Er füllte zwei kleine Weingläser und reichte Valerie eines davon. Also stießen sie an, sie und der Künstler. Endlich war es so weit, nun würde sie ihn besser kennenlernen, ihren Nachbarn, den malenden Musiker.

„Ich bin der Sandro."

„Und ich bin die Valerie." So einfach, so blümchenhaft, und doch so schön. Sie stellte fest, dass *Veuve Clicquot* auch aus Weingläsern passabel schmeckte. Untypisch für sie, konnte sie das nämlich beurteilen, hatte sie doch erst vor Tagen mit Stolwerk eine Flasche desselben geleert. Aus edlen Flöten. Dank seiner Ausführungen wusste sie nun so viel über den exquisiten Schaumwein, dass sie jede Quizfrage beantworten hätte können. Den Schwips hatte es obendrauf gegeben.

„Und du malst?", fragte sie und deutete mit dem Glas hinaus zum Gang. Dass er Gitarre spielte und sang, wusste sie ja bereits.

„Ja genau. Bilder." Die Antwort war ihm sichtlich peinlich.

„Darf ich mal sehen?" Die Frage war ihr sichtlich peinlich.

„Wollen wir zuerst ... essen?"

„Gern." Sie konnte sich nicht erinnern, wann sie das letzte Mal schulmädchenhaft gekichert hatte. Es musste Jahrzehnte zurückliegen.

„O. K. Dann lass mich das nur schnell ... also, das da ... warte. Setz dich einfach hin, wo du willst." Er fuhrwerkte am Herd herum.

Valerie musterte inzwischen die Rückseite des jungen Mannes. Oben Lockenkopf, bei weitem nicht so kraus wie ihrer, aber eben lockig bis zu den Schultern, brünett, eher ins Dunkle tendierend. Sandro war schmal gebaut, die Kleidung hing mehr an ihm herunter, als dass er sie trug.

Dann hob er eine Nudel in die Höhe, womit sein T-Shirt so weit hinaufrutschte, dass man seine schmalen Hüften sehen konnte, ließ sie in den Mund fallen und kaute darauf herum.

„Oooh ... hm." Schwungvoll drehte er sich zu Valerie herum, die ihren Kopf zu spät nach oben riss. Sie hätte schwören können, dass er grinste. *Verdammt.*

„Magst du Spaghetti *al dente*?", fragte er.

„Ja, gern", antwortete sie. Es war ihr egal, wie die Sauce hieß.

„Mist." Er holte noch eine Nudel aus dem Wasser und probierte wieder, hob den Topf vom Ceranfeld – Valerie brauchte unbedingt auch so eines – und goss das Wasser ab. Dann kostete er ein drittes Mal. „Ich ... ich stell gleich neue auf."

„Nein, nein, musst du nicht, mir ist wirklich alles recht." *Hauptsache, bald was zu essen,* dachte sie dazu. Selten empfand sie Hunger wie jetzt.

„Die Tomatensauce hab ich selbst gemacht", sagte er, als er Valerie eine Riesenportion servierte. „Bon appétit!"

„Danke schön. Mahlzeit!"

Den Stolz, der ihm ins Gesicht geschrieben stand, wollte sie ihm nicht nehmen, doch es schmeckte furchtbar – und kulinarisch war sie nun wirklich nicht anspruchsvoll. Die Nudeln pappig, woraufhin sie sich wieder erinnerte, dass *al dente* gar nicht der Name einer Sauce war, das Sugo salzscharf und ansonsten geschmacklos. Während er berichtete, welche Zutaten er dafür verwendet hatte, dass das Rezept auf seine Oma zurückgehe, die eine waschechte Italienerin gewesen sei, und sie die wenig überzeugenden Folgen kaute, nutzte sie jede unauffällige Gelegenheit, sein Gesicht zu inspizieren. Bisher war sie nicht nahe genug herangekommen. Blaue Augen, das wusste sie schon, doch die gaben ihr nichts. Wenn Augen, dann Stolwerks Mahagoniaugen. Aber der Rest war gut. Glattrasiert, brauner Teint, die Haut, die sich straff ums Unterkiefer spannte, die Wangen. Sandro Weiler sah gut aus und war schätzungsweise ein Jahrzehnt jünger als sie. Sie würde es herausfinden.

„Dann wohnst du jetzt seit Dezember hier, oder?“, fragte er sie.

„Genau.“

„Und was arbeitest du?“

„Ich bin bei der Polizei.“ Dass er eine LKA-Abteilungsleiterin vor sich hatte, die dienstlich mit den schweren Jungs und Mädels beschäftigt war, wollte sie ihm noch ersparen.

„Was, echt? Polizistin? Cool ...“

„Manchmal ja, meistens nein.“

„Hast du dann eine echte Kanone dabei?“

„Meistens ja, manchmal nein.“ Sie freute sich über die spontane Eingebung.

„Waffen sind furchtbar. Mich schüttelt’s schon, wenn ich eine sehe.“

Stolwerk fiel ihr ein, mit seiner Schussblockade und seinem dadurch bedingten Abschied vom LKA Wien.

„Und du bist ausschließlich Künstler?“ *Kann man denn davon leben?,* schwang in ihrer Frage mit.

„Fast. In der Früh trage ich das Tiroler Tagblatt aus.“

„Nein, wirklich?“ *Künstler schlafen doch gerne lang?*

„Ja, seit dem Studium.“

„Kunstgeschichte?“, riet sie ins Blaue.

„Theologie.“

„Nein, wirklich?“ *Nein, wirklich?,* wiederholte die böse Souffleuse und krächzte wie ein Papagei.

„Ja ... ich war sogar mal im Kloster.“

„Im Ernst?“

Er lächelte, als hätte er Zweifel erwartet.

„Im Ernst. Drei Jahre lang ... noch Prosecco?“

„Gern.“

Irgendwie musste man die knallrote Salzpaste auf den Spaghetti ja neutralisieren. Er schenkte nach und sie aßen weiter, eine Weile lang sagte niemand etwas. Sie hatte solchen Hunger, dass sie die ganze Portion verputzte.

„Magst du noch?“

„Nein, nein, danke. Uff. Gut war’s.“ *Wie oft log man durchschnittlich pro Tag?,* versuchte sie, sich an eine bekannte Verhaltensstudie zu erinnern. „Und was war dann?“, fragte sie.

„Was?“

„Mit dem Kloster?“

„Ich hab nicht reingepasst.“

„Das Zölibat?“

„Das auch.“ Er grinste.

„Und dein Studium?“

„Ist eine gute Ausbildung fürs Leben, Kloster hin oder her. Die Theologie zeigt dir, was im Leben wirklich wichtig ist, hilft dir, dich selbst zu verstehen, und gibt dir jedenfalls einen neuen Blick auf die Welt."

Valerie gähnte verstohlen.

„Dann bist du also ein gläubiger Mensch?"

„Na klar", stieß er aus und lachte, als hätte sie einen Witz gemacht, „was wären wir, wenn wir alles wissen müssten und an nichts glauben könnten?"

Valerie merkte, wie ihre Aufmerksamkeit immer weiter nachließ. Die Nudeln lagen schwer im Magen. Der Raum schien sich zu verdunkeln. Sie hatte Durst. *Was hat er gerade gesagt? Themenwechsel.*

„Bist du aufgeregt wegen Samstag?"

„Das Konzert? Nein, nicht so richtig."

Draußen heulte ein Einsatzwagen. Vom Signal her die Feuerwehr.

„Echt? Vor zigtausend Leuten zu spielen, ist nicht aufregend?"

„Weniger aufregend als vor zwanzig. Außerdem ist das nicht mein Publikum. Die Kulturstiftung von der Innbank hat mich da unbedingt reinbringen wollen. Na ja ... ich bekomme Geld, das ich gut gebrauchen kann."

Nun schienen es schon zwei Feuerwehrautos zu sein.

„Was wirst du spielen?" Sie hatte keine CD von ihm, kannte aber die Lieder, die im Lokalradio liefen oder die sie hörte, wenn er mal ein Fenster offen ließ oder vorm Haus als Straßenmusiker arbeitete.

„Bei Wolf Rocks Publikum eher die flotten Sachen. Langsames gefällt mir eigentlich besser."

„So wie *Schwerelos*?" Das Lied, nach dem sie ihn in der Pressekonferenz gefragt hatte.

„Genau. Magst du den Song?"

Nun polterte es im Stiegenhaus. Schwere Schritte. Mehrere Personen riefen sich Befehle zu und trampelten an Sandros Stockwerk vorbei, weiter nach oben. Wo nur noch Valeries Wohnung lag.

„Was ist denn da draußen los?", fragte Sandro. Im selben Moment, als seine Klingel ertönte, fiel es Valerie wie Schuppen von den Augen. *Die verfluchten Kartoffeln.* Sie klatschte sich so fest mit der flachen Hand auf die Stirn, dass es wehtat, raste durch den Gang, riss die Tür auf, stürmte am Feuerwehrmann vorbei, der gerade zu einer Erklärung ansetzte, flog förmlich die Treppen hinauf und schrie: „Halt! Warten Sie! Das sind nur meine Kartoffeln!" Gerade noch rechtzeitig – das Brecheisen war schon angesetzt.

„Bleiben Sie zurück", zischte ein Mann, der schweren Atemschutz trug, nachdem sie den Schlüssel ins Schloss geschoben hatte. Ein anderer fasste sie von hinten an den Armen und zog sie ein paar Stufen hinunter. Zu ihrem eigenen Erstaunen wehrte sie sich nicht dagegen. Ihr Herz schlug wie von Sinnen. Als die Tür geöffnet wurde, quoll pechschwarzer Rauch ins Stiegenhaus. Die Feuerwehrleute mit den Sauerstoffflaschen am Rücken wichen kurz zurück, dann gingen sie gebückt hinein.

***

Der Bursche stemmt sie hoch. Plötzlich kann sie alles viel besser sehen, auch IHN.

Genau rechtzeitig beginnt ihr Lieblingslied.

„Tanz!", schreit sie nach unten, und ihr Träger gehorcht. Aber ER sieht sie immer noch nicht, und als sie herumschaut, sitzen noch mehr Mädchen auf Schultern.

Sie bückt sich zum Kopf des Jungen. „Bring mich nach vorn, und du kannst mich haben“, ruft sie ihm ins Ohr. Gleich darauf ist sie in der zweiten Reihe, ganz nah an der Bühne, fast könnte sie jetzt zu IHM hochklettern! Aber sie hat einen besseren Plan. Mit überkreuzten Händen fasst sie unten an ihr T-Shirt, reißt es in die Höhe und wirbelt es im Kreis, schüttelt die nackten Brüste mit der Botschaft darauf, winkt IHM, strahlt IHN an, mit wollüstigem Ausdruck, den sie extra vorm Spiegel eingeübt hat. Sie spürt dutzende Blicke auf sich. Nur einer zählt. SEINER.

ER SIEHT SIE!

***

Der beißende Gestank des Rauchs, der ins Treppenhaus drang, gab Valerie einen kleinen Vorgeschmack auf das, was in den nächsten Tagen auf sie zukommen würde.

„Kommen Sie, wir bringen Sie raus“, sagte der Mann, der sie immer noch festhielt. Sie widersetzte sich nicht. Draußen im Blaulichtgewitter sah Valerie zahlreiche Schaulustige herumstehen und Fotos machen, auch von ihr. Jemand legte ihr etwas über die Schultern, obwohl ihr gar nicht kalt war. Ein Sanitäter kam, dem sie schnell versicherte, in Ordnung zu sein. Weiter entfernt standen andere Hausbewohner, die sie ebenso flüchtig kannte wie Sandro Weiler.

„Kacke“, sagte dieser. Erst jetzt bemerkte sie, dass er direkt neben ihr stand und nicht nur seine Jacke, sondern auch seinen Arm um ihre Schultern gelegt hatte. Sie ließ es so sein, rührte sich nicht, wand sich nicht aus der Nähe und Vertrautheit, wie es sonst ihre Art war.

„Deine Wohnung.“

„Ja."

„Oje."

„Ja."

So standen sie vorm Altstadthaus mit dem schneeweißen Brunnen und Valerie dachte an gar nichts mehr.

Keine Stunde, nachdem die Feuerwehr angerückt war, zog sie auch schon wieder ab. Alle durften ins Haus zurück, Valerie konnte die Wohnung betreten, wurde aber vorgewarnt, dass ihre vier Wände aufgrund der festgesetzten Rußpartikel und des Gestanks in den kommenden Tagen kaum bewohnbar sein dürften, sie sich besser eine andere Unterkunft suchen und die Versicherung verständigen solle. Sie beschloss, selbst zu entscheiden, wie schlimm es war.

Es war schlimm.

Wie sich später herausstellen würde, hatte die Herdplatte beschlossen, sich in die ewigen Jagdgründe zu verabschieden, indem sie sich selbst entzündete. Ein Kabelbrand war die Ursache des Feuers gewesen, das bis auf Herd, Dunstabzug und Arbeitsplatte keinen übermäßigen Schaden angerichtet hatte. Wie es den Kartoffeln ergangen war, würde ein Rätsel bleiben, irgendwer hatte sie entsorgt. Valerie wäre jede Wette eingegangen, dass sie immer noch roh gewesen waren.

„Mist", variierte Sandro seinen Kurzkommentar zur Situation, als die beiden Valeries Wohnung betraten. Zwar hatte die Feuerwehr überraschend wenig Löschmittel versprüht, doch wie man ihr gesagt hatte, stank es bestialisch und der Ruß war überall, auf Wänden, Decken, Türen, Fenstern, Böden, Einrichtung, Schuhen, Bildern, herumliegender Kleidung, überall. Ihr Festnetztelefon klingelte. Valerie hob ab. Mechanisch führte sie den Hörer ans Ohr.

„Mauser?“

„Grias di Gott, Valerie! Da ist der Hubertus! Ja, du bist ja schwer zu erreichen. Sag Dirndl, hast du schon geges...“

Ebenso roboterhaft hatte sie den Arm bereits wieder gesenkt und aufgelegt. Die Spuren ihrer Hand zeichneten sich hell am Hörer ab. Wenn man es noch nie gesehen hatte, konnte man sich nicht annähernd vorstellen, welchen Dreck so ein Wohnungsbrand hinterließ. Alles würde gereinigt, gemalt oder ersetzt werden müssen. Egal. Erneut klingelte der Apparat. Als letzte Aktion des Tages riss sie das Telefonkabel samt Buchse aus der Wand.

Valerie war an diesem Abend zu keinem Gefühl mehr fähig. Die Müdigkeit war verflogen, zusammen mit den bösen Gedanken, aber auch Sandro, der ihr gerade angeboten hatte, bei ihm übernachten zu können, schien wie eine Hülle vor ihr zu stehen. Sie bedankte sich und schickte ihn weg, ohne lange über die richtigen Worte nachzudenken.

Sie war leer. Gedankenleer. Zum ersten Mal seit Jahren. Sie ging ins Schlafzimmer, dessen Tür während des Feuers zum Glück geschlossen gewesen war, öffnete das Fenster und ließ sich auf die Matratze fallen. Wie sie roch und aussah, war nicht von Bedeutung. Was morgen sein würde, interessierte sie nicht. Ob sie in dieser Nacht schlafen würde können, war nicht wichtig. Nein, sie wollte gar nicht schlafen, wollte keine Sekunde dieses Zustands verpassen. Nichts drängte sich nach vorne, da war nur sie, dieser Raum, das Bett, auf dem sie lag, ein sanfter, lauwarmer Luftzug von draußen, diffuses Restlicht. Hier war sie und dort die Welt. Und sie wusste, dass es gut war.

Freitag

Still war es um sie herum. Still und dunkel. Aus grauen Nebelschwaden stach ein Lichtpunkt hervor, der langsam größer wurde. Er zog sie an. Ohne sich bewegen zu müssen, gelangte sie näher zur Quelle des weißen Lichts, wie von selbst. Plötzlich ging alles ganz schnell, der Punkt wurde ein Tropfen, riesengroß, sie tauchte ein, war ganz davon umfangen, schwerelos, milchig weiß und wohlig warm. Dann bildete sich ein Hohlraum, um sie herum kontrastlose Strukturen, Formen, fließende Bewegungen. Plötzlich Vanilleduft. Vor ihr wuchs etwas in die Höhe, zuerst abstrakt, dann immer klarer. Eine Menschengestalt, übergroß, deren Linien sich nach und nach verfeinerten. Sie schwebte hoch, wie eine Biene, vor das Gesicht. Die Figur öffnete die Lippen, wohlriechende Schwaden entströmten ihrem Mund.

Da erkannte sie ihn.

„Papa", flüsterte sie, und es klang, als hätte sie es gleich wieder verschlucken wollen, kindlich schüchtern.

Die Gestalt schien zu erschrecken, eine Welle ging durch ihren Körper. Dann lächelte sie und sagte: „Mein Madl! Was machst du denn da?" Hartmut Mausers Abbild sprach mit klarer Stimme.

Emsig grübelte sie, fand aber keine Worte.

„Na?", drängte ihr Papa. Mehr Rauch quoll aus seinem Mund, flüssig fast. Es roch so gut hier.

„Wo bin ich?"

„Na bei mir, tät ich sagen. Aber warum?"

„Weiß ich nicht ... wie ... geht's ... dir ... Papa?", fragte sie ihn. Zwingend wie bei einem Schluckauf musste sie nach jedem Wort Luft holen.

„Besser als dir, Madl."

„Was ... meinst ... du?“

„Na, schau dich an ... und dann schau mich an.“ Valerie ließ die Nase los, schwebte zurück und blickte an sich herunter. Ihr Körper war eine Miniaturausgabe seiner normalen Erscheinung, zudem verkohlt, Rauchschwaden hinter sich herziehend.

„Aua.“

„Ja, aua.“ Er schien zu zerfließen, als schmölze er in der Sonne, wurde kleiner und kleiner, die Linien verschwammen.

„Bleib ... da ... Papa ... bitte!“, rief sie. Mehr weiße Tränen strömten aus ihr.

„Ruf die Lilian an“, blubberte er noch, „jetzt gleich!“

„Die ... Lilian? ... Aber ... wieso? ... PAPA!“, schrie sie dem letzten Häuflein hinterher, bevor es sich mit dem Boden vereinte.

„PAPA!“, presste sie mit aller Kraft hervor, bis sie keine Luft mehr in den Lungen hatte. Das Weiß verschwand, auch das nebelige Grau, übrig blieb ihr Schlafzimmer in der Morgendämmerung. Schweißnass fuhr sie auf und hustete, klopfte sich auf die Brust, krümmte sich, konnte aber eine gefühlte Ewigkeit nicht einatmen. Zu wenig Sauerstoff. Panik klarte das Geschehen auf. Asthma, so schlimm wie lange nicht mehr. Valerie riss die Schublade des Nachtkästchens auf. Ihre rechte Hand fühlte Taschentücher, Tigerbalsam, Tablettenblister, Tampons, Kugelschreiber, Pfefferspray, allerlei Krimskrams und Zettelwerk, zuletzt den ersehnten zylindrischen Behälter.

Eine halbe Minute später war der Spuk vorbei und sie bekam Luft, als wäre nie etwas gewesen. Sie atmete langsam ein und aus. Trotz offenen Fensters stank es erbärmlich nach kaltem Lagerfeuer.

Ihr Traum war präsent geblieben wie keiner, an den sie sich hätte erinnern können. Viele Jahre hatte sie nicht mehr von ihrem Vater geträumt. Überhaupt träumte sie nicht viel. Diese Begegnung blieb zum Greifen nah. *Ruf jetzt gleich die Lilian an,* hatte er ihr mitgegeben. Aber was sollte Valerie mit ihrer älteren Schwester, dieser ultrareligiösen Kinderfabrik, dieser ach-so-braven Vorzeigefrau? Sie sah auf den Radiowecker – es war fünf Uhr morgens. *Jetzt gleich,* hatte er gesagt, und es hallte immer noch in ihrem Kopf. Seine Stimme, die sie schon vergessen geglaubt hatte, war plötzlich wieder lebendig in ihrer Erinnerung. Sie war so dankbar dafür.

Na gut, dachte Valerie, *schlimmer kann's auch nicht werden.*

Ihre Schwester meldete sich nach nur einem Anrufzeichen mit einem ziemlich wachen, aber auch ziemlich anonymen „Albrecht?" Als gäbe es noch Telefone, die einem nicht sagten, wer gerade anrief. Aber warum sollte sie Valeries Nummer auch einspeichern. Sie war Lilian nie wichtig gewesen. Schon überlegte sie, wieder aufzulegen, als ihr einfiel, dass die Schuld bei ihr selbst lag: Sie hatte ihrer Schwester die neue Handynummer noch gar nicht gegeben.

„Hallo? Albrecht? Wer spricht hier?", tönte es aus dem Gerät, das Valerie bereits vom Ohr genommen hatte und vor sich hielt, um aufs rote Feld zu tippen.

Ich, du dumme Schnalle. Weil unser Papa es so haben will, formulierte sie vor, ahnte die bevorstehende Demütigung, sobald sie etwas sagen würde, egal was, schaffte es aber trotzdem nicht, das Gespräch frühzeitig zu beenden.

„Hallo? Albrecht? Sagen Sie etwas, sonst zeige ich Sie an! Ich sehe Ihre Rufnummer! Wollen Sie mich vielleicht belästigen? Hallo?“

Das hättest du wohl gerne.

„Lilian, ich bin’s“, flüsterte Valerie.

Kurzes Schweigen.

„Nein, das gibt’s nicht“, sagte Lilian Albrecht, und es klang, als hätte sie einen Geist gesehen. Schaurig.

„Ich stör dich sicher, oder? Hab ich dich aufgeweckt?“

„Nein, nein, Valerie, gar nicht. Sobald es dämmert, sind die Kleinen wach. Aber das gibt’s nicht, dass du ausgerechnet jetzt anrufst.“

„Wieso?“ Das eigentliche Wunder bestand doch darin, dass sie *überhaupt* anrief. Schon erwartete sie eine Predigt zur Bandbreite christlicher Anrufzeiten.

„Weil ... weil wir gerade gestern ... von dir gesprochen haben. Und ich wollte dich heute Vormittag selbst anrufen. Aber sag, Valerie, ist bei dir alles in Ordnung?“

Wie oft hatten sie schon gestritten, wegen nichts, weit über die gemeinsame Zeit unter dem Mauser’schen Dach hinaus. Sie waren wie Feuer und Eis, Katz und Maus, Tag und Nacht. Und nun telefonierten sie zur Unzeit – auf Anraten ihres gemeinsamen, 1986 verstorbenen Vaters, der Valerie im Traum erschienen war – und hatten tatsächlich schon mehrere Sätze gewechselt, ohne dass eine von ihnen in die Luft gegangen war.

Valerie antwortete mit einer Gegenfrage: „Warum habt ihr gestern über mich gesprochen?“

„Weil ... ach, das sollte man nicht am Telefon sagen. Wollen wir uns nicht mal treffen, du und ich?“

„Warum habt ihr gestern über mich gesprochen, Lilian?“, wiederholte sie, und unter normalen Umständen wäre ihre Schwester spätestens jetzt zur Furie geworden. Sie hasste es nämlich, wenn man nicht genauso auf sie einging, wie sie sich das vorstellte. Valerie hatte sich schon überwinden müssen, anzurufen, ein Treffen kam für sie nicht infrage.

Eine Weile blieb es still am anderen Ende.

„Ich bekomm wieder ein Kind, Valerie."

Sie sagte nichts darauf. Es wunderte sie nicht besonders, schließlich war es bereits Nummer fünf. Lilian war schon vierundvierzig, was nicht viel sagte in der heutigen Zeit, aber fünffache Mutter? Valerie hätte sich mit einem einzigen Kind beschieden. Mit Rebecca.

„Ist das nicht schön?"

Valerie antwortete nicht. Sie wollte nicht lügen und hasste sich selbst für das Gefühl, das gerade in ihr aufkeimte.

„Bist du noch dran? Ich hör dich doch atmen. Sagst du denn gar nichts dazu?"

„Warum habt ihr dann gestern über mich gesprochen, Lilian?" Das war zu hart. Valerie wusste, dass sie den Bogen überspannt hatte. Andererseits kündigten sich schon wieder Tränen an und sie brachte nur noch diese Frage heraus. *Komm, gib's mir, Lilian, gib mir endlich einen Grund zum Auflegen.* Und anschließend würde das nächste Telefon dran glauben müssen.

Ihre Schwester holte Luft und sprach leise: „Weil wir dich gerne als Patin hätten."

***

Und wie es IHM gefällt, was sie IHM zeigt! Eine ganze Strophe lang kann ER seine Augen nicht von ihr lassen, stellt sich genau vor sie hin und lacht, vergisst sogar den Text oder singt irgendetwas anderes, sie versteht es nicht, weil sie viel zu aufgeregt ist. Dann deutet ER nach hinten, die Musik hört auf, und gleich darauf wird sie voll geblendet.

„Ja wen haben wirrr denn da?", sagt ER laut. „Drrrehst du dich einmal im Krrreis herrrum fürrr uns?"

Der junge Mann unter ihr gehorcht SEINEM Befehl. Sie wird jetzt von allen Seiten von Scheinwerfern angestrahlt. Gelächter, zuerst vereinzelt, dann überall. Schließlich hält sie sich doch lieber das T-Shirt vor.

„Ja, so sind sie halt, die Tirrroler Madln!", ruft ER und zählt wieder ein. Bevor ER weitersingt, deutet ER noch abwechselnd zu ihr und dann zu einem irre großen Kerl unten vor der Bühne, dann ist ER fort. Plötzlich fasst der Riese nach ihr, zieht sie von den Schultern des Burschen hinunter nach vorne.

Sie wehrt sich.

***

Als Valerie an diesem Morgen um neun Uhr die Teambesprechung eröffnete, fühlte sie etwas in ihrer Mitte, das alles andere überdeckte. Wie Schmetterlinge im Bauch, nur viel intensiver. Am Fußweg zur Arbeit hatte sie drei Mütter und einen Vater mit Kinderwagen gezählt. Und obwohl erst wenige Stunden vergangen waren, ahnte sie, dass letzte Nacht etwas Bedeutsames passiert war. Das vieles ändern würde.

Trotz Dusche und neuer Kleidung, die im Schlafzimmer relativ unbeschadet durchs Feuer gekommen war, stank sie wie ein tschechisches Kohlekraftwerk, hatte ihr Schmatz recht unverblümt vermittelt, und Berger war für seine Verhältnisse fuchsteufelswild gewesen, als er sie am Telefon nach dem Bericht von gestern gefragt hatte. Doch nichts davon konnte sie berühren.

Sie hatte die Patenschaft angenommen. „Ja" zu einem neuen Leben gesagt.

„Guten Morgen. Bevor Spekulationen auftauchen, bei mir hat's gestern gebrannt, aber bis auf den Sachschaden ist soweit alles in Ordnung. Was haben wir?" Valerie sah zuerst Geyer an, der mit gerunzelter Stirn ziemlich unrasiert und ziemlich tief in seinem Stuhl hing.

Er krachte, denn „räuspern" wäre dem Geräusch nicht nahe gekommen, das er zunächst von sich gab.

„Die Unterhose", brummte er und zog ein Blatt Papier an sich, „ist negativ. Keine Spuren, auch nicht am Paket oder am Brief."

„Und das Blut?"

Er seufzte, kramte in der Brusttasche seines Hemds – desselben Hemds, das er auch die letzten beiden Tage angehabt hatte, wie Valerie sich ziemlich sicher war –, zog seine Lesebrille hervor und setzte sie auf die Nasenspitze. Dann blies er die Luft aus und holte neue.

Unter den Brandgeruch, der von Valerie selbst ausging, mischte sich schon wieder Alkoholisches, kam ihr zumindest vor.

Schließlich hatte er die Stelle im Bericht gefunden: „Hier ... Eintrocknung unbekannten Ursprungs ... nach erster Analyse kann mit Sicherheit ausgeschlossen werden, dass es sich um menschliches Blut handelt."

Mit „Ein Fake!" warf Schmatz in die Runde, was sich auch Valerie dachte und Manager Benz wieder ins Zentrum der Aufmerksamkeit rückte. Ein Theaterspiel unter seiner Regie, mit nur einem Zweck: So viel Aufsehen zu erregen wie möglich. Wenn auch ziemlich kompliziert. *Den Fahrradkurier hätte er einfacher haben können,* dachte sie.

„Blödsinn“, blaffte Geyer den jungen Assistenten an. „Der Gustl ... Benz ist tief besorgt, Wolf Rock auch, ich glaube ihnen, auch wenn das hier sonst keiner tut, oder wie.“

Valerie beschloss, es so im Raum stehenzulassen und zum nächsten Punkt auf der Liste überzugehen.

„Frau Prammer, wie lief’s mit Ihren Befragungen?“

Die Angesprochene grinste vielsagend, richtete sich auf und zupfte ihren Rock zurecht. Obwohl es draußen noch heißer werden würde als gestern, blieb sie bei ihrer Gewohnheit, auffällig gemusterte Strumpfhosen zu tragen, dieses Mal im Tattoo-Stil, dazu die unvermeidlich hochhackigen Schuhe.

„Sehr aufschlussreich“, begann sie, „Elke Mumm war äußerst auskunftsfreudig. Eine ausgesprochen nette Person, wenn auch etwas einfältig und gewöhnungsbedürftig im Auftreten. Also, wie die herumläuft! Und sie ist hoffnungslos Wolf Rock verfallen. Aber auf eine positive Art.“

Gerade kamen Valerie Beate Prammers Ausführungen selbst *etwas einfältig* und *gewöhnungsbedürftig* vor, da setzte diese fort: „Rein äußerlich betrachtet. Mit ihrer Fixierung auf den Star und der Suche nach seiner Nähe versucht sie freilich, zu kompensieren, was ihr sonst verwehrt bleibt. Meiner Meinung nach geht das in Richtung einer handfesten Psychose.“

„Wie kommen Sie darauf?“

„Ihre Wohnung. Das hab ich so noch nicht gesehen, außer in Hollywoodfilmen. Ich meine, das ist eher ein Schrein als ein Ort zum Wohnen. Sie hat die Wände mit Wolf-Rock-Plakaten tapeziert, und wo Platz ist, stehen Devotionalien ihres Heiligen ... Artikel aus dem Fanshop, von Hand gemachte Tonbüsten. Keine Blumen, keine Abwechslung, nur Wolf Rock. In einer Ecke steht eine selbst gebastelte Bühne, wie eine Krippe. Das hat schon was Religiöses."

„Besessenes", schlug Eder vor.

„Wie auch immer, so was kann man mal eine Zeitlang machen, in der Pubertät zum Beispiel, ohne dass es pathologisch wird, aber die Grenze hat sie eindeutig überschritten. Man könnte fast sagen, sie hat sich Wolf Rock geopfert."

„Wäre sie Ihrer Einschätzung nach fähig, Wolf Rocks Leben zu bedrohen?", fragte Valerie nach.

„Fähig zweifellos. Aber wozu? Wenn es stimmt, dass Heike Mumm Wolf Rocks Tochter ist, ergäbe das doch keinen Sinn."

„Was haben Sie zu ihr herausgefunden?"

„1985 geboren, Vater offiziell unbekannt. Aber laut Elke Mumm kommt nur Wolf Rock infrage."

Valerie überlegte. '85, da war Wolf Rock ziemlich sicher am absteigenden Ast.

„Doch er erkennt die Vaterschaft nicht an?"

„Das Standesamt hat keine Eintragung, und Elke Mumm schweigt sich aus ... beziehungsweise ... stellt sich diese Frage für sie nicht."

„Wieso?"

„Ich hab's mehrfach angesprochen, aber sie schien darauf nicht eingehen zu wollen. Als hätte sie mich nicht gehört."

„Absolut irre", kam von Eder.

Valerie stimmte ihm insgeheim zu.

„Und Heike selbst? Was sagt sie dazu?"

„Sie ist angeblich seit gestern früh im Ausland. Ich hab's versucht, konnte sie aber nicht erreichen."

„Also gut. Und wie war's bei ..." Valerie zögerte einen klitzekleinen Moment zu lange.

„Schwanz!", bellte Schmatz in die Runde und lachte. Irgendwie unreif. Doch bis auf Geyer waren alle amüsiert.

„Salvador Schwanz, ja ..." Man hätte den Ausdruck in ihrem Gesicht durchaus *verklärt* nennen können. „Eindeutig Dalí. Fast eine Wiedergeburt. Ich hab ihn erwischt, als er gerade aus der Dusche kam, und dann hat er mich zwanzig Minuten im Vorraum stehen lassen, bis er seinen Bart fertig gezwirbelt hatte. Also hab ich mir inzwischen seine Bilder angesehen. Durchaus kreativ, keine Kopien. Er möchte Dalís Arbeit fortsetzen, hat er später gemeint. Vielleicht ist er genauso besessen ... beseelt von seinem Vorbild wie Elke Mumm, aber auf charmante Art."

„Uuuh!", gab Schmatz zu hören. Dieses Mal erntete er den bösen Blick von Prammer, während Geyers Schultern einmal zuckten. Freilich ohne dass er dabei sein griesgrämiges Gesicht verzogen hätte.

„Sehr erwachsen, Schmatz." Prammer lächelte schon wieder. Man konnte ihm einfach nicht böse sein. „Schwanz ist durchaus von sich eingenommen und weiß sich zu präsentieren. Besonders stolz ist er auf ein von Dalí signiertes Foto von einer persönlichen Begegnung, irgendwann in den frühen Achtzigern."

„Wie ist sein Verhältnis zu Wolf Rock?", versuchte Valerie, Prammers Ausführungen in eine relevante Richtung zu lenken.

„Gut. Von Erzfeind keine Spur. Zuerst gab er sich angewidert, als ich Wolf Rock erwähnt habe. Aber als er von den Drohungen hörte, hat er gleich die Fassade fallen lassen. Er sprach von einer inszenierten Feindschaft."

Valerie rollte die Augäpfel nach oben. *Was ist hier eigentlich nicht inszeniert,* fragte sie sich still.

„Wie das?"

„Ja, er behauptet steif und fest, diesen Hit ... ‚Tauch mich in Liebe' ... geschrieben zu haben, als er noch Musiker war, in den frühen Siebzigern. Aber man habe sich geeinigt und finanziell mit einer Einmalzahlung verglichen. Teil des Deals sei gewesen, öffentlich auf Erzfeind zu machen. Er hat mir das alles im Vertrauen gesagt, darf nicht publik werden."

„Das ist doch Blödsinn", warf Geyer ein.

„Glauben Sie daran, Frau Prammer?", fragte Valerie.

„Der Vergleich liegt zu weit zurück, als dass man es nachprüfen könnte."

„Wenn's nicht sogar hinten rum geflossen ist", kam von Kollege Mair.

Geyer schnaubte verächtlich.

„Aber doch, ich glaube schon daran, ja. Schwanz machte nicht den Eindruck, als ob er eine Rechnung mit Wolf Rock offen hätte."

„Haben Sie seine finanzielle Lage überprüft?"

„Wozu? Es gibt doch keine Geldforderung, oder?"

Prammers Aussagen waren Valerie zu schwammig, es kam ihr so vor, als sei die Kollegin vom Künstler vereinnahmt. Sie beschloss, sich diesen Schwanz selbst anzusehen, wenn es sich ausging, und die Sitzung voranzutreiben.

„Na gut. Schmatz, was haben wir zu 1976?"

Der Jüngling deutete auf einen Papierberg neben sich.

„Das da. Alle nennenswerten Delikte des Jahres. Das war alles auf Mikrofilm. Bis gestern wusste ich nicht einmal, was das sein soll. Voll retro."

„Und jetzt haben wir's wieder auf Papier."

„Genau." Schmatz hatte den Wink nicht verstanden. Prammer schmunzelte.

„Und, was Konkretes dabei?"

Er stieß die Luft aus.

„Ja sicher, alles, was es so gibt. Aber nichts mit den Namen, die wir haben. Magst du's dir anschauen?"

„Ja, leg's mir rein. Und was macht unsere Facebook-Geschichte?"

„Warte, zeig ich dir gleich ..." Wieder trat der Beamer in Aktion und warf das erschreckende Ergebnis auf die Leinwand: Die Seite hatte nun 48. 902 Likes. Fast wieder verdoppelt, verglichen mit Valeries letzter Abfrage am Vortag. Weiterhin wurden Schmähbotschaften und Fotomontagen gepostet und mittlerweile tausendfach geliked und kommentiert. Immer mehr kristallisierte sich der Bergisel als Ort einer „finalen Abrechnung" heraus, es gab erste Verlinkungen zu einer Facebook-Veranstaltung mit dem Titel „Wolf Rocks Ende" und dem Termin des Konzerts, mit bereits mehreren Tausend Teilnehmern, die heftig über mögliche Störaktionen und Möglichkeiten diskutierten, direkt an Wolf Rock heranzukommen – über Backstagepässe, war ein Vorschlag gewesen –, immer wieder wurden konkrete Morddrohungen dazwischengestreut. Es war eindeutig: Im Internet lief gerade alles aus dem Ruder und wurde zur reellen Gefahr. Konnte das noch inszeniert sein? Wenn ja, spielte Benz nicht nur mit dem Feuer, sondern hatte sein Brecheisen am Pfropfen eines Vulkans angesetzt.

„Hast du Facebook erreicht?", fragte Valerie, und es war ihr egal, wer das komisch finden würde.

„Keine Chance. Da sprechen nur Roboter mit mir. Aber ich hab neben der E-Mail auch per Express geschrieben, gefaxt, die Straftaten auf der Seite erwähnt und den Staatsanwalt kontaktiert."

„Was sagt er?“

„Dass es da schon Wege gibt, die aber alle dauern.“

Was sie gerade nicht hatten, war Zeit für Behördenwege, denn schon am nächsten Tag würde das Konzert über die Bühne gehen. Valerie blickte auf die Notizen vor sich und versuchte, die Aufgaben sinnvoll aufzuteilen.

„Schmatz, bleib an Facebook dran. Das muss alles raus, und wir müssen erfahren, wer hinter der Seite steckt, egal wie. Und schau, wie wir an eine Liste mit Klarnamen von denen kommen, die besonders laut schimpfen und konkrete Angriffe planen. Geht das?“

„Genau, gute Idee ... weißt du, das ist jetzt wieder leicht, über die Facebook-*API* kann man nämlich ziemlich viele Daten ziehen ... diese Schwachköpfe halten sich für anonym, haha ... ich programmier da schnell was.“

„Gut. Möglicherweise werden wir die Personendaten jedes einzelnen Konzertbesuchers am Einlass abgleichen müssen.“

Geyer starrte sie an, ungläubig und ein wenig amüsiert.

„Frau Prammer, wir werden uns Salvador Schwanz noch einmal ansehen, seine Geschichte klingt mir zu simpel. Herr Geyer ...“

„Ich ...“, warf dieser dazwischen, „werde dann wieder im Hotel nach dem Rechten sehen.“ Damit stand er auf.

Machtwort, klingelte es in ihrem Kopf. Geyers Arbeit sah für ihren Geschmack zu sehr nach Party mit dem Liebling aus. Was sie ihm natürlich nicht vor versammelter Mannschaft sagen konnte.

„Herr Geyer, bleiben Sie hier, wir sprechen gleich darüber.“ Sie sah ihn nicht an, registrierte aber aus den Augenwinkeln, dass er sich langsam wieder auf seinem Stuhl niederließ.

„Sonst noch was?“

„Ja hier, Frau Mauser“, warf Eder ein.

„Bitte?“

„Die Medien machen Druck wegen der Sache Reithofer. Der Anwalt des U-Häftlings behauptet, ein entlastendes DNA-Gutachten zu haben, und ortet bei uns Behördenschikane. Völliger Blödsinn, aber wir müssen reagieren.“

Der Fall war schon einige Monate alt. Silvan Reithofer, eine Nachwuchshoffnung des österreichischen Skirennsports, war vor seinem Wohnhaus in Inzing mit einer Metallstange zum Krüppel geschlagen worden. Kürzlich hatte man einen Mann dingfest machen können, der das Opfer gut kannte und ein Motiv, aber kein Alibi hatte und pikanterweise ebenfalls zum Kader des Österreichischen Skiverbandes gehörte. Und wer wusste, wie bedingungslos Skirennläufer in Österreich verehrt wurden, konnte abschätzen, welche Wellen die Inhaftierung eines angehenden Stars zur besten Trainingszeit schlug. Valerie stimmte Mair zu – hier durften weder Ermittlungen verschleppt noch Pressesprecher vorgeschoben werden. Sollte sich der Fall Wolf Rock wirklich als Benz'sches Marionettenspiel herausstellen, wäre es dumm, zu viel Energie damit zu verschwenden.

„Gut, Mair und Eder, kümmern Sie sich drum, Pressetermin, neue Untersuchungen, entkräften, was der Anwalt vorbringt, alles tun, was nötig ist. Gut?“

Die beiden nickten.

„Also dann, an die Arbeit.“ Valerie und Geyer blieben sitzen, die anderen verließen den Raum. Ihr Stellvertreter lungerte verächtlich im Stuhl und sah zum Fenster hinaus.

„Herr Geyer, was genau ist letzte Nacht passiert?"

„Was?", grunzte er. „Also muss ich Ihnen jetzt Rechenschaft über mein Privatleben ablegen, ja geht's noch?"

„Waren Sie bei Wolf Rock?"

Er sagte nichts.

„Haben Sie wenigstens etwas herausgefunden? Vielleicht, warum wir in dieser Posse sitzen?"

Wieder schwieg er.

„Herr Geyer, ich kenne Sie als korrekten, gepflegten Mitarbeiter und brauche Sie voll einsatzfähig."

Das war zu viel für ihn. Er schlug mit der Hand auf den Tisch, schrie: „Sie haben mir gar nichts zu sagen!", und stürmte los. Wie sie noch sah, hing sein Hemd zur Hälfte aus der Hose, und als er an ihr vorbei war, roch sie seine Alkoholfahne, vermengt mit einer strengen Moschusnote. Die Tür knallte so heftig zu, dass der Rückstoß sie wieder aufdrückte. Also knallte sie nochmals, mit Nachdruck.

***

Zuerst hat sie auf den riesigen Mann eingeschlagen, ihn als „Obertrottel" bezeichnet und sogar angespuckt. Aber dann hat sie gemerkt, dass es sinnlos ist, sich gegen ihn zu wehren. Er hat ihr gedeutet, das T-Shirt wieder anzuziehen. Jetzt bringt er sie weg von der Bühne nach hinten, schiebt sie mit der Hand am Rücken vor sich her. Dabei ist das Konzert noch gar nicht zu Ende! Es kommen ja noch die Zugaben! Sie hat Angst, dass sie gerade rausgeschmissen wird. Sie ist sich sogar ziemlich sicher. Alles umsonst.

„Wie heißt du?“, fragt der Riese mit den langen Haaren und bleibt stehen. Sie erschrickt vor seiner tiefen lauten Stimme, fast gefährlich klingt die.

„Franziska.“ Ihren richtigen Namen wird sie ihm sicher nicht sagen. Der ihrer Mama ist ihr als Erster eingefallen. Sie hofft, dass er sie nicht nach einem Ausweis fragt und die Polizei ruft. Sie überlegt, wie sie den Zweimetermann auch ohne Ausweis überzeugen könnte, dass sie alt genug ist.

„Wie schön. Darf ich Franzi sagen?“

Sie nickt. Ihr doch egal, solange er nicht mehr wissen will. So hat ihr blöder Papa ihre Mama auch immer genannt.

„Wie alt bist du, Franzi?“

„Achtzehn.“

Er sieht sie schief an, dann lächelt er. Sie weiß, dass sie mindestens wie sechzehn aussieht.

„Sag, hast du das auf deiner Brust vor dem Spiegel geschrieben?“

Jetzt ist sie verblüfft. Er muss hellsehen können. „Genau!“

„Nimm mich!“, hat sie geschrieben, und man hat es super lesen können.

Er dreht sich weg und schüttelt den Kopf, sie weiß nicht wieso, dann schaut er sie wieder an.

„Sag, willst du ihn kennenlernen?“

„Wen?“ Meinte er seinen …?

„Na Wolf Rock!“

Kurz spürt sie die Beine nicht mehr und ist nur froh, dass sie trotzdem stehen bleibt. Sie schluckt und bringt kein Wort heraus, weil sie gleich noch einmal schlucken muss, nickt aber, so fest sie kann.

Der Mann grinst und sagt: „Na dann komm mit!“

Sie fühlt Angst und ihr Herz hämmert wie wild. Kurz zögert sie, dann folgt sie ihm.

***

Gegen elf Uhr vormittags steckte Valerie tief in den Ermittlungsunterlagen des Jahres 1976. Soweit es sich bisher beurteilen ließ, würde Schmatz Recht behalten: Straftaten aller Art und im üblichen Ausmaß, was hieß, kaum welche. Einzig Körperverletzungen und der Missbrauch Minderjähriger fielen etwas aus dem Durchschnitt, wenn man genau hinsah. Alles in allem waren die Olympischen Winterspiele – rein kriminalistisch betrachtet – spurlos an Innsbruck vorübergegangen. Und es gab in diesem Jahr nichts, das mit Gotthilf Semmelweis oder anderen Personen zu tun gehabt hätte, auf denen nun die Aufmerksamkeit lag.

Schmatz hatte ihr auch Unterlagen zu Benz' Verurteilung vor zwei Jahren besorgt. Paragraf 145d des deutschen Strafgesetzbuches war ihm zum Verhängnis geworden, „Vortäuschen einer Straftat". Die fingierte Bedrohung Wolf Rocks wurde wörtlich im Urteil angeführt: „Bald brennst du am Scheiterhaufen, du Teufel, und tust Buße für die Schande!", stand in dem Drohbrief, den Benz geschrieben und Wolf Rock „gefunden" hatte. Der deutsche Staatsanwalt konnte „Herrn Gotthilf Semmelweis, geb. 05. 05. 1955" nicht nachweisen, in Benz' Plan eingeweiht gewesen zu sein – wovon jedoch laut Ermittlungen auszugehen war. Kurios war, dass dem Manager damals tatsächlich diese MICs, von denen Schmatz gesprochen hatte, zum Verhängnis geworden waren: Der Code seines Tintenstrahldruckers hatte Benz überführt. Viel interessanter fand Valerie aber die Parallelen zu den aktuellen Schreiben – schon vor zwei Jahren sollte Wolf Rock *brennen*, und *Schande* und *Schandtat* lagen nun wirklich eng beieinander. Konnte Benz so dumm sein, es zweimal mit derselben Masche zu versuchen, wenn auch unter Verwendung einer weniger mitteilungsbedürftigen Schreibmaschine? Laut ihrer Abfrage, die sich auf Österreich beschränken musste, war er ansonsten unbescholten, im Internet fand sich nichts außer seiner wenig gepflegten Homepage. Auf den Kopf gefallen schien er nicht zu sein, doch die beiden Fälle deckten sich. Wie war das möglich? Valerie grübelte. Plötzlich stand ein Schatten in der offenen Bürotür. Ein großer Schatten.

„Entschuldigung, Sie können da nicht einfach so ...", hörte sie Schmatz rufen und sah auf.

„Pfuh, heiß draußen!", rief der Schatten.

„Stolwerk!"

„Veilchen, ahoi!"

„Frau Mauser, er hat sich einfach so hereingedrängt!", sagte Schmatz und versuchte, an dem ungebetenen Gast vorbei Augenkontakt zu seiner Chefin herzustellen.

„Schon gut, Schmatz. Das ist mein Freund. Manfred Stolwerk."

„Dein Freund, echt?", staunte der Jüngling, musterte den vermeintlichen Eindringling von oben bis unten, blieb dann in seiner Mitte hängen und reichte ihm die Hand.

„Grüß dich, schon viel von dir gehört", sagte Stolwerk und schaffte damit das seltene Kunststück, Schmatz mit dem Du zuvorzukommen.

„Ach echt? Und was?", fragte dieser. Er musste seinen Kopf fast in den Nacken legen, um Stolwerk in die Augen sehen zu können.

„Nur Gutes“, grinste er den Burschen an.

Die beiden waren zum Schießen, wie sie so nebeneinander standen. Valerie suchte nach einem Vergleich, doch weder *Dick und Doof* noch *David und Goliath* gefielen ihr. *Halvar und Wickie? ... Ich hab's!*, dachte Valerie und grinste.

„Lasst mich mal mit der Frau Mauser alleine?“, bat Stolwerk.

„Aber keinen Blödsinn machen!“, antwortete Schmatz und zog die Tür hinter sich zu.

Ihr voluminöser Freund lachte sie an. „Netter Kerl. Aber nicht, dass der jetzt meint, wir wären zusammen oder so?“

„Und wenn schon“, gab Valerie zurück, ging um ihren Tisch herum und drückte ihn. Wieder Pferdegeruch. Nun war klar, dass er von Stolwerk ausging, seit dem Morgen in Längenfeld. Sie behielt es für sich.

Hatte sie ihn jetzt tatsächlich verlegen gemacht, so, wie er dreinsah? Oder hatte er ihren Brandgeruch in der Nase und wollte ihr ebenso wenig sagen, wie sehr sie stank? Stolwerk reichte ihr einen Papiersack.

„Ich hab mir gedacht, damit nicht wieder aufs Essen vergisst, bring ich dir ein halbes *Hühnchen* mit.“

Valerie hätte die Anspielung auch ohne das sorgfältig betonte Wort verstanden.

„Kampfhühnchen?“, gab sie ihm zurück, worauf er breit grinste. So nannte er sie gelegentlich, ob ihrer Gestalt und mancher Wutattacken.

„Hahaha! Weiß nicht. Wenn, dann war es wohl zweiter Sieger, was? Hahaha ... Mahlzeit!“

Valerie schob einen Stapel Papier zur Seite, setzte sich hin, riss das Säckchen entzwei, um es als Unterlage zu verwenden, und öffnete den Behälter, der eine verführerische Duftwolke entließ. Mit bloßen Händen fiel sie über das Essen her und begann, ihrem Gefährten von den vergangenen Stunden zu erzählen, mit vollem Mund, fettigen Händen und Hendlflügerln, alias Chicken Wings, wovon sie sich zu einem völlig missratenen Spruch über Gotthilf Semmelweis alias Wolf Rock hinreißen ließ. Stolwerk lachte trotzdem. Um ihm die Sache mit Facebook zu zeigen, versuchte sie, die Computermaus mit Handballen und Fingerknöcheln zu bedienen, was nicht klappte und in einem fettigen Fiasko endete. *Arme Maus.* Sie berichtete von den Befragungen, vom Wohnungsbrand und der skurrilen und doch merkwürdig realen Begegnung mit ihrem Vater. Sandro Weiler und die Patenschaft ließ sie aus, obwohl sie beide Ereignisse beschäftigten.

Stolwerk war plötzlich furchtbar blass.

„Gott sei Dank ist dir nichts passiert, Veilchen."

„Halb so schlimm."

Nun waren seine Augen glasig.

„Veilchen ..."

„Ach was, komm", lachte Valerie, ging um den Schreibtisch herum und umarmte ihn, ihre Finger auf Abstand haltend. Er drückte sie deutlich fester und länger als sonst.

„Dann schau ich mir den Schaden gleich mal an, was meinst? Ich kenn da wen für Brandschadenbeseitigung."

„Kommt nicht infrage, Stolwerk." Und da kam ihr die Idee mit dem Hotel. „Warte, lass mich mal was schauen."

Ein paar Mausklicks später hatte sie zwei Standard-Einzelzimmer im Grand Hotel Europa gebucht. Günstiger als gedacht.

„Heute lassen wir zwei es uns gut gehen, was meinst du?"

***

Hinter der Bühne ist es viel leiser, als sie gedacht hätte. Und ziemlich dunkel. Fast wäre sie über eine Stange am Boden gestolpert. Sie gehen zwischen zwei LKWs an einem rauchenden Mann vorbei, der dem Riesen zuzwinkert und ihm etwas auf Englisch sagt, sie versteht es nicht, dann lachen beide, ziemlich dreckig.

ER singt gerade „Tauch mich in Liebe"! Obwohl das SEIN größter Hit ist, hat sie das Lied nur am zweitliebsten, also ist es nicht so schlimm, dass sie IHM nicht dabei zusehen kann. Sie hört die Masse mitsingen, so viele tausend Menschen kleben an SEINEN Lippen, und plötzlich fühlt sie sich total besonders. Denn sie wird IHN gleich ganz für sich allein haben.

„Wo gehen wir hin?", fragt sie den Riesen, doch der sagt kein Wort. Sie zuckt mit den Schultern und folgt.

***

„Hoffentlich steht er nicht wieder unter der Dusche", scherzte Beate Prammer, fuhr einmal um ihren Pagenkopf und rückte ihr Kostüm – und damit auch ihren Ausschnitt – zurecht, als sie und Valerie gegen vierzehn Uhr vor Salvador Schwanz' Wohnungstür standen.

Der Künstler hatte sich offensichtlich nicht verbieten lassen, die Außenseite der Tür mit einer zerfließenden Figur zu bemalen und über dem Spion mit *Schwanz* zu signieren. Statt des Namensschilds sozusagen. Er öffnete, und legte man fünf Dioptrien Kurzsichtigkeit über das Bild, das sich nun bot, hätte man Schwanz tatsächlich für Dalís Reinkarnation halten können. Doch scharfgestellt war er ein unauffälliger Durchschnittstyp. Durchschnittlich groß, durchschnittlich dick, durchschnittliches Gesicht, von welchem er sichtlich abzulenken versuchte, indem er seinen Schnurrbart in perfekt synchronem Aufwärtsschwung von der Oberlippe abstehen ließ. Dazu hatte er die Augen vorbildgetreu aufgerissen, womit ihm *Ich hab so was von einen an der Waffel* ins Gesicht geschrieben stand. Wie zur Bestätigung trug er einen schwarzen Anzug mit Schlips und Stecktuch, bei sommerlicher Hitze und obwohl er weder jetzt noch später Anstalten machte, die Wohnung zu verlassen.

Ehe Valerie sich's versah, war sie von Prammer vorgestellt worden und hatte von Schwanz einen angedeuteten Handkuss zur Begrüßung bekommen. Dann traten die beiden Frauen ein und wurden langsam durch den üppig bebilderten Vorraum geführt, alles Originale, alle von ihm, wie Schwanz betonte. Valerie war keine Dalí-Kennerin, aber die wichtigsten Werke hatte sie sich vorhin im Internet angesehen. Schwanz' Bilder waren unverkennbar im selben Stil gehalten. Doch die Motive unterschieden sich – er malte beinahe ausnahmslos werdende Mütter. Mal angezogen, mal nackt, mal sinnlich-verführerisch, mal unglücklich, mal hell, mal düster, immer schwanger. Davon hatte Prammer in der Sitzung nichts erzählt. Valerie dachte wieder an ihre Schwester Lilian und das Patenkind.

„Sie fragen sich bestimmt, wie ist das alles nur möglich, nicht wahr?", fragte er und glotzte sie mit erhobenem Kinn an.

Das fragte Valerie sich tatsächlich, allerdings anders, als er meinte.

„Warum malen Sie Schwangere?", fragte sie ihn.

„Na darum!“ Er lachte höhnisch. „Die ewige Frage nach dem Warum. Warum sind wir hier? Warum ist der Himmel blau? Warum sind wir uns begegnet? Darum eben!“, deutete er auf seine Bilder. „Fragen Sie doch einen Künstler nicht nach dem Warum, liebe Frau!“

„Also?“, fasste Valerie nach. Sein manieriertes Gehabe konnte er sich sparen.

„Ich bemerke, Ihr Kunstsinn ist enden wollend. Auch das gibt es, nicht wahr, meine Liebe?“ Damit zwinkerte er Prammer zu, der kurz ein Lächeln übers Gesicht zog. Kurz, aber deutlich. Dann seufzte er und fuhr fort: „Jemand wie ich muss sich niemandem erklären, Gnädigste. Sagen Sie mir lieber, was sehen Sie?“

Valerie hatte es schon in der Schule gehasst, am Prüfstand zu stehen, im richtigen Leben konnten ihr neunmalkluge Fragen und daraus entstehende Situationen wie diese ganz gestohlen bleiben. *Ich sehe einen Bekloppten mit Mutterkomplex, der immerhin so viel Grips hat, Dalís Werke nicht gleich mit dem Kopierer zu vervielfältigen,* hätte sie gerne gesagt. Womit das Gespräch dann aber vorbei gewesen wäre. Wohl oder übel musste sie ihr Temperament im Zaum halten und einen Anschluss finden.

„Ich sehe schwangere Frauen. Und Sie?“, wandte sie sich Prammer zu. Nicht die Feine Englische, aber so konnte sie sich ihre Mitarbeiterin auch gleich etwas genauer ansehen, im Livebetrieb sozusagen.

Diese nahm ihr Kinn zwischen Daumen und Zeigefinger und begann nach einer wohldosierten Pause: „Was ich sehe, ist das Leben selbst! Die ewige Reinkarnation, die reinigende Wiedergeburt der Existenz ...“

„Wie erfreulich, meine Teuerste!“, lobte Schwanz und starrte unverhohlen in ihren Ausschnitt. Kein

Wunder bei der Sorgfalt, mit der Prammer das Holz vor ihrer Hütte zu stapeln pflegte.

Valerie runzelte die Stirn und stellte die nächste Frage: „Malen Sie nur Schwangere?"

Schwanz warf ihr einen weiteren Dalí-Blick zu.

„Mein *Œuvre* ist publik."

Das Fremdwort erinnerte sie an den Moment, in dem sie zum ersten Mal den Ausdruck *Verve* gehört hatte, als Kind, aus dem Mund eines Fernsehkritikers. *Mit spritzender Verve* sei ein Ballett aufgeführt worden. Sie und Lilian hatten Tränen gelacht und es zu ihrem geflügelten Wort gemacht. An einem Abend hatte sie für Papa getanzt und Lilian hinterher das hochgestochene Resümee aufgetischt. Danach hatten sie sich alle die Bäuche gerieben vor Lachen. Komisch, dass ihr das gerade jetzt einfiel. Ob es vielleicht auch ein *spritzendes Œuvre* gab? Plötzlich platzte es aus ihr heraus und sie hustete heftig, um ihren Heiterkeitsausbruch vor Schwanz zu verstecken.

„Oh, haben Sie sich etwa verschluckt?", sorgte sich der Gastgeber.

Ja, am Œuvre, krähte die böse Souffleuse*, möglicherweise hat ihr aber auch das Déjà-vu nicht bekommen!*

„Nein, geht schon. Also gut, keine Fragen mehr zu den Bildern. Eigentlich sind wir wegen Ihrer Verbindung zu Wolf Rock hier."

„Ach ja ... aber das mit dem Gotthilf, das haben wir gestern schon besprochen, nicht wahr, meine Teuerste?", sagte er zu Prammer und nahm ihre rechte Hand für einen erneuten Handkuss, den sie sich ohne Weiteres gefallen ließ. Dann fuhr er fort: „Müssen wir das wirklich nochmals aufwärmen?"

Valerie hatte genug von diesem Schauspiel. Für Situationen wie diese hatte sie sich vorsorglich seinen früheren Namen herausgekramt.

„Herr Kostenzer, wir ..."

„Mein Name ist Schwanz!", rief er und nahm wieder die Dalí-Pose ein.

Valerie malte gedanklich zwei kurze Linke und danach eine brachiale Rechte in sein Gesicht, womit ihre Lust, eine Live-Performance draus zu machen, auf ein erträgliches Maß sank.

„Wie dem auch sei. Mir wurde berichtet, Sie und Wolf Rock machen nur deshalb auf Erzfeind, weil das so vereinbart und bezahlt worden ist."

Er sah um sich, als könnte jemand mithören, und antwortete leise: „Im Vertrauen gesagt, ja."

„Wie kann ich mir das eigentlich vorstellen?"

„Was meinen Sie?"

„Na dieses professionelle Befetzen. Ist das jetzt eine Art Nebenjob für Sie?"

„Ach so, nein, nein, das erledigt alles sein Management. Hin und wieder wollen sie ein Foto schießen, dann tauch ich irgendwo in der Presse auf, aber das schadet mir ja nicht, ganz im Gegenteil, jawohl."

„Gustav Benz denkt sich das alles aus, wie es ihm gefällt?"

Er nickte. Für einen Augenblick meinte Valerie, Verschämtheit in seinem Ausdruck zu erkennen. Wolf Rocks Manager war ein Spieler, der seine Puppen durchs Feuer tanzen ließ, wie es ihm passte, so viel stand fest. Nicht gerade angenehm für ein Kaliber wie Schwanz.

„Aber Sie glauben nach wie vor, ‚Tauch mich in Liebe' sei von Ihnen?"

„Ich pflege nicht zu glauben, sondern zu wissen!"

Hier stand also die personifizierte Eitelkeit und wollte ihr weismachen, für schnödes Geld auf Ruhm und Glorie verzichtet zu haben. Kaum vorstellbar. Prammer mochte er mit seinem Gehabe einlullen können, sie nicht.

„Also?"

„Ja aber selbstverständlich ist das mein Lied und wird es immer bleiben!"

„Wie gelangte es dann damals in Wolf Rocks Hände?"

Er starrte sie an. Sie starrte zurück. Dann atmete sie einmal tief durch und fuhr fort: „Herr Schwanz, ich weiß, das ist nicht angenehm für Sie, aber je eher wir das Thema abhaken können, desto schneller sind wir wieder weg, nicht wahr?"

Er ließ locker.

„Na gut, kommen Sie, setzen wir uns."

Salvador Schwanz führte die beiden Kriminalbeamtinnen ins riesige Atelier, in dem ein mit Farben bekleckster Tisch mit vier Stühlen stand. Ob es sich dabei um Kunst oder Kollateralschäden handelte, ließ sich schwer beurteilen, jedenfalls für einen Kunstbanausen wie Valerie. Über einer Stuhllehne hing ein ebenso befleckter Malermantel, den er vermutlich über dem makellosen Anzug trug, wenn er sich gerade hier drin austobte.

„Wer genießen kann, trinkt keinen Wein mehr, sondern kostet Geheimnisse", zitierte der Möchtegern-Dalí und setzte sich mit einer Flasche Rosé und drei Gläsern an den Tisch, schon dabei, Beate Prammer einzuschenken.

„Im Dienst lieber nicht", entgegnete diese und lächelte zuerst Schwanz und dann Valerie an, die bereits an einer Theorie bastelte, wie der Hase zwischen den beiden am Vortag gelaufen sein musste. Wenn nicht gar Karnickel als Metapher heranzuziehen waren.

„Also, wie kam Wolf Rock an Ihr Lied, Herr Schwanz?“, drängte Valerie.

Er holte tief Luft, als müsste er zu einem unverhältnismäßig langen Satz ausholen. Dann atmete er gefühlte fünfundneunzig Prozent wieder aus und antwortete: „So halt.“

„Bitte?“

„Ja nein, also, ich bin als Musiker durch die Bars getingelt mit meinen Liedern. Ohne Plattenvertrag und gnadenlos naiv.“

„Und dann?“

„Muss er mir eines Tages zugehört haben. Obwohl ich mich nicht erinnern kann, dass er mal im Publikum gesessen wäre.“

„Schwer möglich, oder? Sich an einen einzelnen Besucher zu erinnern?“

„Nicht unbedingt, wissen Sie, die meiste Zeit kamen nicht mehr als fünf oder zehn Leute.“

„Und in diesen Konzerten haben Sie ‚Tauch mich in Liebe‘ gespielt?“

„Unter anderem, ja. Ich wusste immer, dass der Song was Besonderes ist. Also musste ich ihn spielen, wenn ich bei den Leuten ankommen wollte.“

„Aber das sind Sie nicht ... angekommen.“

Schwanz starrte eine Weile auf seine Hände und die makellos sauberen Fingernägel.

„Nein.“

„Wie ging es weiter?“

„Ich ... bin auf der Stelle getreten. Dachte schon ans Aufhören. Dann hab ich mein Lied im Radio gehört, mein Lied! Und plötzlich bekam niemand mehr genug davon. Können Sie sich vorstellen, wie das ist? Dasselbe Lied, das ich monatelang in jeder versifften Bar gespielt habe, dasselbe Lied, für das sich keine Sau je interessiert hat. Außer Wolf Rock, aber auch nur, um es zu stehlen. Und dann macht dieser Zirkusclown den Mund auf, schaut böse drein und wird ein Star."

„Das ist einfach nicht fair", sagte Prammer und legte ihre Hand auf seinen Unterarm.

„Nein, ist es nicht", bestätigte er.

Nun hätte das Streichorchester wieder gepasst, mit einem satten Mollakkord. Valerie drängte es aus ihrer Vorstellung und fuhr fort: „Was haben Sie dann getan?"

„Das können Sie alles in den Zeitungen von damals nachlesen. Verklagt hab ich ihn. Klar hab ich mir das nicht gefallen lassen. Hätten Sie?"

Keinesfalls, pflichtete sie ihm still bei. Schließlich ging es um viel Geld – und für eine Persönlichkeit wie ihn sicher mindestens genauso wichtig: um Ruhm und Ehre.

„Herr Schwanz, und Sie wollen uns allen Ernstes erzählen, heute sei Ihr Frust verflogen, nur weil er Ihnen *Geld* abgegeben hat?"

Als hätte sie mit ihrer Frage eine Luftpumpe in Gang gesetzt, nahm er wieder seine Pose ein.

„So ist es", sagte er, ohne mit der Wimper zu zucken. Oberflächlich beherrscht. Doch seine Bartspitzen zitterten wie die Nadel eines Seismographen.

Valerie glaubte ihm kein Wort. Zeit, diesen Heißluftballon platzen zu lassen.

„Sie lassen sich also einfach so abspeisen und machen weiter auf Dalí?"

Merklich bemüht, möglichst düster zu wirken, riss er seine Augen noch ein Stück weiter auf und hob das Kinn so hoch, dass er gerade noch auf sie herabsehen konnte.

„Ich MACHE nicht auf Dalí! Was glauben Sie denn, wen Sie vor sich haben? Barcelona, Paris, London, New York! Da hab ich unlängst ausgestellt, jawohl. Der Wert meiner Bilder geht in die Zigtausende! Die Kunstwelt kennt mich! Mir ist dieses Wolfsgeheule doch völlig schnurz! Sehen Sie sich diesen Hanswurst an, und dann schauen Sie mich an. Wer von uns beiden hat es wohl geschafft?“

Da würde ich einen Joker nehmen, riet die böse Souffleuse. Doch anders als in der Fernsehshow konnte Valerie nicht bis zur Auflösung auf ihrem Stuhl sitzen bleiben. Schwanz trieb sie mehr oder weniger eindeutig und jedenfalls ohne Abschiedsbussi auf die Hand aus der Wohnung, Prammer folgte.

„Glauben Sie immer noch, dass er keine Rechnung mit Wolf Rock offen hat?“, fragte Valerie beim Hinuntergehen. Langsam begann sie am Urteilsvermögen ihrer Mitarbeiterin zu zweifeln. Und damit auch an ihrem eigenen, denn bisher hatte sie große Stücke auf Beate Prammer gehalten. Diese blieb still, bis die beiden wieder im LKA angekommen waren. Sollte sie ruhig sauer sein, Valerie war es auch.

***

„Komm hier herein“, sagt der Mann mit den langen schwarzen Haaren und steigt mit ihr in einen Bus. Der Kerl sieht selbst aus wie ein Rockstar, den sie aus der Bravo kennt. Aber der ist aus Amerika und spielt Bass in dieser geschminkten Band, wo die Lieder alle gleich klingen und die keiner mag.

„Willst du was trinken?“, fragt er.

Jetzt kann sie's ja zugeben und nickt. Er geht nach hinten. Das Licht ist schwach, aber sie erkennt eine

Couch, leere Gläser und einen Schminktisch wie beim Film. Am Boden weicher Teppich. Es riecht ein bisschen nach Alkohol, Zigarettenrauch und abgestandener Luft. Die Glühbirnen an den Seiten des Spiegels sind dunkel. *Das muss der Platz sein, an dem ER sich auf den Auftritt vorbereitet*, denkt sie und bekommt Gänsehaut, als sie sich vorstellt, dass ER alles hier drin schon tausendmal angefasst haben muss. Und dass ER auf dieser samtbezogenen Couch gelegen hat. Sie setzt sich drauf und breitet ihre Arme aus. Das Material fühlt sich gut an. Verstohlen riecht sie an einem Kissen, glaubt aber nicht, dass ihr der Geruch gefällt.

***

Zurück an ihrem Arbeitsplatz, fand Valerie einen Zettel auf ihrem Schreibtisch: *Alsbald B' und T' Berger!* Sollte heißen: Der LKA-Leiter wollte den B' wie Bericht von gestern – und T' wie Telefon, also angerufen werden. „Alsbald", sprach Valerie. Wer sagte schon *alsbald*? Er jedenfalls. Der mächtige Übervater in seinem Adlerhorst. Dem Valerie diesen Posten in Tirol zu verdanken hatte, weil er glaubte, in der Schuld ihres lange verstorbenen Vaters zu stehen. Mochte Berger es noch so sehr bestreiten: Dass sie den Job über sogenannte Beziehungen bekommen hatte, wurmte sie ungemein, und hätte sie es damals geahnt, wäre sie niemals hierhergekommen. Wenigstens hatte er jetzt allen Grund, seine Entscheidung zu bedauern. Diesen Bericht würde sie schreiben, wenn Zeit dafür war. Irgendwann.

Die Anti-Wolf-Rock-Bewegung auf Facebook bot das gewohnte Bild: Massenhafter Zulauf, deftiger Inhalt und immer neue Verabredungen zu Protesten rund ums Konzert. Langsam fand sie es langweilig, die Einträge zu lesen, denn sie wiederholten sich alle irgendwie. Schimpfwörter, Flüche, Morddrohungen, dilettantische Fotomontagen, mehr oder weniger kreative Anspielungen an das anstößige Wolf-Rock-Plakat, und das Ganze wieder von vorne. Es schien einen Punkt zu geben, über den es nicht hinausging, an dem die Sprache keine neuen Gemeinheiten mehr bot. So war es auch hier. Valerie war klar: Wenn Worte nicht mehr reichten, würden bald die Fäuste fliegen.

Die reine Neugier trieb sie noch ein letztes Mal dazu, auf „Seite neu laden" zu klicken, um zu sehen, wie viele Leute wieder hinzugekommen waren. Doch nun stand da, illustriert mit einem in Wundverband eingewickelten Facebook-Daumen:

Diese Seite ist leider nicht verfügbar. Entweder funktioniert der von dir angeklickte Link nicht oder die Seite wurde entfernt.

Wieder und wieder versuchte sie es, immer mit demselben Ergebnis. *Kein Anschluss unter dieser Nummer,* hätte es am Telefon geheißen.

„Schmatz, haben wir die Personenliste von Facebook?", rief sie in den Vorraum hinaus, ein Auge halb zugekniffen. Gedanklich überkreuzte sie die Finger.

„Lass ich gleich raus, warte."

Nun presste sie beide Augen zu, als erwartete sie jede Sekunde, dass ein Blitz neben ihr in den Boden fuhr. Sie hörte ihren Assistenten schon murmeln, dann leise fluchen, schließlich rufen: „Frau Mauser?"

„Ja, Schmatz?"

„Komm schnell!"

„Was?", fragte sie scheinheilig, als sie hinter ihm stand und sich zu seinem Bildschirm vorbeugte.

„Da, schau, weg! Die Seite gegen Wolf Rock. Futsch!" Mehrmals hämmerte er auf die F5-Taste, um die Seite neu zu laden. Stets erschien der eingebundene Facebook-Daumen mit der Fehlermeldung. Er zerwühlte seine Haare, als könnte es helfen. Dann rief er die Protestveranstaltung auf, zu der sich schon tausende Facebook-Nutzer angemeldet hatten. Wieder die Fehlermeldung. „Alles weg, Frau Mauser, glaubst du das!“

„Wie kann das sein, Schmatz?“

„Pff… also, vielleicht gibt’s bei Facebook ja doch richtige Menschen. Oder zu viele *User* haben die Sachen *geflagt*.“

„Hä?“ war die Kurzform ihrer Bitte, nicht mit Fachbegriffen um sich zu werfen.

„Als inakzeptabel angezeigt. Irgendwann greift der *Algo*… also der Algorithmus, und die Seite fliegt raus.“

„Wie auch immer, haben wir die Daten?“

Er sah sie betreten an.

„Gar nichts?“

„Vielleicht krieg ich was aus dem Google-*Cache* … also, dem Zwischenspeicher sozusagen, oder aus einem Internetarchiv.“ Er rieb sich die Stirn. „Oder aus den *Screenshots*, die wir haben. Du weißt doch, was *Screenshots* sind, oder Frau Mauser? Aber die Sache mit der Facebook-*API* … -Schnittstelle und den persönlichen Daten können wir vergessen.“

„Besorg uns noch so viel wie geht, wir können morgen keinen dieser Spinner im Stadion brauchen!“

„Die könnte ich höchstens manuell generieren.“

„Ja, gut, mach das bitte. Manuell.“ Ihr Auftrag missfiel ihm sichtlich. Schon klar: Einen Programmierer anzuweisen, Listen per Abtippen von Bildschirmfotos zu erstellen, war in etwa so, als forderte man einen Jockey auf, das Kentucky Derby mit dem Pferd auf seinem Rücken zu bestreiten. Aber es nützte nichts.

Sie ging wieder an ihren Platz und durchforstete ihre Notizen. Ihr Versuch, Elke und Heike Mumm zu erreichen, um sich vom Hardcore-Fan und der angeblichen Wolf-Rock-Tochter ein eigenes Bild zu machen, endete erfolglos. Also musste sie sich vorerst auf Beate Prammers Einschätzung verlassen, die zwar glaubte, dass es unter Elke Mumms Oberfläche brodelte, diese aber keinen Grund habe, den Vater ihres gemeinsamen Kindes zu bedrohen. Und zur Tochter wusste sie so gut wie gar nichts. Außer, dass sie im Ausland sei.

Eine SMS trudelte ein.

Bin im Stadion. Gruß von Klee und mir, Stolwerk : P

Eigentlich hatten sich Valerie und ihr alter Freund für siebzehn Uhr im Grand Hotel Europa verabredet, um von dort aus gemeinsam zur Generalprobe fürs Konzert zu fahren. Offensichtlich hatte Stolwerk den Plan einseitig abgeändert und es für klüger erachtet, sich gleich zum Bergisel aufzumachen. Aber wie hatte er sich Zutritt verschafft und mit dem Geschäftsführer bekannt gemacht? *Hallo, ich bin der Stolwerk aus Linz, lasst ihr mich mitspielen?* Wohl kaum. Tatsächlich würde bald die letzte Gelegenheit über die Bühne gehen, sich auf morgen vorzubereiten, falls diese ominöse Bedrohung doch Substanz hatte. Also packte sie das Nötigste zusammen und machte sich auf den Weg.

Valerie bog von der Brennerstraße in den Bergiselweg ein, der zum Stadion hinaufführte. Alles war ruhig. Keine Spur von Demonstranten oder Fans, obwohl das Tiroler Tagblatt leichtsinnigerweise von der Generalprobe berichtet hatte. Wenigstens ein paar Schaulustige hätte Valerie sich erwartet, nach dem Wirbel im Netz, aber nichts. Als wäre mit dem Löschen der Protestseite auch die Aufregung verpufft. Der Vorplatz, auf dem Valerie parkte, war wie ausgestorben. Zwei uniformierte Polizeibeamte ließen sie passieren, und so stand sie gleich darauf in der umgebauten Skisprunganlage.

Vor ihr eine große, schwarze Wand, halbkreisförmig – die Rückseite der Bühne. Valerie nahm den Weg, den sie schon kannte, hinauf zu den olympischen Ringen und den Feuerschalen, zählte die Eidechsen (kam bis zehn) und ging um den oberen Ring herum, um sich einen Eindruck zu verschaffen. Der untere Bereich war wie verwandelt. Wo sie tags zuvor nur Metallstangen und jede Menge Arbeiter gesehen hatte, befanden sich nun ebene Flächen und alles wirkte aufgeräumt. Unten, am Kesselboden, die riesige Holzplattform. Davor die Bühne, deren Rückwand der geschwungenen Stadionarchitektur angepasst war. Ein schwarzes Ungetüm, gut eineinhalb Meter über der Zuschauerplattform, zwischen alles überragenden, dicken dunklen Säulen, die mit Drahtseilen an mehreren Punkten gesichert waren. Auch von denen hatte am Donnerstag noch jede Spur gefehlt. Die wenigen Menschen, die sie sah, wirkten ziemlich verloren in der gigantischen Schale, die in gut vierundzwanzig Stunden zum Hexenkessel werden sollte. Valerie drehte sich herum, zückte ihr Smartphone und rief Stolwerk an.

„Veilchen, ahoi!"

„Stolwerk, ich bin da. Und du?"

„Warte ... hallo, ich seh dich! Ja, hallo! Hier, hallo!"

Es war natürlich völlig sinnlos, „Hier, hallo!" in ein Telefon zu rufen, doch so war ihr wenigstens klar, dass irgendwo ein unübersehbarer Riegel von Mann stehen und ihr wie von Sinnen zuwinken musste. Aber sie sah ihn nicht. *Wo steckt er nur ...*

„Veilchen! Hallo! Hier bin ich!", dröhnte es plötzlich aus den großen Säulen, womit klar war, dass sie die Lautsprecher trugen – und Stolwerk auf der Bühne stand. Auf die Idee, ihn dort zu suchen, war sie nicht gekommen. Neben ihm stimmte jemand die Bassgitarre. Valerie winkte, stieg die Treppen hinunter und überquerte die provisorische Plattform, die am nächsten Tag tausende Fans tragen sollte. Neben Stolwerk erkannte sie Mike Klee. Die zwei unterhielten sich angeregt und deuteten auf verschiedene Punkte der Bühnenquerträger, die das riesige Dach hielten.

Valerie überwand die Absperrungen, die beim Konzert einen Korridor zwischen Publikum und Musikern gewährleisten sollten, stemmte sich auf die Bühne hoch und ging auf sie zu. Gleich darauf war sie in Hörweite.

„Also gut, die Bildregie braucht ihren Platz selber, aber du kannst das Signal anzapfen, Manni. Dann richten wir dir eben hier die Monitorbox ein. Drei mal drei Meter?", schlug Klee vor.

Valerie glaubte, sie habe sich verhört.

„Gut, bitte so dunkel und schalldicht wie möglich, Mike", antwortete Stolwerk.

Mike?

„Charly, was meinst du?", fragte der Bergiselchef einen der Bühnenarbeiter, der sich eine Weile am Kopf kratzte. Nun stand Valerie bei ihnen.

„Also, massiv können wir da sicher nichts mehr machen, aber so eine Art Zelt aus mehreren Lagen schwerem Bühnenmolton wäre möglich, der isoliert ordentlich. Wird aber sicher schweineheiß da drinnen."

Allgemeines Kopfnicken. An den Schweißflecken gemessen musste Klee besonders unter der Hitze leiden, die trotz der fortgeschrittenen Tageszeit kaum nachgelassen hatte.

„Grüß dich, Valerie", sagte Stolwerk. Nur selten nannte er sie nicht bei ihrem Spitznamen, und so hörte sich „Valerie" aus seinem Mund merkwürdig an. Überhaupt kam ihr hier manches höchst seltsam vor ...

Der Bergiselchef selbst gab sich nicht sehr erfreut, Valerie wiederzusehen, und stahl sich direkt nach dem Austausch der unvermeidlichen Höflichkeitsfloskeln davon.

„Was hast'n dem Mike getan?", fragte Stolwerk amüsiert.

„Ich hab ihn gestern gefragt, wie der Steuerzahler dazu kommt, das alles zu blechen. So sinngemäß."

„Aua. Da bist ihm aber voll auf den Schlips gesprungen, Veilchen."

„Hm." Damit würde Klee leben müssen. Was stank, das stank, da gab es keinen Grund, schönzutun. „Und, was gibt's Neues, *Manfred*?"

Er grinste verschmitzt, ein Ausdruck, bübisch fast, an dem sie sich nicht sattsehen konnte.

„Wie hast du Klee eigentlich dazu gebracht, dir eine eigene Box zu bauen?" Klar – Stolwerk verdiente sein Geld mit Sicherheitstechnik und Überwachungen, aber hier fehlte ihr etwas im Mittelteil.

„Also ..." TOCK! Nun wurde das Schlagzeug abgemischt.

„Also, ich ..." TOCK TOCK TOCK! Der metallisch nachschnarrende Klang der kleinen Trommel machte eine Unterhaltung unmöglich.

„Also, ich hab ..." DUMM DUMM DUDDUDDUMM DUMM! Jetzt waren die Tomtoms schuld.

„Also, ich hab mich durchgefr..." TUSCH! TUSCH! Die Becken schepperten besonders lange.

„... durchgefragt und hab Klee und dem Verantwortlichen im Stadtmagistrat ganz freundlich klargemacht, dass ..." DUFF! DUFF! DUDDUDDUFF DUFF! Die Basstrommel gehörte natürlich auch noch in ein ordentliches Set. Dann spielte der Schlagzeuger eine kurze Sequenz auf allen Instrumenten gleichzeitig. Er hatte keine Chance, dagegen anzubrüllen.

Plötzlich Stille, die Stolwerk sogleich für einen neuen Anlauf nutzte: „... klargemacht, dass es in ihrer Verantwortung liegt, wenn die hier einen totalen sicherheitstechnischen Blindflug hinlegen!" Er seufzte erleichtert.

„Und sie haben dich einfach so beauftragt?"

„Natürlich nicht, aber du möchtest nicht meinen, welche Kräfte das Wörtchen ‚Dienstaufsichtsbeschwerde' in Beamten freimachen kann."

„Du hast ihnen gedroht?"

„Aber nein, Veilchen, schau. Ich hab ihnen nur ganz freundlich die Wand gezeigt, auf die sie mit dieser Veranstaltung zurasen, und die Menschen genannt, die sich an ihnen abputzen werden, wenn etwas passiert, allen voran Fr..."

TOCK TOCK TOCK! Valerie und ihr alter Freund grinsten sich an und einigten sich wortlos, ein ruhigeres Plätzchen für ihren Gedankenaustausch aufzusuchen.

***

Als der große Mann aus dem dunklen hinteren Teil des Busses auftaucht, schlägt ihr Herz wieder schneller. Erst jetzt sieht sie, dass er arg tätowierte Arme hat, das wirkt richtig böse. Der Mann gibt ihr einen Becher, den sie sofort runterkippt. Das Zeug brennt und schmeckt total komisch. So etwas hat sie noch nie getrunken. Er lacht und fragt, ob sie mehr davon will, sie schüttelt den Kopf.

***

Am oberen Ring, der um die Nordseite des Stadions herumführte, konnten Valerie und Stolwerk sehen, dass es draußen immer noch ruhig war, von Protesten keine Spur. Aber ein paar Fans hatten sich eingefunden und versuchten gerade, einen Winkel zu finden, von dem aus sie etwas sehen konnten.

„Ihr müsst euch auf die Personenkontrolle konzentrieren, Veilchen.“ Seiner Meinung nach würde es schwer bis unmöglich werden, für Wolf Rocks Sicherheit zu sorgen, wenn der Täter erst einmal im Stadion war.

„Hm.“ Sah sie genauso. Falls es diesen Täter wirklich gab. In dem Zusammenhang kündigte sie Schmatz' Personenliste an und erzählte vom Verschwinden der Facebook-Seite. Stolwerk schien das nicht besonders zu interessieren, er sah immer wieder in die Luft und dann auf die Uhr.

„Was ist?“

„Wirst du gleich sehen.“

Außer einem Schwarm von Minifliegen über ihm, die wohl auf seinen Pferdeduft abfuhren, bemerkte sie nichts. Hier oben ging ein angenehmer Luftzug. Sie zupfte an ihrem Shirt, um sich etwas Kühlung zu verschaffen. Ihr Gefährte schien die Hitze besser wegzustecken, wohin, würde sein Geheimnis bleiben. Wenigstens auf seine Karo-Pullover verzichtete er an Tagen wie diesen, ließ sich aber nicht nehmen, ein langärmliges Hemd aus dickem Baumwollstoff zu tragen.

„Was hast du mit Klee vereinbart?“

„Dass ich ein paar Kameras installiere und überwache, was rund um Wolf Rock passiert, für alle Fälle. Dafür brauch ich den stillen dunklen Raum, verstehst?“

„Und woher bekommst du die ganze Ausrüstung?“

„Hab ich schon aus Linz mitgenommen … alles Funktechnik im Miniformat …“ Er wirkte abgelenkt. „Da, hörst?“, fragte er und fuhr mit den Händen durch die Luft, um die Zwergfliegen zu verscheuchen. Keine Sekunde später schwirrten sie schon wieder um seinen Kopf herum und provozierten neuerliche, weit ausladende Abwehrversuche.

Valerie war so fasziniert von King Kong Stolwerk, dass sie den Hubschrauber erst bemerkte, als er darauf zeigte. Der Eurocopter in Polizeilackierung kam näher, schwebte über ihnen ins Stadion hinunter und landete direkt vor der Bühne. Vier Personen stiegen aus. Benz und Bollinger erkannte sie sofort, dazu ein schmächtiges Männlein in Schwarz, möglicherweise Wolf Rock. Dann noch ein kurz geschorener, großer James-Bond-Typ mit Sonnenbrille. Klee empfing die Herabgeschwebten und führte sie zu einer provisorischen, aus verschieden großen Kisten gebauten Treppe, über die sie auf die Bühne stiegen. Der Helikopter stieg auf, drehte sich, flog über sie hinweg und davon.

„So, können wirrr endlich?“, krächzte der Mann in Schwarz ins Mikro und vertrieb jeden Zweifel, um wen es sich handeln konnte. Die Aufforderung des Stars verursachte hektisches Treiben. Plötzlich war die Bühne voll mit Musikern und Tänzerinnen – ein Rätsel, woher sie so schnell gekommen waren und warum Valerie sie vorhin nicht gesehen hatte. Der Schlagzeuger fummelte an seinem Ohr und wackelte im Takt, schlug seine Stöcke aneinander, worauf der Gitarrist die ersten Akkorde des Lieds anstimmte, mit dem Wolf Rock seine Konzerte immer eröffnete: RUND.

Und rund ging es nun tatsächlich. Trotz des direkten Sonnenlichts sah man die Bühne in bunten Farben leuchten, Spots wurden auf das Geschehen gerichtet. Kameraleute hatten ihre Geräte geschultert, der Ausleger eines Krans bewegte sich in die Höhe. Die gesamte Hinterwand der Bühne verwandelte sich in einen gigantischen Bildschirm, auf dem das Livesignal lief. Valerie, die nun mit Stolwerk direkt vor der Bühne stand, musste zugeben, dass es ziemlich beeindruckend abging. Während sich die Tänzerinnen abmühten und verrenkten, als gäbe es kein Morgen, stand Wolf Rock starr hinter seinem Mikrofon und sah gelangweilt geradeaus. Statt des üblichen Aufzugs trug er enge, schwarze Kleidung und war höchstens dezent geschminkt. Ob er live sang, ließ sich schwer beurteilen, da man seinen Mund kaum sah. Genau wie Knoblauch ihr erzählt hatte: Solange er nur dicht genug beim Mikrofon stand, merkte niemand etwas. Überhaupt war es so laut, dass man sich kaum auf die Musik konzentrieren konnte.

Seitlich hinten erkannte Valerie Bollinger, Benz und diesen James-Bond-Typen. Der Kerl schien von der Musik ziemlich angetan zu sein, so, wie er mitging ... schlagartig wurde es still. Mitten im Lied. Der Schlagzeuger spielte noch kurz weiter, unverstärkt, von den anderen Musikern oder Wolf Rock hörte man keinen Mucks mehr.

Dann eine Stimme wie aus dem Nichts: „Ähm, Regie hier. Wolf, könnten Sie an dieser Stelle in die vorbeifahrende Kamera schauen?“

Nach einer wohldosierten Pause seufzte er und schnarrte: „Natürrrlich!"

„Gut, noch mal erster Chorus. Und ab!"

Wie von Geisterhand ging es weiter, der Gitarrist war noch am Stimmen seines Instruments, als gleichzeitig sein Auftakt zu hören war. Was bestätigte: Die Musik kam vom Band. *Wozu stimmt er dann überhaupt seine Gitarre?*, überlegte Valerie. Wieder schwirrten die Tänzerinnen um den Star herum, der die Kamera nun wie gefordert im strengen Blick behielt.

Dann hob er einen Arm und rief ins Mikrofon: „Aus, aus, aus!"

Wieder Stille.

„Nächsterrr Song! Los!"

Wieder die Stimme aus der Regie: „Wolf, wir müssen den TV-Schnitt proben, dafür brauchen wir ..."

„Ganz bestimmt nicht mich! Nächsterrr Song!"

Der Star ließ ordentlich die Diva heraushängen. Valerie hatte genug davon gesehen. Sie warf Stolwerk einen schiefen Blick zu und deutete auf die Herren im hinteren Bereich der Bühne. Er nickte und folgte ihr um die Anlage herum. Das nächste Lied begann.

Benz und Bollinger waren erwartungsgemäß wenig erfreut, Valerie zu sehen. Der James-Bond-Typ mit ultrakurzem Haar entpuppte sich aus der Nähe betrachtet als ihr Stellvertreter Nikolaus Geyer, glatt rasiert im Anzug, wie sie ihn noch nie gesehen hatte. Sofort fiel ihr der Spruch *Kleider machen Leute* ein, den sie zwar bescheuert fand, aber hiermit nicht mehr leugnen konnte. Geyer hob die Sonnenbrille und brüllte gegen den Lärm der Musikanlage an: „Besser so, Frau Mauser?"

Dumme Fragen ließ man am besten so stehen. Seine dunklen Augenringe waren Antwort genug.

„Wie sind Sie denn an den Hubschrauber gekommen?“, brüllte sie zurück.

„Bergretter“, schrie er, als wäre damit alles erklärt.

Sie runzelte die Stirn.

„Ich kenn da jemanden. Ich hab mir gedacht, wegen der Internet-Spinner. Damit uns niemand auf der Straße aufhalten kann.“

Sie nickte. Allerdings fand sie den Gratisflug auf Kosten der Allgemeinheit völlig überzogen. Dass sie nichts davon wusste, gehörte zu Geyers üblichen kleinen Machtdemonstrationen. Immer wieder hatte er ihr vor Augen geführt, wen und was er alles kannte – und sie nicht, weil sie nicht von hier war. Er würde es wohl nie verwinden, dass man ihm eine knapp zwei Jahrzehnte jüngere Halbwienerin vorgesetzt hatte, statt ihn selbst zum Abteilungsleiter zu machen.

Stolwerk und er begrüßten sich freundlich – die beiden kannten sich ja schon, wobei sie bezweifelte, dass Geyer wusste, dass ihr dicker Freund gar nicht mehr im Polizeidienst stand. Vorne wurde es wieder still.

„Und weiterrr!“

„Wolf, so hat das keinen Sinn! Für was machen wir die Probe?“, ertönte die Stimme des Regisseurs.

„Wofürrr heißt das! Brrraucht man denn fürrrs Ferrrnsehen kein korrrektes Deutsch mehrrr? Wofürrr! Ja, das frrrage ich mich auch, wofürrr diesen Zirrrkus!“

Manager Benz ging nach vorne, zog Wolf Rock vom Mikro weg und sprach aufgeregt auf ihn ein. Valerie war noch so betäubt von der lauten Musik, dass sie kein Wort verstand. Dabei konnte es nur um die mangelnde Probendisziplin des Rockers gehen.

„Jajajaja ... Eurrrovision, blablablabla!“, verstand sie, als er wieder zu seinem Mikro schlurfte. Die Regie gab ihm weitere Anweisungen, wann er wohin zu schauen hatte. Das Lied von vorhin begann aufs Neue.

Gerade als Valerie sich zu ihrer Verwunderung dabei ertappte, im Rhythmus seiner Musik auf den Bühnenboden zu stampfen und die Hände auf ihren Allerwertesten zu klatschen, kaum drei Schnäpse vom Mitgrölen entfernt, kam Wolf Rock kopfschüttelnd auf sie zugewackelt. Die Musik ging freilich weiter, inklusive seines Retortengesangs.

„Ah Dionne! Erfrreulich!“, stieß er aus und wandte sich an Benz: „Gustav, los, wir fahren, komm!“

„Womit, Gotthilf?“, bellte dieser zur Antwort. Der Ärger über die mangelnde Disziplin seines Schützlings stand ihm überdeutlich ins Gesicht geschrieben. Ratlos drehte er sich zu Geyer, der nur mit den Schultern zuckte und den Kopf schüttelte, als Benz pantomimisch einen Hubschrauber darstellte.

„Der kann erst in zwei Stunden wieder!“, schrie er gegen die Musik an, was dem Manager deutlich missfiel. Aufgeregt gestikulierend zog er Geyer in einen vermeintlich ruhigeren Winkel, um die Diskussion fortzusetzen.

Sie erkannte ihre Chance.

„Kommen Sie“, forderte Valerie den Star auf, „ich fahr sie ins Hotel!“

„Wirklich, Dionne? Es wäre mir ein Vergnügen!“

Ein Zwinkern genügte, um Stolwerk zu verstehen zu geben, dass sie sich dieses Kerlchen mal ohne Anstandswauwau und Security vorknöpfen wollte. Beherzt griff Valerie nach Wolf Rocks Oberarm – dieser fühlte sich noch zerbrechlicher an, als er aussah –, führte den Deutschrocker hinten von der Bühne und eilte mit ihm zum Ausgang, der nicht weit entfernt lag. Als sie kurz in sein Gesicht schielte, stand darin ein breites Grinsen. Keine Minute später brausten sie mit quietschenden Reifen davon.

***

„Warte hier, gleich wird er zu dir kommen."

Kurz der Gedanke abzuhauen, als der riesige Mann draußen ist, aber sie verbietet ihn sich. So weit ist sie gekommen, und genau davon hat sie ja immer geträumt. IHM nahe zu sein. Sie steht auf, will den Schminkspiegel inspizieren und vielleicht ein kleines Andenken einstecken. Aber plötzlich ist ihr schwindlig, also lässt sie sich wieder auf die Couch fallen. Alles dreht sich. Sie hofft nur, dass ihr nicht schlecht wird und sie kotzen muss. Da reißt jemand die Tür auf und steigt herein.

ER.

***

„Schlecht gelaufen, die Probe, oder?", fragte Valerie und trieb den Dienstwagen hinunter Richtung Brennerstraße, vorbei an einem großen, verwinkelten Haus mit mehreren Zubauten, üppig verzierter Holzfassade und einem nordseitigen, erkerartigen Türmchen, von dem aus man eine großartige Sicht auf Innsbruck haben musste, dann ging's links um die Ecke und gerade aus an Wohnhäusern vorbei.

„Mir geht das dermaßen auf die Brezen, das können Sie sich gar nicht vorstellen, Dionne."

„Gotthilf?"

„Ja, Dionne?"

„Ich nenn Sie Wolf und Sie mich Mauser, gut? Sonst passiert ... das." Sie stieg voll ins Gas, bergab, kurz vor der Einmündung in die viel befahrene Bundesstraße.

„Oooh... oooh...kay! Kay! OKAY!", rappte er.

Womit sie auf die Bremse drückte und gerade noch vor dem Querverkehr zum Stehen kam. Nun war sie diejenige mit dem Grinsen im Gesicht.

„Was hat Sie da oben eigentlich so gestört, Wolf?"

Er brauchte kurz, um sich zu sammeln.

„Ach! Dieser Klamauk. Probe, ha! Wenn die so was noch nötig haben, dann sollen sie es bitteschön machen, aber ohne mich."

„Sie sind sich dafür zu schade?"

„Was? Blödsinn, Dionne ... oooh NEIN!"

Valerie hatte aufs Stichwort hin wieder Vollgas gegeben. Im Zickzack überholten sie einen Pensionisten in seinem Kia, als hinge der Gewinn des Formel-Eins-Weltmeistertitels davon ab. Der Greis hinterm Steuer warf ihr sein Missfallen mit der Lichthupe hinterher, dreimal blendete er auf, genauso langsam und träge, wie er auch fuhr. Ihre Mundwinkel wanderten weiter nach oben. Vorne wartete der nächste Schleicher darauf, von ihr verblasen zu werden, konnte sich gerade so vor der Ampel ausgehen, vielleicht auch nicht, wer wusste das schon so genau.

„Mauser! MAUSER! ... Uff ..."

Na bitte, geht doch. „Also?"

„Wie meinen?"

Wie meinen? Wo kommt der denn her?, wollte die böse Souffleuse wissen.

„Unter Ihrer Würde, die Probe?"

„Aber wo. Mauser, ich hab in meinem Leben schon so viel geprobt, ich bin's einfach leid, mich von diesen Unwürdigen herumdirigieren zu lassen. Schau hierhin, schau dahin, ja bin ich ein Kasper oder bin ich der Star?“

Ich weiß es! Ich weiß es!, schrie Valeries kleines Teufelchen und bettelte förmlich darum, drangenommen zu werden.

Schon waren sie über die Grassmayrkreuzung gedüst und bogen von der Egger-Lienz-Straße in die Südbahnstraße ab, wo es nur noch geradeaus am Bahnhof vorbeiging.

„Aber es hängt doch viel von morgen ab, richtig? Also finanziell. Da muss dann alles passen, oder versteh ich das falsch?“

„Pah!“ Wie zum Trotz verschränkte ihr Fahrgast die Arme und schwieg. Keine viereinhalb Minuten, nachdem sie oben im Stadion losgebraust waren, hatten sie das Hotel Europa erreicht und ließen den Wagen in der Ladezone stehen.

„Ich bring Sie noch hinauf.“

„Oh la la!“, rief der Rockstar. Valerie hätte sich ohrfeigen können.

„Machen Sie es sich bequem, Mauser“, sagte Wolf Rock und verschwand im Badezimmer. Valerie schaute sich in seiner Suite um und wunderte sich ein weiteres Mal, dass er ausgerechnet hier residierte. Holz, wohin man sah, weißgrüner Kachelofen, antike Schränke und Heiligenfiguren – Tiroler Gemütlichkeit für einen Tiroler, der wohl kaum mehr als solcher bezeichnet werden wollte. Nun hörte sie die Dusche. *Na bravo.* Valerie ging ans Fenster. Draußen die Abendsonne, großartig, wie lange es in den Sommermonaten hell blieb. Wer wollte, konnte eine kleine Bergtour an seinen Arbeitstag anhängen und noch bei Tageslicht wieder zu Hause sein. *Das* wäre eine Alternative gewesen.

„Aber setzen Sie sich doch“, sagte der Musiker, der im Bademantel in den Wohnraum kam und Gesicht und Haare mit einem Handtuch rieb. Ihr Verdacht von vorhin bestätigte sich: Das, was er an diesem Tag im Gesicht trug, war kein Make-up, sondern sein Leben.

„Oder wollen Sie auch noch schnell duschen, Mauser? Handtücher haben wir genug.“

„Öhm ... nein?“, schlug sie vor. Das könnte ihm so passen. Hatte er irgendetwas missverstanden? Oder störte es ihn, wie sie roch?

„Nichts ist besser als eine eiskalte Dusche nach einem anstrengenden Arbeitstag, Dio... ach Verzeihung, ich kann einfach nicht anders. Es ist Ihr Haar!“ Verklärt starrte er auf die voluminöse Pracht, nahm Haltung an, hob gleichzeitig den rechten Arm und atmete ein.

„I got life, mother ...“

Oh Gott, er sang. Hemmungslos laut. Dazu die Gestik eines Eiskunstläufers.

„I got laughs, sister ...“

Ein Lied aus dem Musical *Hair*. Ausgerechnet. Sie liebte das Stück, was ihrem eigenen haarigen Schicksal geschuldet sein mochte.

„I got freedom, brother ...“

Der Kerl war gar nicht übel.

„I got good times, man ...“

Was für eine Stimme! Was für eine Verschwendung! Warum bloß sang er nicht live? Als er die zweite Strophe anstimmte, fragte sich Valerie zum ersten Mal, wie sie wohl gerade dreinschaute, und schloss schnell ihren Mund. Wolf Rock ging langsam um sie herum und schepperte ihr ins rechte und dann ins linke Ohr. Schließlich stand er vor ihr und hörte zu singen auf. Schade, denn sie war neugierig auf den wesentlich beschwingteren Teil, der jetzt an die Reihe gekommen wäre. Flotter, aber total unsexy, musste auch der Musiker geahnt haben. Vermutlich brauchte er nicht mehr als die beiden getragenen Einleitungsstrophen, um seine Bräute flachzulegen. Dass diese hier immer noch stand, schien ihn zu irritieren.

„Schön", sagte sie, und meinte damit, er solle sich ein anderes Betthaserl suchen.

„Schön", wiederholte er und schien verstanden zu haben.

„Setzen wir uns, Wolf?"

„Meinetwegen. Hungrig?"

Sie setzte einen Ausdruck auf, der *ein bisschen* bedeuten sollte.

„Wunderbar", sagte Wolf Rock, rieb sich die Hände und griff zum Telefon, um kurz darauf eine Liste von Gerichten in den Hörer zu bellen, von der ihr ganz schwindlig wurde. „Und dazu eine 2009er Magnum Phantom ... nein, kein Eis am Stiel, RRROTWEIN, du Banause! Cuvée vom Kirrrnbauer! Kennt doch jedes Kind ... ja fix, dann frrrag halt nach, und wenn du keinen hast, dann geh einen kaufen im Geschäft. Aberrr die Magnumflasche, Jahrrrgang 2009. MAGNUM! Eineinhalb Literrr! Verrrstanden? Kein Speiseeis! Und plötzlich!" Er knallte den Hörer auf den Apparat. „Jesus Christus!", stieß er aus und streckte seine Hände zum Himmel.

Valerie überlegte, ob sie schnell in Deckung gehen sollte, damit der Blitz sie nicht streifen konnte, den sie vor ihrem geistigen Auge herabfahren sah. Doch die göttliche Strafe blieb aus. Hier der Star, dort die Welt. Sie hatte nun eine erste Vorstellung von Berühmtheiten, ihren Allüren und den armen Hotelbediensteten, denen so mancher Wunsch ein spanisches Dorf sein musste.

„Also gut, Mauser, was wollen Sie wissen?"

Warum um Himmels willen singen Sie nicht live? – musste warten, weil: tat nichts zur Sache. Mit der Schandtat wollte sie aber auch nicht gleich ins Haus fallen.

„Wer will Ihnen etwas anhaben, Wolf?"

Er hielt inne.

„Das weiß ich nicht", antwortete er beinahe flüsternd.

„Beunruhigen Sie die Drohungen?"

„Drohun...GEN?"

„Sie wissen also nichts von dem Paket, das gestern früh eingetroffen ist?"

„Nein ... ein Paket, sagen Sie? Und was war drin?"

Wenn er schauspielerte, dann gut.

„Eine blutige Mädchenunterhose. Und ein weiterer Brief, ähnlich dem von Mittwoch."

„Oh Gott!"

Zweifelhaft, ob ausgerechnet der Allmächtige ihm helfen würde.

„Schandtat '76, Wolf. Also?"

Er fuhr sich durchs feuchte Haar und zog es nach hinten.

„Ich kann Ihnen dazu nichts sagen, Mauser." Ein Wassertropfen hing an seiner Nasenspitze. An ihm erkannte man besonders gut, wie sehr Wolf Rock zitterte. Hatte er jetzt Angst?

„Haben Sie Angst?"

„Ach was, Angst. Sehen Sie mich an, sieht so jemand aus, der sich fürchtet?"

Irgendwie schon, dachte sie.

„Warum wollen Sie mir dann nicht von '76 erzählen?"

„Wollen schon ... am Können scheitert's, fürchte ich." Er lachte stimmlos.

„Was meinen Sie?“

„Mauser, ich habe schon am Mittwoch versucht, Ihnen das beizubringen. Vielleicht zu theatralisch, aber manchmal kann ich einfach nicht anders. Also: Ich erinnere mich nicht an die Siebzigerjahre. Kein Stück. Punkt.“

Ein ganzes Jahrzehnt, versunken in Amnesie? Das konnte sie nicht glauben. Verstandesmäßig schien er ihr halbwegs in Ordnung zu sein. Wie sollte sie an dieses Totschlagargument anknüpfen?

Da riss jemand die Zimmertür auf. Valerie fuhr herum.

Benz, mit großen Schritten auf sie zu.

„Gotthilf, da steckst du also, du Vollidiot! Einfach abhauen, wenn sich alles um dich dreht. Du kommst dir gerade wieder wunderbar wichtig vor, oder, du Arschloch? Alle suchen nach dir! Und wen haben wir denn da? Schau an! Die kleine Möchtegernchefin! Ihr habt wohl nicht mehr alle Tassen im Schrank! Sofort zurück ins Stadion, hast du gehört, Gotthilf? Und Sie scheren sich zum Teufel! Niki, halt dein Mauserl endlich fern von uns“, schrie er in die andere Richtung, trat an Wolf Rock heran und riss seinen Star, der aufgeregt hin und her wackelte, aus dem Stuhl.

Valerie war so erschrocken vom Hereinplatzen des Managers und seiner herabwürdigenden Beschimpfung, dass sie sich entschloss, Gustav Benz zu zeigen, mit welchem Mauserl er sich gerade angelegt hatte. Zweifellos reichten ein paar gezielte Schläge aus, um ihm einen Denkzettel zu verpassen. Aber das war ihr nicht genug. Er würde bluten, egal, welche Folgen das nach sich ziehen würde. Schon stand sie und tippte ihm auf die Schulter, denn von hinten auszuteilen war nicht ihre Art. Sobald er sich umdrehte, würde sie ihn windelweich prügeln, so wahr sie Valerie Mauser hieß.

Doch jetzt umklammerte sie jemand. Benz drehte sich, grinste überlegen und sagte: „Gut gemacht, Niki. Und jetzt schaff sie weg!"

„Loslassen, verdammt!", schrie Valerie. Keine Chance, sich herauszuwinden. Sie riss den Kopf zur Seite, weil sie nicht glauben konnte, von wem sie da gerade festgehalten wurde. Doch es stimmte. „Geyer, sind Sie vollkommen irre? Lassen Sie mich sofort los!", schrie sie und trat mit der rechten Ferse gegen sein Schienbein. Dieser zog sie aus dem Zimmer in den Gang, ohne einen Mucks von sich zu geben, schloss die Tür und drückte sie an die Wand. Dann hörte sie ihn sprechen, keine zwei Zentimeter von ihrem Ohr entfernt: „Frau Mauser, ich werde das jetzt in Ordnung bringen. Beruhigen Sie sich und lassen Sie mich hineingehen." Einige Sekunden wand sie sich noch, dann gab sie auf. Ihr Herz hämmerte so fest, dass sie hören konnte, wie das Blut in den Ohren rauschte. Sie wollte etwas zerstören. Jemanden. Etwas. Egal. Also schlug sie mit aller Kraft gegen die Wand. Effekt: gleich null. Aber der Schmerz, der einschoss, machte die Situation sofort erträglicher.

Geyer verschwand ins Zimmer, wo Benz immer noch auf seinen Schützling einschrie. Was genau, drang nicht durch die Tür. Dann Geyer im Befehlston, kurz und knapp, dann wieder Benz, dann Rumpeln und Geschrei. Eine Minute darauf kamen die beiden heraus, zuerst Benz, neunzig Grad auf Tauchstation, Geyers linke Hand im Genick, die rechte fixierte die Handschellen, mit denen die Hände des Managers gefesselt waren.

„Festnahme nach Paragraf 270“, bellte ihr Stellvertreter, dessen Unterlippe blutete, und ließ Valerie mit Wolf Rock alleine. Den Paragrafen 270 des österreichischen Strafgesetzbuchs kannte wohl jeder Polizist: Tätlicher Angriff auf einen Beamten, Strafrahmen bis zu sechs Monate. Valerie rieb sich das rechte Handgelenk und sah ins Zimmer. Wolf Rock stand darin wie das Bildnis des armen Tropfs und zitterte so sehr, dass man es schon schütteln hätte nennen können.

Valerie ahnte, dass Kollege Geyer sie vor einem schlimmen Fehler bewahrt hatte. Wenn sie erst einmal im Blutrausch war, konnte vieles passieren, das ihrer weiteren Polizeikarriere abträglich war. Meistens schaffte sie es, sich ein Ventil zu suchen – auf einen Berg zu laufen, etwas kaputtzuschlagen oder so laut zu schreien, dass die Fenster schepperten –, doch dieses Mal hätte sie Benz absichtlich verletzt. Wo sie schon bei den Rechtsnormen war: Körperverletzung nach Paragraf 83 Strafgesetzbuch, Strafrahmen bis zu einem Jahr, Suspendierung, Disziplinarverfahren und Schlimmeres. Geyer hatte das verhindert, obwohl sie auf dem Posten saß, der ihm versprochen gewesen war. Nichts wäre einfacher gewesen, als seine Chefin auszucken zu lassen und den Zeugen zu geben.

Doch er hatte es nicht getan.

Valerie ging ins Zimmer zurück, Wolf Rock verschwand im Bad.

Eine SMS traf ein. Stolwerk: *Wo bist? Treffen wir uns? Gruß Stolwerk*

Valerie antwortete: *Noch bei Wolf, kann dauern.*

Eine halbe Minute darauf seine Antwort: *Veilchen und der böse Wolf ;) meld dich dann Gruß Stolwerk*

„Geht's Ihnen besser?“, fragte Valerie, als Wolf Rock nach einer Ewigkeit wieder aus dem Badezimmer kam. Sie hatte in der Zwischenzeit Eis aus dem Sektkühler in eine Stoffserviette gegeben und hielt es sich ans Handgelenk. Vor wenigen Minuten war auch das Essen gekommen, zusammen mit der Magnumflasche Phantom. Kein Speiseeis.

„Ja, geht wieder“, sprach er langsam und schlurfte zum Tisch, wie betäubt. Die Aufregung musste ihn ordentlich mitgenommen haben. „Was ist bloß in den Gustav gefahren?“ Beidhändig goss er einen Schluck in den Kelch und prüfte den Wein. „Ein außergewöhnlicher Jahrgang, in der Tat.“ Ohne Valerie zu fragen, reichte er ihr – immer noch zitternd – ein Glas und prostete ihr zu. „Auf einen Tag, der einem zeigt, dass man noch lebendig ist!“

„Hm.“ *Merkwürdiger Trinkspruch.*

„Aber bitte, bedienen Sie sich. Das Beef Tatar ist ausgezeichnet.“

„Springt er öfter so mit Ihnen um? Benz?“

„Ach nein, der Gustav ist sonst sehr beherrscht, aber heute sind wir ihm wohl ordentlich auf die Brezen gestiegen, was?“, sagte er monoton. Schelmisch, fast spitzbübisch sah er sie an und beobachtete, wie sie sich ein Brot strich und das Tatar draufgab, als wäre es Leberstreichwurst. Mit schmerzendem Handgelenk hob sie ihr Werk und biss ab.

„Wasch ischt?“, fragte sie mit vollem Mund.

„Ach, nichts. Sie haben mich nur gerade an jemanden erinnert, Mauser. Lange her.“

Also funktionierte sein Langzeitgedächtnis doch noch?

„In den Schiebtschigern?“

„Mauser, Sie haben mir vorhin doch zugehört, nicht wahr?“

Sie schluckte und sprach weiter: „Die Siebziger sind futsch?“

„So ist es.“

„Aber wie geht das? Ich meine, man kann doch nicht ein ganzes Jahrzehnt lang vierundzwanzig Stunden am Tag abgefüllt sein oder unter Drogen stehen.“

„Ach nein, kann man nicht? Nun, dann bestätige ich wohl die Regel, nicht wahr?“ Selbstgefällig gluckste er vor sich hin. Valerie überlegte, ob er heute – jedenfalls seit er aus dem Badezimmer gekommen war – auch unter Drogen stand, denn er verhielt sich anders, Sprache und Bewegungen schienen deutlich verlangsamt. Gedämpft. Als steckte er in Watte. Sie gab es auf, ihr Handgelenk schmerzfrei einsetzen zu wollen, und schob sich den Rest des Brötchens in den Mund.

„Gibt’sch da nicht irgendwasch?“

„Das Bundesheer. Filzlaus. Bühnen. Laute Musik. *Chicks*. Fragmente davon, kurze Blitze.“

„Chickfff?“

„Mädchen ... viele ... aber keine, an die ich mich erinnern könnte.“

„Und die Schandtat?“

„Nichts, nein.“

„Wann haben Schie Fritsch Lauff tschum letfften Mal geffehen?“ Sie überlegte, wie sie es unauffällig schaffen könnte, das monströse Stück zwischen die Zähne zu bekommen, ohne den Mund sperrangelweit aufreißen zu müssen. Selbst ihre wikingermäßigen Tischmanieren hätten ihr so etwas verboten.

„Die Filzlaus? Das ist lange her, verdammt lang. Sicher vor mehr als fünfzehn Jahren. Was soll ich noch mit dem. Für mich ist der schon lange tot.“

„Glauben Schie, daff er noch eine Rechnung offen hat?“ Sie nahm einen Schluck und versuchte, das Unzerkaubare aufzuweichen. Ja, so konnte es klappen.

Wolf Rock sprach mit Grabesstimme: „Mauser, wenn hier jemand eine Rechnung offen hat, dann bin ich das.“

„Lausch konnte schich an die Schandtat erinnern“, behauptete sie.

„So? Und?“, fragte der Rocker, „welche Schuld habe ich wohl auf mich geladen?“

Todesmutig würgte Valerie den Klumpen hinunter, trank schnell einen großen Schluck Wasser nach und war fasziniert davon, dass sie den Weg des Brockens bis zum Magen nachfühlen konnte. Hoffentlich ging nichts kaputt dabei. Schließlich atmete sie einmal tief durch und antwortete: „Hat er mir nicht gesagt.“

„Dann sind wir nun so schlau wie zuvor.“

„Sie haben im Sommer ’76 ein Konzert in Innsbruck gespielt.“

„Von mir aus.“

„Das Jahr der Olympischen Spiele?“, versuchte sie ihr Glück.

„Die Olympischen Spiele in Innsbruck? Daran erinnere ich mich nicht. Wo haben sie gerudert? Am Inn? ... Greifen Sie zu, wofür haben wir denn die ganzen Sachen bestellt!“

Winterspiele, du Sportbanause. Für so eine Bildungslücke wurde einem ganz schnell das Privileg entzogen, sich Tiroler nennen zu dürfen. Was ihm vermutlich herzlich egal gewesen wäre.

„Wolf, wir brauchen Anhaltspunkte. Jemand ist hier auf Rachemission. Jemand aus Ihrer Vergangenheit. Und schon morgen will er Taten setzen. Also? Schandtat?“

„Wenn ich es wüsste, würde ich es Ihnen sagen, Mauser."

So kam sie nicht weiter. Mit links zupfte sie eine Traube von der Rebe, blickte in ihr Notizbuch und überlegte.

„Bezaubernd", unterbrach er die Stille.

„Wie?", fragte Valerie und schob sich die Traube, an der sie gedankenverloren gesaugt hatte, in den Mund. Wolf Rock starrte sie an, irgendwie belämmert.

„Sie sind einfach bezaubernd. Ihre Gestalt, Ihr Haar, Ihr Gesicht." Er beugte sich langsam vor. Durch den offenen Ausschnitt seines Bademantels sah sie seine schrumpelige, enthaarte Brust. *Auweh.* Hatte sie ihn wohl aus Versehen angetörnt mit ihrem meditativen Traubengesauge.

„Danke." *Danke?*

„Wollen wir uns nicht duzen, Mauser? Wie ist denn der werte Vorname?"

Valerie hatte eine Idee, wie sie dem brunftigen Wolf entkommen könnte. Besser gesagt, die Idee stand als offener Punkt in ihrem Notizbuch.

„Elke."

„Ach, Elke? ... Wie schön!" Ja, da dämmerte etwas, ganz deutlich. Langsam kam er näher.

„Elke Mumm."

„Ach, Elke Mumm?" Mit der Erinnerung an seinen größten Fan hatte sie seine Lust niedergestreckt. *Blattschuss.*

„Sie wissen, von wem ich spreche?"

„Die Elke. Warum erwähnen Sie sie denn ausgerechnet *jetzt*?"

Ihr Name und das Bild, das er nun in seinem Kopf haben musste, hatten den erwünschten Crash verursacht. Er sah drein, als hätte er gerade in eine Zitrone gebissen.

„Ihr größter Fan“, stichelte sie weiter.

„Ach bitte.“

„Früher war sie doch sehr attraktiv, oder?“

„Wenn ich mich nur DARAN erinnern könnte!“, rief er angewidert und sackte in seine ursprüngliche Position zurück.

„Sie haben ein Kind mit ihr. Heike, nicht wahr?“

„Das ist doch Unfug.“

„Dann sind Sie nicht dieser *Superpapsch* von Facebook?“

„Was?“

„Sie, Elke, Tochter Heike und der weiße Rassepudel ... und fertig ist die *Happy Family*. Für mich sah es so aus, als wüssten Sie von Ihrem Kind.“

„Ich weiß von gar nichts. Mauser, bitte, können wir nicht über etwas anderes reden?“

„Nicht, wenn es uns auf eine Spur bringt. Also, wie stehen Sie zu ihr? Elke?“

„Die ... fette Elke ... kennen Sie das Lied? Die Ärzte? Nein? Da haben Sie was verpasst ... also, die Elke ist irre und überhaupt keine Schönheit, aber sie würde mir nie etwas tun.“

„Was macht Sie da so sicher?“

„Die Jahrzehnte, an die ich mich erinnern kann.“

„Ja?“

„Sehen Sie, es ging mir nicht immer so ... gut ... wie jetzt. Ich war ein Sandler, wissen Sie das? Ein Penner! Der Elke war das egal. Die ist immer zu mir gestanden. Hat mich sogar eine Zeitlang bei sich wohnen lassen. Und nie einen anderen angesehen.“

„Aber ihre Liebe wurde nicht erwidert. Das wäre doch ein Motiv.“

„Glauben Sie wirklich, es geht ihr noch um Liebe?“

„Glauben Sie das nicht?“

„Mauser, lassen Sie mir die Elke in Ruhe, ja? Wenn ich für einen Menschen auf dieser Welt die Hand ins Feuer lege, dann für sie."

Valerie hoffte für ihn, dass er sich nicht irrte, denn genau das hatte der Attentäter vor: ihn brennen lassen.

„Was ist mit Benz?"

„Was soll sein?"

„Könnte er hinter den Botschaften stecken? Wäre ja nicht das erste Mal, oder?"

Wolf Rock rieb sich die Stirn und dachte nach. Er schien Mühe zu haben, ihren Gedanken zu folgen.

„Natürlich ... wäre er fähig. Der Gustav. Aber dann wüsste ich doch davon, nicht wahr?"

„Dann waren Sie in das Schauspiel von vor zwei Jahren eingeweiht?"

Er setzte einen Ausdruck auf, der nur „ja was denken Sie denn?" bedeuten konnte.

Valerie blätterte in ihrem Notizbuch, kaute auf ihrem Stift herum und schaute auf.

„Und Schwanz?", stellte sie in den Raum.

„Wie bitte?" Er machte große Augen.

„Salvador Schwanz. Dem Sie den Hit geklaut haben."

„Ach so, der. Dem sind doch ... wie sagt man ... die Brezen zerbröselt."

Da gab sie ihm grundsätzlich Recht.

„Sie haben ihm ‚Tauch mich in Liebe' gestohlen und Millionen verdient."

„Mauser, manche Menschen sind geborene Gewinner, andere geborene Verlierer." Nun lachte er gekünstelt.

„Haben Sie, oder haben Sie nicht?"

„Wann soll das gewesen sein?"

„Na in den Siebzigern."

Wolf Rock grinste vielsagend. Klar. Wenn, dann konnte er sich nicht mehr daran erinnern. Sehr praktisch.

„Er könnte die ultimative Abrechnung planen, oder nicht?“

„Der Salvador? So ein Käse. Wo wir dabei sind, essen Sie! Der Graukäse ist vorzüglich. Wenn ich an Tirol etwas vermisse, dann den.“

Er nahm ein bloßes Stück und schob es sich in den Mund. Valerie erinnerte sich noch zu gut an Stolwerks hinterlistigen Versuch, ihr diese Scheußlichkeit schmackhaft zu machen. Für den Rest ihres Lebens würde sie sich von dem Zeug fernhalten.

„Also?“

Er kaute zuerst fertig und schluckte mit sichtlichem Wohlgefallen. Alleine die Vorstellung daran würgte sie.

„Also, den Salvador interessieren doch nur seine Schmierereien. Ich füttere den doch in Wahrheit seit Jahren durch, weil er nichts verkauft.“

„Ach was?“

„Hat er Ihnen von Paris und New York erzählt?“

Ja, hatte er, gab sie still zu. Und Barcelona und London waren auch dabei gewesen.

„Stimmt das nicht?“

„Der hat doch noch nie eine richtige Ausstellung gehabt. Er ist eine Kopie! Was ist er, außer einer billigen Kopie! Die lachen ihn doch aus, wenn überhaupt! Das Original ist es, das zählt!“

Valerie griff sich ein Radieschen, um den Geschmack von Graukäse aus dem Mund zu bringen, der alleine von der Vorstellung daran herrührte, vor allem aber, um nachhallen zu lassen, was Wolf Rock eben gesagt hatte. Möglicherweise brachte ihn das auf dieselben Gedanken, die ihr gerade gekommen waren ... Kopie und Original ... Wolf und Gotthilf ... live und Playback? Möglicherweise aber auch nicht. Lautstark kaute sie die Knolle fertig und schluckte. Dann fuhr sie fort: „Was heißt, Sie füttern ihn durch? Mit der angeblichen Feindschaft, die Benz zwischen ihm und Ihnen veranstaltet?“

Er antwortete nicht, war aber sichtlich überrascht, dass sie davon wusste.

„Die Katze lässt das Mausen nicht, hm? Was inszeniert er sonst noch so, Ihr Manager? Sind wir zwei vielleicht auch nur Statisten in seinem Spiel, Sie und ich? Mäuse in seinem Käfig?“

Sie schien einen Nerv getroffen zu haben, so, wie der Star nun in seinem Stuhl versank und grübelte. An seinen langen Strähnen sah man besonders gut, wie er zitterte. Hie und da glaubte sie zu erkennen, dass ein Zucken durch ihn ging. Etwas musste ihn aufgerührt haben.

„Also? Alles inszeniert? Kann ich nach Hause gehen und brauche mir keine Sorgen mehr um Sie zu machen? Reden Sie schon!“

„Nein, da ist nichts.“ Unbeherrscht fuhr er sich mit der Hand durchs immer noch feuchte Haar und schüttelte den Kopf.

„Sie haben Angst vor ihm, oder? Angst vor dem, was er morgen mit Ihnen veranstalten will? Sehen Sie sich nur an, wie Sie zittern!“

„Was wissen Sie schon!“, stieß er mit überreizter Stimme aus, um es kurze Zeit später nochmals ganz leise zu sagen: „Was wissen Sie schon.“ Dann sah er auf seine ausgestreckten Hände, die Fingerspitzen auf die Tischkante gelegt, schüttelte langsam den Kopf und sagte: „Ich möchte jetzt bitte alleine sein, ja, Dionne?“

Eine Stunde später hatte Valerie im Grand Hotel Europa eingecheckt und sich endlich den Ruß vom Körper und aus den Haaren geduscht. Ihr Handgelenk war geschwollen und jede Bewegung schmerzte, aber soweit sie es beurteilen konnte, funktionierte noch alles. Ein Zimmer weiter residierte Stolwerk, den sie nun besuchte. Im Morgenmantel, denn ihre Kleidung roch so verbrannt, dass sie sie kein weiteres Mal anziehen konnte.

„Mein Veilchen!"

„Hallo Stolwerk."

„Hübsche Zimmer, oder?"

Hübsche Zimmer ... da sollte er mal Wolf Rocks Suite sehen, dachte sie.

„Hm."

„Jetzt komm herein! Hast schon was gegessen?

„Ja ... du nicht?"

„Eine Kleinigkeit. Magst noch einen Rotwein mit mir trinken?"

„Ja, gern."

Die *Kleinigkeit* konnte sie sich vorstellen. Aber Stolwerk mochte, was er war: ein Genussmensch, der nicht auf die Waage zu steigen pflegte.

„Also komm, erzähl!"

Es war fast Mitternacht, als Valerie in ihr Bett fiel. Stolwerk und sie hatten noch lange über ihre Eindrücke gesprochen und Wahrscheinlichkeiten abgewogen, bis der Alkohol ihre Gedanken lähmte und den beiden eine kurze, aber gute Nacht bescherte.

***

Sie presst, so fest sie kann, und es tut total weh. Noch einmal presst sie, wieder fürchterliche Schmerzen, der

Arzt schimpft, sie soll sich nicht so dumm anstellen, selber schuld, wenn sie erst jetzt ins Krankenhaus kommt, sie braucht sich gar keine Hoffnungen zu machen, wahrscheinlich ist das Baby sowieso schon tot. Sie lässt wieder locker.

Sie kann sich immer noch nicht erinnern, was damals im Bus weiter passiert ist. Nur dass ER hereingekommen ist und sie versucht hat, IHN zu begrüßen, aber dann … Filmriss. Aufgewacht ist sie im Sonnenlicht, auf dem Rücken, mitten in einem Feld. Sie ist dann noch länger dort gelegen, weil sie irgendwie keine Lust hatte, aufzustehen. Dann hat sie sich langsam aufgesetzt und umgesehen. Von den dicken Grashalmen hatte sie unzählige Druckstellen, die plötzlich zu schmerzen begonnen haben. Nur der oberste Knopf ihrer Hose war zu und sie hatte Kopfschmerzen. Ein Bauer ist dann mit seinem Traktor bei ihr stehen geblieben und hat sie dumm angeschaut.

Sie schwitzt. Jetzt schimpft die Krankenschwester und schreit sie an, sie soll weiterpressen, sonst stirbt das Kind wirklich. Diese Hexe sagt, dummen Hühnern wie ihr sollte man eigentlich verbieten, mit Männern zu schlafen, oder besser gleich einen Keuschheitsgürtel anschnallen wie früher. Der Arzt nickt nur. Alles ist viel zu hell. Dauernd läuft irgendwelches Zeug aus ihr heraus, als wäre sie im Schlachthof, und sie presst ja auch, nur das verdammte Baby steckt fest. Jemand telefoniert aufgeregt, etwas piepst, dann ist der Arzt weg und sie kann nicht mehr.

***

Jemand hämmerte gegen die Zimmertüre.

„Hallo Veilchen? Komm schnell!"

Schlaftrunken fuhr sie auf und wankte los, stieß sich den kleinen rechten Zehen, zog den Fuß ein und griff nach der Quelle des Schmerzes. Ihr Handgelenk verweigerte eindrücklich den Dienst und überdeckte, was ihre Zehe so an Signalen aussandte. Sie verlor das Gleichgewicht und ließ sich aufs Bett zurückfallen, griff nach der Decke, stand auf und hielt sie sich vor, weil sie außer ihrer Unterhose nichts anhatte. Mit dem rechten Ellenbogen drückte sie die Türklinke hinunter und spähte um die Kante herum.

„Aua!", gab sie Stolwerk zur Begrüßung.

Dieser deutete auf sein Handy.

„Veilchen, der Klee Mike hat angerufen. Oben ist etwas passiert!"

„Oh. Na dann … wart, ich komm gleich." Kaltstart war nicht ihre Sache. Und eigentlich hatte sie sich als erste Tat des Tages etwas Frisches zum Anziehen kaufen wollen. Aber was half es – rein in Stinkejeans, fleckig-pinkes Shirt und Turnschuhe, Tasche geschnappt und los. Hosenknöpfe mit einer Hand – noch dazu der schwächeren – zu schließen, hörte sich übrigens viel einfacher an, als es war. Stolwerk fuhr.

„Was hat er gesagt?", fragte Valerie und hielt ihre rechte Hand so still wie möglich.

„Eine neue Drohbotschaft ist gekommen. Wir sollen uns das sofort ansehen. Mehr nicht." *Warum hat er ausgerechnet dich angerufen?,* lag ihr auf der Zunge. Doch das Warum war sonnenklar: Die Menschen vertrauten ihm. Instinktiv. Wer ihn kannte, rief ihn zu Hilfe, egal, ob eingebrochen worden war, die Brust schmerzte oder die Katze am Baum hockte. Als *Fluch und Segen* hätte er es selbst beschrieben.

„Unser Täter ist so ein verflixter Frühaufsteher", murmelte sie. Das erste Schreiben wurde in den Morgenstunden unter Wolf Rocks Hoteltür durchgeschoben, dann kam das Paket per Fahrradkurier, gleich nach Tagesbeginn, und jetzt ... was auch immer. Jedenfalls zu früh.

„Heiliger Blauschimmelkäse!", rief Stolwerk, als sie oben ankamen. Klee stand vor der großen, dunklen Wand an der Außenseite des Stadions und deutete wie wild auf riesige, neonrote Buchstaben über sich: *BRENNE FÜR SARAH '76, TEUFEL!*

Die beiden fuhren direkt an den Bergiselchef heran und stiegen aus.

„Jetzt schau dir diese Schweinerei an, Manni!", empörte er sich.

Stolwerk sah stattdessen über das Autodach zu Valerie und grinste. Sie wusste, dass auch er sich gerade an jene Fälle zurückerinnerte, die sie letztlich deshalb gelöst hatten, weil die Täter so unvorsichtig gewesen waren, einen Namen ins Spiel zu bringen. Das hatte ihm schon gereicht, dem erfolgreichsten Ermittlerteam, das es je am LKA Wien gegeben hatte. Mauser und Stolwerk. Lange her und doch so nah.

„Sarah", sprach Stolwerk.

„Sarah", wiederholte Valerie, holte ihr Smartphone heraus und bemühte sich, den linken Daumen ähnlich geschickt einzusetzen wie sonst den rechten. Stolwerk und Klee gingen näher an die Schmierereien heran und unterhielten sich aufgeregt.

Das „Hm? Ja?" am anderen Ende der Leitung klang ziemlich verschlafen.

„Schmatz, ich hoffe, ich habe dich nicht geweckt?" Natürlich hatte sie.

„Frau Mauser, grias di! Kann ich was tun? Einsatz?" Erstaunlich, wie schnell der junge Mann auf Touren kam.

„Entschuldige, dass ich dich am Samstag wecke, aber wir brauchen dein Talent ..."

„Bekomm ich was zum Ballern? Bitte?", unterbrach er sie.

„... für eine Nachforschung im Archiv", sprach sie fertig, „wirklich wichtig."

„Oh. Aha. Na ja." Seine Enttäuschung war überdeutlich.

„Danke, Schmatz! Also, hör zu. Wir sind gerade am Bergisel. Die neue Botschaft enthält einen Namen: Sarah mit h am Schluss. '76. Vermutlich ein Verbrechensopfer. Prammer hat Bereitschaft, sie soll dir helfen. Und wenn du Geyer auftreiben kannst, sag ihm, er soll sich melden."

„Mach ich", gähnte er in den Apparat.

„Und bitte so schnell es geht, ja?"

„Klar, Frau Mauser. Für dich tu ich doch alles."

Sie war sich absolut sicher, dass er das genau so meinte.

Keine drei Minuten darauf fuhr Geyer vor.

„Na, das ging aber fix!", begrüßte sie ihren Mitarbeiter. Anstelle seines affigen James-Bond-Looks trug er wieder Stoffhose und Wanderhemd, wie sonst auch immer.

„Was ging fix, Frau Mauser?" Da läutete sein Handy. „Schmatz? ... Jaja, bin schon dort. In Ordnung, du Saftnase ... ciao."

Saftnase? Die Umgangsformen in ihrer Abteilung ließen zu wünschen übrig. Vielleicht hielt sie die Zügel zu locker. Was sie kurz, aber heftig an den alten Berger erinnerte, der immer noch auf einen Bericht wartete.

„Warum sind sie hier?“, fragte sie Geyer.

„So ein Gefühl. Hat mich nicht getrogen, was?“ Er deutete auf die Wand.

„Ja. Wie geht's Benz?“, kam sie auf die Ereignisse des Vortags zu sprechen. Irgendwie hätte sie dem Manager doch gerne eins auf die Nase gegeben, dann hätte ihr Handgelenk wenigstens einen guten Grund gehabt, zu schmerzen.

„Wir haben ihn über Nacht angehalten. Gerade ist er abgezogen. So klein mit Hut“, zeigte er.

Womit klar war, dass Benz diese Botschaft nicht selbst aufgesprüht haben konnte.

Geyer deutete wieder zur Drohbotschaft hinüber.

„Sarah '76, da haben wir doch mal was. Sind wir dran?“

„Schmatz und Prammer, ja.“

„Soll ich helfen?“

Valerie überlegte kurz. Benz schied aus, was die Schmiererei betraf, und jetzt bezog sich – wer auch immer – auf ein konkretes Opfer der Schandtat. War ihr der Fall bisher vorgekommen wie eine Bildergeschichte aus dem Klatschheft, ideal, um damit das Sommerloch zu füllen, hatte sich die Lage mit einem Mal deutlich verschärft. Eine Inszenierung war unwahrscheinlich geworden.

„Herr Geyer, sehen Sie zu, dass niemand Wolf Rock zu nahe kommt. Und dass Benz sich benimmt.“

„Geht klar.“ So ein guter Schauspieler war Geyer nicht, dass er seine Freude vor ihr verstecken hätte können, als er ins Auto sprang.

„Noch was“, warf Valerie ihm nach.

„Ja?“

„Ist diesem Fahrradkurier noch etwas zu seiner Schwarzfahrt ins Hotel Europa eingefallen? Hat er sich bei Ihnen gemeldet?“

„Haupt? Nein ... aber das tun sie doch nie, oder?“

Sprach’s und fuhr davon.

Nein, tun sie nie ... höchstens im Kino, ergänzte Valerie still. Leute wie der junge Student waren einfach froh, wenn sie ungeschoren davonkamen. Aus den Augen, aus dem Sinn. Hauptsache: nicht involviert werden.

Lauter werdende Schritte. Valerie drehte sich um.

„Also gut, wie machen wir das heute?“, fragte Stolwerk mit dem hochroten Mike Klee im Schlepptau.

„Wir müssen das übermalen, bevor es noch jemand sieht!“, forderte dieser, bevor Valerie antworten konnte, „da gehen am Abend die meisten Leute vorbei, das geht so nicht!“

Valerie vermutete, dass er dem Herzinfarkt entkommen könnte, wenn sie ihm etwas zu tun gab.

„Ich sag dem Erkennungsdienst Bescheid, dass sie sich beeilen sollen. Sie können ja schon was zum Überpinseln herrichten. Aber erst malen, wenn die Spuren gesichert sind. Gut?“

Der Bergiselchef zog den Mund breit und stapfte davon.

„Und du, Stolwerk?“, lächelte sie ihn an.

„Veilchen, ich denk, ich bleib gleich hier ... Händchen halten.“

„Dann kann ich schnell deinen Wagen nehmen?“

„Kannst du?“, erwiderte er und zeigte auf ihre rechte Hand, die sie mit der linken am Bauch fixierte.

„Geht schon. Ich will ins LKA und schauen, was ich herausfinde, solange hier noch nichts los ist.“

„Ich fahr dich.“

„Nein, bleib hier und pass auf, dass er keinen Blödsinn macht“, sagte sie und deutete auf Mike Klee, der mit bloßen Fingern an der Farbe kratzte.

„Veilchen?“

„Hm?“

„Besorg dir besser ein paar Riegel für heute.“

Natürlich schaffte sie es trotz angeknacksten Handgelenks, selbst ins Landeskriminalamt zu fahren und nebenbei auch noch die Bereitschaft der Spurensicherung zu verständigen. Da hätte man ihr zusätzlich noch einen Fuß eingipsen und ein Auge verbinden können. Sie und Autofahren, das gehörte zusammen.

Gegen acht Uhr dreißig kam sie in ihr Büro, wo Schmatz schon an seinem Platz saß und in die Tasten hämmerte, neben ihm Prammer, die ihren Blicken auswich.

Zu dritt besprachen sie die weiteren Schritte. Klar war, dass sie ein Verbrechensopfer namens Sarah aus dem Jahr 1976 suchten. Da sie nicht davon ausgehen konnten, dass dieser Vorfall auch amtskundig geworden war, dehnten sie ihre Nachforschungen auf alle schweren Unfälle und Sterbefälle dieses Jahres aus. Und weil der Vorfall so weit zurücklag, würden sich die beiden in verschiedenen Archiven austoben müssen. Zu ihrem Glück war Prammer darin erfahren und wusste, wo anzusetzen war.

Gerade als Valerie sich an den PC setzen wollte, um ihre Notizen und Unterlagen nochmals durchzugehen, rief Oberst Berger am Hausapparat an. Hatte er sie wohl aus dem Auto aussteigen sehen. Ob er in seinem Büro wohnte?

„Ich sitze gerade am Bericht für Sie, Herr Oberst!“, begrüßte sie ihn.

„Vergessen Sie den Bericht und kommen Sie unverzüglich zu mir, Frau Oberstleutnant!“

Auch das noch, dachte sie.

„Zu Befehl, Herr Oberst!“, sagte sie zackig, schlug gedanklich die Hacken zusammen und legte auf.

„Frau Oberstleutnant, treten Sie ein.“

Beim LKA-Leiter saß ein Herr in hochdekorierter Uniform, den er ihr als Brigadier Kolonovics vom Bundesamt für Verfassungsschutz und Terrorismusbekämpfung vorstellte.

Über Oberst hohes Tier, nennt sich Brigadier. Im Nacken sitzt ihm, das ist klor, der Herr Generalmajor, erinnerte sich Valerie an die selbst gebastelte Eselsbrücke aus der Zeit ihrer Ausbildung, weil ihr die Dienstgrade nicht und nicht in den Kopf gehen wollten. Außer Berger bestand auch kaum jemand auf deren Verwendung im Alltag. Doch Brigadiere kamen in freier Wildbahn ähnlich häufig vor wie weiße Gämsen, was der Begegnung von vornherein entsprechendes Gewicht verlieh.

„Frau Oberstleutnant, Brigadier Kolonovics hat mich soeben von Ereignissen unterrichtet, die sich auf die heutige Konzertveranstaltung beziehen könnten. Er rät zur Absage. Ich schließe mich dieser Meinung an und habe das Büro des Landespolizeidirektors soeben verständigt. Wenn Sie bitte so gut wären, Herr Brigadier?“

Dieser wandte sich Valerie zu: „Wir haben in der Nacht erfahren, dass sich mehrere gewaltbereite Zellen auf dem Weg nach Innsbruck befinden.“

„Zellen?“

„Personenverbünde, die über verdeckte Nachrichtenkanäle kommunizieren.“

„Kanäle, die Sie abhören.“ Dass Geheimdienste wie der Österreichische Verfassungsschutz ihre Nasen in fremde Systeme steckten, so oft sie konnten, gehörte seit der NSA-Affäre zur Allgemeinbildung.

„Teilweise korrekt." Seine Offenheit überraschte sie.

„Und die wollen zum Konzert?", fragte Valerie, der das doch ziemlich abenteuerlich vorkam.

„Davon gehen wir aus."

„Wie viele?"

„Das wissen wir nicht."

„Ungefähr? Eine Schätzung?"

„Jedenfalls ein paar Dutzend, eher einige Hundertschaften."

„Woher kommen die?"

„Wie es aussieht, aus ganz Europa."

„Sie sagten gewalt... WAS? ... Aus ganz Europa?"

„Korrekt. Wir wissen von Anreisenden aus Italien, Frankreich, Deutschland, den Niederlanden und Ungarn, dazu inländische Subjekte. Seit zwei Stunden werden die österreichischen Grenzen kontrolliert. Aber wir können mit Sicherheit davon ausgehen, dass es viele hierherschaffen werden."

Wo war sie hier gelandet, in einem Thriller von Marc Elsberg? Das konnte doch alles nicht wahr sein. Kurz dachte sie an einen Streich, doch dafür wäre der alte Berger viel zu verstaubt gewesen.

„Gewaltbereit?"

„Korrekt."

Der Herr Brigadier war wieder so einer, dem man alles aus der Nase ziehen musste.

„Was verstehen Sie darunter? Worauf müssen wir uns gefasst machen? Bomben?"

„Keine Bomben, nein. Der Volksmund würde diese Subjekte als *Hooligans* bezeichnen."

„Bewaffnet?

„Ketten, Messer, Stangen, Pyrotechnik, speziell bengalische Feuer, Schlagringe et cetera."

„Feuerwaffen?"

„Keine Feuerwaffen."

Valerie grübelte. Warum um Himmels willen hatten sie sich ausgerechnet Wolf Rocks Abschiedskonzert ausgesucht? Es schien zu absurd. Also leitete sie die Frage an den Brigadier weiter.

„Nach Analyse der Kommunikation haben wir Anhaltspunkte, dass die Verabredung mit einer eigendynamischen Entwicklung in den sozialen Medien einhergeht."

„Sie meinen die Facebook-Seite gegen Wolf Rock, richtig?"

„Korrekt."

„Aber die ist gestern verschwunden."

„Das haben wir auch gesehen." Ein Zucken umspielte seine Mundwinkel.

„*Sie* haben sie gelöscht?"

„Nein. Bei Facebook können wir nichts machen. Nicht so schnell wie nötig jedenfalls."

Das hätte Schmatz hören sollen. Selbst der Verfassungsschutz war machtlos. Und sie hatte dem Burschen aufgetragen, bei Facebook anzurufen und die Seite löschen zu lassen. Schöne neue Welt.

Da niemand etwas sagte, fuhr Kolonovics fort: „Der Betreiber selbst hat sie vom Netz genommen."

„Und wissen Sie, wer dahintersteckt?", fragte Valerie überrascht.

„Ja."

„Gustav Benz", riet sie und war sich ziemlich sicher.

„Korrekt." Dem Brigadier gelang es nicht schnell genug, sein Stirnrunzeln vor Valerie zu verbergen, welches sie mit Genugtuung zur Kenntnis nahm.

„Wie hat er das angestellt?"

„Bezahlte Werbekampagnen. Fünfstellige Summen. Die Postings hat er selbst verfasst. Aber dann hat sich eine Eigendynamik ergeben."

„Die Sache wurde viral", glänzte sie mit dem Wissen, das sie Schmatz verdankte. „Die Löschung kam zu spät?"

„Korrekt. Die gewaltbereiten Zellen haben sich bereits auf das Ziel geeinigt. Das heutige Konzert in Innsbruck. Im Übrigen brauchen sie Facebook nicht, um sich zu koordinieren. Sie verabreden sich über das *Darknet*, das wir nie vollständig überwachen können."

Der Zauberlehrling fiel ihr ein. Benz hatte versucht, sich Kräfte zu Nutzen zu machen, die er wohl nicht gut genug verstand, und völlig die Kontrolle darüber verloren.

„Worum geht es diesen Zellen?"

„Subversion."

„Subversion?" Sie kannte den Ausdruck, wollte aber eine ausführlichere Antwort.

„Aufbegehren gegen die Staatsmacht. Sie kennen die Szenen aus den Pariser Vororten?"

Kannte sie natürlich. Vermummte Schläger, brennende Autos, Molotow-Cocktails, berstende Scheiben, Plünderungen, Massenverhaftungen. Kurz: Chaos. Unvorstellbar in Innsbruck.

„Aber warum tun sie sich das überhaupt an?"

„Stellen Sie diese Frage bitte einem Psychologen. Arbeitslosigkeit, Langeweile, das Gefühl, gemeinsam stark zu sein. Die neueste Entwicklung ist, dass man sich ein punktuelles Ziel sucht und dort geeint auftritt."

„Innsbruck", sagte sie, immer noch ungläubig.

„Korrekt."

„Was können wir tun?“

„Nicht viel. Bedauerlicherweise reicht die Zeit nicht mehr aus, um genügend polizeiliche Kräfte zusammenzuziehen. Deshalb empfehle ich die Konzertabsage, eine vierundzwanzigstündige Ausgangssperre und den Einsatz des Bundesheers.“

Valerie musste schlucken. Das klang eher nach Krieg als nach Rockkonzert.

Wenn sie die Veranstaltung absagen wollten, bitte schön, das ersparte ihr einen Haufen Arbeit und bescherte ihr ein frühes Wochenende. Andererseits schade um den Unterhaltungswert, den dieser kuriose Fall versprach.

„Und wozu haben Sie mich dann überhaupt geholt?“, wollte sie von den Herren wissen.

„Nun, Oberst Berger sagte mir, Sie sind in die aktuellen Vorgänge rund um Gotthilf Semmelweis einge...“

Bergers Telefon klingelte.

„Oberst Berger ... Herr Freudenschuss, guten Tag.“ Ohne jede Regung hörte er zu, wie der Landeshauptmann minutenlang ins Telefon brüllte. Valerie verstand das Geschrei nur bruchstückhaft, war sich aber sicher, „Atombomben auf Spatzen schmeißen“, „Wiener Halblappen“, „Spionagearschlöcher“, „ins Hirn geschissen“, „zu viel Kino geschaut“ und „grenzdebile Schluchtenscheißer“ verstanden zu haben. Als Freudenschuss’ Redeschwall versiegte, sagte Berger ruhig: „Wenn Sie Ihr Vorbringen doch gleich an den zuständigen Brigadier vom Verfassungsschutz richten wollen, bitte schön“, und reichte Kolonovics den Hörer. Die Kühle des alten Berger hatte gerade etwas überraschend Cooles an sich.

Der Verfassungsschützer dürfte sich bereits gefasst gemacht haben, denn sein gebelltes „Kolonovics!“

wirkte sehr autoritär. Was freilich keinen besonderen Eindruck auf ein Kaliber Freudenschuss'scher Dimension machen konnte. Valerie bekam eine weitere landesväterliche Schimpftirade mit, der Brigadier wurde immer kleinlauter, schloss mit einem „Jawohl" ab, dem Freudenschuss noch seinen „Gschaftlhuber" nachsetzen konnte, bevor die Leitung unterbrochen war.

Um Fassung bemüht, richtete der Brigadier sein Wort an Oberst Berger: „Der Herr Landespolizeidirektor und der Landeshauptmann erwarten mich dann jetzt im Landhaus. Wenn Sie mich bitte entschuldigen. Guten Tag!" Damit verschwand er, Valerie gleich hinterher.

„Frau Oberstleutnant?"

War ja klar.

„Herr Oberst, Sie bekommen Ihren Bericht jetzt sofort, versprochen", warf sie ihm hin und eilte davon.

***

Der Bauer hat sie zum Hof mitgenommen und die Polizei gerufen. Da hätte sie besser abhauen sollen, denn was danach kam, würde sie niemandem wünschen, nicht einmal ihrem Vater selbst. Der hat zuerst total schlecht ausgesehen, als er die Tür aufgemacht hat, schlimmer noch als an den Tagen, an denen er sich bewusstlos gesoffen hat. Voll besorgt. Sofort hat er sie in die Arme genommen und sie auf die Stirn geküsst. Sie hat schon geglaubt, es würde gut ausgehen. Aber falsch geglaubt. Als die Polizei weg war, hat sich sein Gesicht verwandelt, dann hat er seinen Gürtel langsam aus den Schlaufen gezogen und ausgeholt. Und dann hat's geknallt und geknallt und geknallt und irgendwann ist sie auch da ausgestiegen, jedenfalls lag sie später in ihrem Bett und alles war rot und alles tat weh.

Aber nicht so fest wie das hier. Sie will nicht, dass das Baby stirbt. Dann wäre alles umsonst gewesen. Plötzlich wird sie wütend. Sie wird es allen zeigen, dem Obertrottel von Arzt, der Hexenschwester, ihrem Vater, der sicher zu Hause sitzt und sich einen Dreck um sie schert. Sie presst fester und schreit lauter als je zuvor. Die Schwester ruft den Arzt zurück.

***

Valerie ahnte bereits, worauf die Besprechung zwischen Brigadier, Landeshauptmann und Polizeidirektor hinauslaufen würde, und das hieß, es würde wohl nichts aus dem entspannten Wochenende werden. Was sich Freudenschuss einmal in den Kopf gesetzt hatte, das musste geschehen, allen Widrigkeiten zum Trotz und egal, ob es von seinen Befugnissen gedeckt war oder nicht. Notfalls pflegte er Andreas Hofer zu zitieren, den berühmten Tiroler Freiheitskämpfer, dem man am Bergisel ein Denkmal gebaut hatte: „Mander, s'isch Zeit!" – der Spruch ging für ihn immer, wurde höchstens *gegendert,* wenn sprödes Weibsvolk anwesend war: „Mander und Mandarinnen, s'isch Zeit!" Der Kerl war eine echte Nervensäge.

Sie ging zurück in die Abteilung, wo Prammer und Schmatz in der Zwischenzeit Fortschritte gemacht hatten. So stand nun fest, dass es sechzehn Sarahs gab, die in der zweiten Hälfte der Siebziger im Großraum Innsbruck gestorben sind. Bei zwölf der sechzehn war von natürlichen Todesursachen auszugehen – zehn davon waren zum Zeitpunkt des Todes bereits über siebzig. Drei begingen Suizid und eine wurde ermordet.

Prammer berichtete: „Juni 1976, das Jahr würde passen. Sarah Polzer, sechzehn, erschlagen aufgefunden am Flussufer, auf der Höhe vom Sandwirt am Inn. Der Täter wurde nie gefunden."

„Da haben wir's", sagte Schmatz.

Valerie erinnerte sich an das Tour-T-Shirt und daran, dass Wolf Rock in diesem Jahr europaweit auf Konzerttournee gewesen war und im Juni vermutlich gar nicht im Land gewesen sein konnte. Überdies klang „Schandtat" viel zu harmlos für einen Mord.

„Keine voreiligen Schlüsse ziehen, Schmatz. Was haben wir noch?"

Der Assistent legte das Blatt mit den Todesfällen zur Seite, zog ein anderes zu sich und berichtete. Drei Sarahs wurden 1976 Opfer eines Verbrechens: der bereits bekannte Mord, eine Vergewaltigung und ein schwerer Raub. Die sexuell motivierte Straftat konnte vielleicht passen.

„Was wissen wir über die Vergewaltigung?"

Prammer nahm ein Blatt zur Hand und fasste zusammen: „März 1976. Sarah Wagner, neunzehn, spät nachts an ihrem Arbeitsplatz in einem Innsbrucker Café angegriffen und vergewaltigt. Allerdings ist der Akt geschlossen und es gab eine Verurteilung."

„Auch ein Geständnis?"

„Das müssten wir ausheben."

„Gut, tun Sie das bitte. Was war mit den Selbstmorden?"

Schmatz tippte auf der Tastatur herum und übernahm: „Keiner 1976. Einer ein Jahr darauf und zwei '79. Das können wir vergessen. Es war der Mord, glaub mir, Frau Mauser."

Prammer grinste und bremste den jungen Assistenten ein: „Sven, eine der wichtigsten Eigenschaften eines guten Ermittlers ist die, keine voreiligen Schlüsse zu ziehen. Die führen nämlich ganz schnell in die Sackgasse. Schau, wir haben einen ungeklärten Mord, klar wäre es da wünschenswert, den Täter vier Jahrzehnte später am Silbertablett serviert zu bekommen, hier ein Puzzlestück zu nehmen und dort reinzulegen, aber unsere Arbeit ist eben kein Wunschkonzert."

Dem Gesichtsausdruck nach leuchtete ihm das ein. Er fragte: „Also, was tun wir, Frau Mauser?" Auch Prammer sah sie erwartungsvoll an.

„Ich schlage vor, wir konzentrieren uns auf die Vergewaltigung und die drei Selbstmorde. Schmatz, ich schick dir das Foto eines T-Shirts mit Konzertdaten, gleich das bitte ab. Im August waren sie in Thaur. Behaltet immer *Wolf Rock* und *Schandtat* im Hinterkopf. Vielleicht kommt ihr an alte Polizeiberichte zum Konzert. Da wird es sicher rundgegangen sein, Schlägereien und Diebstähle vielleicht, aber sucht in erster Linie nach sexuell motivierten Hintergründen, auch Kleinigkeiten. Ich fahr dann zum Bergisel und bleibe dort. Ruft mich an, wenn ihr was habt. Gut?"

Beide nickten. Nachdem Valerie das Foto an Schmatz weitergeleitet und ihren Bericht an Oberst Berger im Schnellverfahren heruntergetippt hatte, fiel ihr noch die Liste für die Einlasskontrollen ein.

„Schmatz, hast du die Facebook-User erfasst?"

Er kramte eine einzelne Seite hervor und machte ein gespielt betrübtes Gesicht.

„Da, Frau Mauser. Das waren die größten Fische. Check mal, ob du einen von denen kennst."

Sie überflog die Usernamen, die Schmatz ihr herausgesucht hatte.

Klara Fall
Mickey Mouse
Darth Vader
Pippilotta Viktualia
Theo Retisch
Jorge Gonzales
Biene Willi
Lou Latsch

Sie senkte das Blatt so weit, dass sie Schmatz über die Kante hinweg ins Gesicht sehen konnte. Wie befürchtet grinste er bereits von einem Ohr zum anderen. Dass die Leute auf Facebook derart bescheuerte Namen verwendeten, war ihr vorher gar nicht aufgefallen, vermutlich, weil die Heftigkeit ihrer Wortmeldungen davon abgelenkt hatte. Jedenfalls waren es allesamt Pseudonyme. Unmöglich, die Dahinterstehenden innerhalb weniger Stunden ausfindig zu machen, so gut kannte sie das soziale Netzwerk mittlerweile auch. Valerie atmete aus und ließ das Blatt zurück auf seinen Schreibtisch gleiten.

Gegen halb zwei fuhr sie in Stolwerks Wagen hinauf zum Stadion. Auf dem Weg dorthin war bereits deutlich mehr Polizeipräsenz zu bemerken als in der Früh. So standen Einsatzwägen an allen großen Kreuzungen. Am Beginn der Brennerstraße mussten die Fahrzeuge einen Kontrollkorridor passieren, misstrauisch beäugt von Beamten mit Maschinenpistolen. Valerie musste sich ausweisen, um von der Brennerstraße zum Bergisel abzweigen zu dürfen. Über all diese Maßnahmen war Valerie nicht informiert worden, da sie bisher nur in das Bedrohungsszenario involviert gewesen war.

Entlang der gesperrten Zufahrtswege spazierten einzelne Gruppen nach oben – Alter, Kleidung und Gehabe nach eindeutig Wolf-Rock-Fans. Oben war das Graffiti bereits fachmännisch übermalt worden.

***

Am Anfang hat man ja nichts gesehen, und dass ihre Regel ausblieb und ihr öfter schlecht war, ging niemanden etwas an. Ein paar Burschen aus den höheren Klassen haben ihr Komplimente gemacht, dass sie noch besser aussehe als sonst und so, und auch der Deutschlehrer hat sich gefreut, dass er mehr zum Kneten hat. Sie wusste schon, was los war, aber es hat sich gut verstecken lassen. Dann ist ihr Bäuchlein gewachsen und eines Tages hatte sie keine Anziehsachen mehr, die weit genug waren, wie auch, wenn man kein Taschengeld bekommt. Die neidischen Schlampen in der Schule tuschelten, dass sie immer fetter wird, laut genug, damit sie es auch hören konnte.

Und dann war da der Tag, an dem ihr Vater den Braten gerochen hat. Weil so besoffen hat er gar nicht sein können, dass er sie nicht angeschaut hat, oft hat er dann sogar weinen müssen, weil sie ihn an ihre Mama erinnerte, und daran, dass sie ja tot war. Ein einziges Mal hat sie vergessen, die Badezimmertür zuzusperren. Er wollte nur schnell aufs Klo, aber dann war da ihr Bauch. Er hat ihn angestarrt, nicht lange überlegt, sondern reingeboxt, sie angeschrien, gesagt, er würde das Schwein umbringen, das seine Tochter geschwängert hat. Doch trotz aller Schläge hat sie ihm nie verraten, von wem das Baby ist. Und darauf ist sie heute noch stolz.

Jetzt ziehen sie zu zweit, haben es mit irgendwas festgemacht, und schreien sie an, sie soll um Himmels willen so fest pressen, wie sie kann. Aber genau das tut sie ja gerade! Plötzlich ein Ruck, als würde ihr der halbe Unterleib herausgerissen.

Danach spürt sie nichts mehr.

„Scheiße!", ruft der Arzt und ihr wird total schlecht.

***

Valeries Smartphone signalisierte eine neue E-Mail. Zuerst sah sie nur flüchtig auf das Display, aber die kurze Vorschau versprach Spannung: *LH Freudenschuss| Konzertdurchführung| Werte Empfänger, das heutige Konzert ist …*

Abgesagt?, reimte sie sich hinzu und rief den ganzen Text auf, gierig, den Inhalt zu erfahren, und wie meistens hakte das Internet gerade dann. Schließlich klappte es doch. Die E-Mail war an den Landespolizeidirektor, den LKA-Leiter, Brigadier Kolonovics und an sie adressiert.

Werte Empfänger, das heutige Konzert ist entgegen der Gerüchte selbstverständlich durchzuführen wie geplant. Die Weltstadt Innsbruck, zweimaliger Veranstalter der Olympischen Winterspiele, Spielort der Fußballeuropameisterschaft 2008, wird sich nicht von anonymen Rotzlöffeln terrorisieren lassen und ist selbstverständlich in der Lage, eine vergleichsweise simple Musikveranstaltung durchzuführen. Polizei und Verfassungsschutz haben mir versprochen, die notwendige Sicherheit in der Stadt herzustellen. Geschätzte Frau Mauser vom LKA wird allfälligen Bedrohungsszenarien Herrn Wolfs nachgehen und die Unversehrtheit des Musikers gewährleisten. Als Zeichen meines grenzenlosen Vertrauens in die Fähigkeiten unserer Exekutive werde ich persönlich den Auftritt unseres großen Tiroler Sohnes ankündigen. In Erwartung eines fulminanten Abends und grandiosen Finales verbleibt euer Hubertus Freudenschuss, Landeshauptmann von Tirol.

Auch das noch, dachte Valerie. Das Erscheinen des Politikers bedeutete zusätzlichen Stress, sowohl für die Polizei- und Ordnungskräfte als auch für sie persönlich. Dass sich der Landeshauptmann anmaßte, ihr Weisungen zu erteilen, gehörte zu seinem Selbstverständnis, entsprach aber keineswegs der Gesetzeslage. In diesem Fall konnte sie sich den Protest sparen, denn er hatte nur den Auftrag wiedergegeben, den sie Tage zuvor schon vom LKA-Leiter bekommen hatte: Wolf Rock wurde bedroht, und ihr Job war es, den Täter zu finden und von der Ausführung seiner Pläne abzuhalten. Jemanden dingfest zu machen, der dank Gustav Benz' halsbrecherischer Marketingaktionen zwischen Realität und Fiktion hin und her geisterte. Schwer genug. Immerhin musste sie keine *gewaltbereiten Zellen* davon abhalten, Kleinholz aus Innsbruck zu machen.

Im Inneren des Stadions war nun deutlich spürbar, dass es in wenigen Stunden ernst werden würde. Letzte Putzarbeiten. Oben am nördlichen, breiten Rand des Betonovals standen jetzt mehrere Imbisswägen und Verkaufsstände, deren Betreiber sich auf den bevorstehenden Großeinsatz vorbereiteten. Ein Rettungszelt war ebenfalls dort aufgebaut worden, Sanitäter in roten Jacken vertrieben sich die Zeit. Vor der Bühne stand Bollinger mit seiner Security, einem recht überschaubaren Haufen von Ordnungskräften, vielleicht zwei Dutzend, die beim näheren Hinsehen kein besonderes Vertrauen erweckten, denn neben zwei mutmaßlichen Kraftakrobaten, von denen sie einen bereits aus dem Hotel kannte, schätzte sie die anderen als Studenten, Hausfrauen und Frühpensionisten ein, hier noch ein Schriftsteller, dort noch ein Zirkusclown, und wenn man ehrlich war, hätten zwei der Figuren besser in dunkle Bahnhofsecken gepasst als hierher. Sie hoffte, dass der Eindruck täuschte, und ging auf den Securitymann zu.

„Hallo, Herr Bollinger. Ihre Truppe?"

Er wirkte beschämt.

„Ah, *hi*. Mauser war's, richtig?"

„Ist es immer noch. Kommen Sie bitte kurz mit."

Sie ging mit ihm außer Hörweite seiner Mitarbeiter.

„Sind das *alle*?"

„Ja, sehen Sie ... mir sind ein paar krank geworden, ein paar haben kurzfristig abgesagt, aber wir packen das schon."

Sie sah noch einmal zu der Gruppe hin, die sich gerade darüber amüsierte, dass sich ein Witzbold – der Clown, war ja klar – die neongelbe Weste als Hose anzuziehen versuchte.

„Wie qualifiziert sind die?"

„Ich ... sie ... jeder meiner Leute hat mein Sicherheitstraining absolviert."

Den Inhalt konnte sie sich vorstellen.

„Haben Sie schon davon gehört, dass Hooligans aus ganz Europa zu uns kommen wollen, Herr Bollinger? Und dass wir keine Ahnung haben, wie die heißen oder wie wir sie aussortieren sollen, abgesehen von optischen Merkmalen?"

Ein Anflug von Blässe umspielte seine Nase, er sagte aber nichts.

„Hey, Badass", wurde er von seiner mutmaßlichen Nummer zwei gerufen, „haben wir keine sauberen Leuchtwesten mehr?"

Bollinger gab einen Laut von sich, den man am ehesten als Bellen beschreiben konnte, dann schnaubte er und machte einen Schritt auf den sauberen Kerl zu, einer Dampflok nicht unähnlich, wurde aber von Valerie am Ärmel zurückgehalten. Ihr Handgelenk schmerzte, was sie sich nicht anmerken ließ.

„Bollinger, sehen Sie zu, dass Sie Ihren Haufen bis siebzehn Uhr auf Hochglanz bringen, und das meine ich jetzt nicht anziehtechnisch. Die Eingangskontrolle besprechen wir noch genauer. Ich mache Sie persönlich für alles verantwortlich, das heute Abend schiefgeht. Klar?"

Er runzelte die Stirn und ging zu seinen Mitarbeitern zurück. Valerie stemmte sich einhändig auf die Bühne und konnte nicht anders, als sich einmal auf Wolf Rocks Position zu stellen und das Stadion auf sich wirken zu lassen. Die schieren Dimensionen waren schon beeindruckend, aber wie mochte es sein, wenn einen dreißigtausend Besucher anstarrten und förmlich an den Lippen klebten?

Zufrieden sah sie, wie Bollinger mit angespanntem Gesicht und zackigen Armbewegungen zu seinen Mitarbeitern sprach, denen das Lachen vergangen war. Dann machte er vor, wie man eine Person fachmännisch abtastete. Den Clown.

Wie aus dem Nichts lag eine Hand auf ihrer Schulter. Dazu Pferdeduft.

„Mein Veilchen!"

Erschrocken fuhr sie herum und stieß dabei mit dem Ellenbogen in einen riesigen Bauch.

„Oh, Stolwerk, entschuldige bitte."

Kurz tat er so, als bliebe ihm die Luft weg, dann grinste er sie an und deutete nach hinten.

„Magst schauen?"

Er führte sie zum Zelt aus schwarzem Bühnenvorhang, welches man hinten rechts provisorisch errichtet hatte. Wusste man nichts davon, hätte man es gar nicht entdeckt, denn es hob sich kaum vom Hintergrund ab.

„Ist ein bisserl warm da drin, aber geht schon", sagte Stolwerk, der ihr den Vorhang zur Seite hielt.

Ein bisserl warm war schwer untertrieben, im Inneren hatte es locker fünfunddreißig Grad. Mit Sicherheit trugen auch die drei großen Monitore dazu bei, die in jeweils vier Bilder unterteilt waren und unterschiedlichste Blickwinkel der Bühne und ihres Umfelds zeigten, eines auch den Außenbereich. Sonst war es stockfinster und kaum ein Geräusch drang herein, ganz wie Stolwerk es haben wollte.

„Gemütlich, oder?"

„Hm." Sollte bedeuten: So gemütlich es eben sein konnte, sich mitten im Sommer in eine Sauna zu setzen.

„Schau, was man da alles einfangen kann, Veilchen", ließ er seiner Begeisterung freien Lauf und zeigte ihr die Ausschnitte. „Und mit dieser Kamera da kann ich schwenken und zoomen, so ungefähr, pass auf ..."

„Ja, schön." Sie wollte keine Sekunde länger als nötig im Inneren bleiben. Zusätzlich zur stickig heißen Luft roch es nämlich penetrant nach Pferd. Irgendwann würde sie es ihm sagen müssen.

„Stolwerk, wie kommunizieren wir dann?"

„Ich hab einen Satz Funkgeräte mit schalldichten Ohrstöpseln. Da, nimm dir gleich eins."

Sie prüften die Verbindung.

„Hast du noch mehr davon?"

„Insgesamt vier, Veilchen. Und das da." Er zauberte eine Packung Schokoriegel hervor. „Einen gleich und den Rest bei Bedarf. Versprochen?"

„Ja-ha."

Valerie hatte ein paar Minuten Luft, setzte sich auf die Bühnenkante, ließ die Füße baumeln und aß ihren Riegel. Stolwerk hatte schon Recht, Zucker würde sie an diesem Abend dringend nötig haben. Sie ließ ihren Blick durch die Anlage schweifen, beobachtete die verzweifelten Bemühungen Bollingers, das Maximum aus seiner Gurkentruppe herauszuholen. Über ihr kreiste schon länger ein Hubschrauber herum, es war wieder der Eurocopter der Polizei, was sie an James Bond Geyer erinnerte. Hoffentlich vergnügte er sich da oben nicht schon wieder auf Staatskosten. Überdies hatte sie schon lange nichts mehr von Wolf Rock und Gustav Benz gehört, auf die Geyer eigentlich aufpassen sollte. Also schleckte sie sich die Finger ab – die Schokoriegel waren in Stolwerks Sauna zu Schokopudding geworden – und kramte ihr Handy hervor.

„Ja."

„Herr Geyer?"

„Ah, Frau Mauser."

„Wo sind Sie?"

„Na wie vereinbart im Hotel bei Wolf und Gu... bei Semmelweis und Benz natürlich, wo sonst. Warten Sie einen Moment."

Valerie hörte Schritte, dann eine sich schließende Tür. Schließlich sagte er leise, als könnte jemand mithören: „Frau Mauser, ich habe zu dieser Seite auf Facebook etwas herausgefunden."

„Benz war's."

Kurze Pause.

„Woher wissen *Sie* jetzt schon wieder davon?", fragte er deutlich lauter.

„Sagen wir, ich habe so meine *Kanäle*", benutzte sie die Wortwahl des Verfassungsschutzes. „Und Sie?"

„Ich habe Benz in die Mangel genommen. Hat alles zugegeben. Und jetzt hat er Angst, dass er die Zeche zahlen muss. Gerade vorhin gab es einen riesigen Krawall am Südtiroler Platz."

„Was ist passiert?"

„Ich glaube, man hat ein paar Störenfriede aus einem Zug gefischt und die haben sich dann gewehrt. Sachschaden, eine zertrümmerte Scheibe, ein umgeworfenes Auto. Hinten steigt Rauch auf. Jetzt ist die Gegend voll von Einsatzkräften. Wenn ich's richtig seh, liegen Scharfschützen am Bahnhofsdach."

Er musste die Wahrheit erfahren.

„Herr Geyer, es sind Hooligans aus ganz Europa hierher unterwegs."

Er brauchte ein paar Sekunden.

„Aber dann ist es doch ein Wahnsinn, wenn wir das durchziehen!"

„Befehl von oben. Herr Geyer, wie bekommen wir Wolf Rock ins Stadion? Könnten Sie die Kollegen mit dem Hubschrauber vielleicht noch mal anrufen? Ich glaub, die schwirren schon die ganze Zeit über uns herum."

„Hab ich vorhin schon versucht, aber die werden für die Überwachung der Straßen gebraucht. Jetzt weiß ich auch, warum."

„Also, wie bekommen wir Wolf Rock dann hoch?"

„Laut Plan haben wir einen Straßenkorridor und Polizeieskorte, exakt zwanzig Uhr fünfundvierzig. Dann direkt rauf auf die Bühne und los geht's."

„Und wenn wir ihn jetzt gleich hochbringen?" Das Überraschungsmoment hätten sie für sich gehabt.

„Glauben Sie, da oben ist er sicherer als hier?"

Womit er auch wieder Recht hatte. Hier im Stadion gab es genug Möglichkeiten, sich auf die Lauer zu legen, aber wenige für den Star, sich vor Angreifern zu verstecken.

„Gut, Herr Geyer, dann melden Sie sich bitte, wenn sich Neues tut."

„Klar. Ciao."

Schneller, als sie ein passendes Wort zur Verabschiedung finden konnte, hatte Geyer aufgelegt.

Valerie verbrachte einige Zeit damit, zu telefonieren und mit verschiedenen Leuten zu sprechen. Bergiselchef Klee kam vorbei und teilte ihr zwischen zwei Funksprüchen mit, dass die Hälfte der Sicherheitsbeamten, die man ihm versprochen hatte, abgezogen worden sei, da sie in der Stadt selbst gebraucht wurde, und die andere Hälfte war mit der Sicherung der Zufahrts- und Zugangswege sowie der Zäune beschäftigt. Er sah sie auf eine Weise an, die suggerierte, dass dies somit ihr Problem sei, weil sie und Polizei und so. Noch bevor sie ihn fragen konnte, wie sie sich das vorstellen sollte, war er schon wieder weg, von einem Brand zum nächsten, wie er es ausdrückte, Kopf hochrot, das Funkgerät schon wieder vorm Mund.

Je länger sie Bollinger und seinen Leuten zusah, desto klarer war ihr, dass sie so viel Unterstützung von den Kollegen nötig hatten, wie sie nur bekommen konnten. Was Valerie veranlasste, ihren Chef anzurufen.

Doktor Berger, der sich zu ihrer Überraschung gar nicht kritisch über ihren Bericht äußerte (obwohl dieser kaum seinen Ansprüchen gerecht werden konnte), wollte sich um Polizeipräsenz im Stadion bemühen. Allerdings teilte er Valeries Einschätzung, dass man jeden freien Polizist in die Stadt beordern müsste, um die Chaoten in den Griff zu bekommen und die Bevölkerung zu schützen. Im Übrigen sollte sie sich auf Wolf Rock konzentrieren und nicht die Verantwortung für die öffentliche Sicherheit auf dem Konzert übernehmen, was der LKA-Leiter zwar nicht wörtlich gesagt, aber zwischen den Zeilen durchklingen hatte lassen.

Prammer und Schmatz waren weiterhin dabei, Details über die Vergewaltigung und die drei Selbstmorde zu recherchieren. Im März 1976 – als Sarah Wagner vergewaltigt worden war – hielt sich Wolf Rock in den Vereinigten Staaten auf. Sie fanden auch keinerlei Verbindung oder Berührungspunkte zwischen den beiden. Der Täter, Sarah Wagners Ex-Freund, hatte die Tat gestanden. Diese Spur konnten sie also vergessen. Blieben noch die drei Selbstmorde, einer '77, zwei '79, doch Details ließen sich schwer herausfinden, denn solange es keine Anhaltspunkte für Fremdverschulden gab, fand man auch nichts in den Archiven, und Medienberichte konnte man aufgrund des *Werther-Effekts* vergessen: Je mehr man von Suiziden berichtete, desto mehr Leute brachten sich um. Also gab es einfach keine Berichte.

Auf Valeries Nachfrage, was Prammer und Schmatz rund um das '76er-Konzert in Thaur herausgefunden hatten, informierte sie der Assistent, dass lokale Polizeiberichte aus dieser Zeit nicht digital archiviert worden seien, womit ein weiterer Hoffnungsschimmer erlosch, die richtige Sarah noch rechtzeitig aufzuspüren. Die beiden wollten trotzdem dranbleiben und sich melden, wenn es Neues gab.

***

Zuerst wollte ihr Papa, dass sie es wegmachen lässt, aber dann hat er gemerkt, dass das nicht so einfach ist, vor allem, wenn es geheim passieren soll. Also hat er ihr befohlen, alles zu verschweigen. Aber wem hätte sie es schon sagen sollen? Verwandte gab es kaum, Freunde schon gar nicht, ihr Papa hatte übrigens auch keine. Der soff den ganzen Tag so viele Rum-Cola, dass er oft schon ab Mittag keinen geraden Satz mehr herausbrachte. Dazu starrte er in den Fernseher, sogar beim Kasperltheater und den ganzen Kindersendungen und dem Testbild, total peinlich. Manchmal hat er ihr leidgetan, dann hat er sie wieder geschlagen und sie ihn gehasst. Die letzten Wochen vor der Geburt hatte sie sowieso Hausarrest. Er hat das mit der Schule geregelt. Einmal kam ein Mann zur Kontrolle, den er dann ziemlich unfreundlich weggeschickt hat. Sie saß die meiste Zeit in ihrem Zimmer und stopfte Zeug in sich rein, merkte, wie sie langsam immer fetter wurde, noch viel fetter, als man normalerweise wird, wenn man schwanger ist. Und sie hörte SEINE Musik im Radio, und wenn ihr Papa weg war, ganz laut die Schallplatte, die sie zwischen Kasten und Wand versteckt hat.

***

Valerie verpasste Bollinger eines von Stolwerks Funkgeräten, womit dieser nun zwei hatte – zur Kommunikation mit seinen Leuten hatte er bereits einen Stöpsel im rechten Ohr, nun musste es eben stereo gehen, da die beiden Funkkreise technisch nicht kompatibel waren. Er verständigte sie davon, dass man nach Rücksprache mit dem Bergiselchef und den verbliebenen Exekutivbeamten beschlossen hatte, nur einen einzigen Eingang zu öffnen, um sich ganz auf die Kontrolle konzentrieren zu können: den oben im Nordwesten, gesichert von einem hohen Metalltor. Dahinter drängten sich schon Scharen von Besuchern, auch auf den Zugangswegen wurde es immer dichter. Der Plan war: Alle Besucher mussten Kontrollschleusen aus mobilen Absperrungen passieren. Wer den Anschein erweckte, ein Hooligan zu sein, sollte in einen Seitenbereich gebracht und von Bollinger oder seinem Stellvertreter persönlich gefilzt werden.

Dann kam noch Doktor Bergers Rückruf, laut Stellungnahme der Polizeidirektion könne man zwar keine Polizisten fürs Konzertgelände abstellen, man würde aber auf den Zufahrts- und Zugangswegen im Stadtgebiet so viele verdächtige Personen wie möglich anhalten und herausfiltern. Er bestätigte Geyers Bericht von Krawallen am Bahnhof und fügte hinzu, dass bereits dutzende Subjekte verhaftet oder vertrieben worden waren, es jetzt aber neue Störaktionen in der Innenstadt gab. Womit sich ihre Befürchtungen bestätigten: Kaum Polizei fürs Stadion. Es musste verhindert werden, dass Störenfriede hineinkamen, und die Einlasskontrolle war die einzige Chance. Bollingers Gurkentruppe.

Valerie stand am oberen Rand des Stadions, sah auf die Stadt hinunter und holte einmal tief Luft. Der Hubschrauber patrouillierte entlang der Autobahn. Ein Propellerflugzeug flog mit einem Werbebanner hin und her. Immer wieder hörte man Folgetonhörner und Geräusche aller Art aus der Stadt. Akustisch kam es ihr vor wie ein Silvesterabend, vorzeitig abgefeuerte Pyrotechnik, weit entfernt Böller und Knattern, einmal aus dieser, einmal aus der anderen Richtung. Zu sehen war davon nichts, es war helllichter Tag und die Sonne stand noch hoch am Himmel. Über den Gipfeln bildeten sich aber immer mehr Quellwolken, man hatte vorhergesagt, dass es in der Nacht zu Gewittern kommen könnte.

Krachen wird es so oder so, dachte Valerie in angespannter Erwartung. Dabei hätte sie genau in diesem Moment durch die Altstadt flanieren und ein Eis schlecken können, zusammen mit Stolwerk, wahrscheinlich hätten sie sich das Maul über Titus Frankenfest und sein peinliches Selbstfindungsseminar zerrissen, über die Leute gewitzelt, die ernsthaft auf seine Übungen eingestiegen waren, hätten getrunken und gelacht. Hätte Benz nicht mit dem Feuer gespielt. Hätte man das Konzert nur rechtzeitig abgesagt, statt es wider alle Vernunft durchzuziehen. Wolf Rock und seine Entourage wären längst über alle Berge. Niemand hätte sich vor Hooligans fürchten müssen. Wahrscheinlich hätte sie ihre Schwester Lilian angerufen und mit ihr über das Baby gesprochen, dessen Patin sie werden sollte.

Hätte, wäre, wenn ... da tauchte plötzlich der *Hättiwari* aus ihrer Erinnerung auf, ein kleines Monster, das ihr Vater immer dann gemimt hatte, wenn sie, ihre Schwester oder ihre Mutter in den Konjunktiv verfallen waren. Wenn sie sich recht erinnerte, hatte es da sogar eine Handpuppe gegeben, das Hättiwari-Monster, vielleicht ein pädagogischer Versuch, den Charakter seiner Töchter zu festigen. In der Vergangenheit getroffene Entscheidungen zu bedauern, sich auszumalen, was anders kommen hätte können, war Hartmut Mauser völlig fremd gewesen. Als führender Wiener Staatsanwalt war er sicher täglich mit Delinquenten beschäftigt gewesen, die ihr Schicksal in dieser typisch österreichischen Art bedauert hatten. Hätte ich den Pfad der Tugend nicht verlassen. Wäre ich nur nicht drauf eingestiegen. Wenn ich nicht so dumm gewesen wäre ... Für ihn war sonnenklar gewesen, dass man zu Entscheidungen stand, wenn sie einmal getroffen waren, und dass man mit ihren Folgen fertigzuwerden hatte, statt sich ein anderes Schicksal zu wünschen. Wer ein Delikt begangen hatte, wer es auch nur versuchte oder dazu beitrug, hatte die Konsequenzen zu tragen. Mitgegangen, mitgehangen. Wie er es in seinem Beruf hielt, so hatte er es auch privat gemacht: Er war felsenfest zu seiner Familie gestanden – und zu seiner Frau, so verschieden die beiden auch gewesen sein mochten. Sie die Society-Lady, er der entwurzelte Tiroler, da hatte man sich nicht nur darum gestritten, wo die Familienurlaube verbracht werden sollten. Trotzdem war eines unverrückbar gewesen: Sie waren eine Familie, sie blieben eine Familie. So sehr sie ihrem Vater nacheiferte, in dieser Beziehung tat sie sich schwer, denn nachdem er gestorben war, hatte sie Fehler in ihrem Leben gemacht, hatte Entscheidungen getroffen, die sie schon tausendmal bereut hatte. Sie wusste, dass das auch der Grund war, warum sie sich nie für länger an andere Menschen binden konnte: weil es verantwortlich machte. Alternativen ausschloss. Das Hättiwari-Monster heraufbeschwor.

Und trotzdem hatte sie die Patenschaft angenommen, ohne mit der Wimper zu zucken.

Vielleicht ein guter Anfang, dachte sie und seufzte. Ein Donnerschlag schreckte sie auf, mitten aus der Menschenmenge kommend, die auf der Zufahrtsstraße unter ihr auf den Einlass wartete, laut genug, dass der Geräuschteppich, den so eine Ansammlung unweigerlich verursachte, plötzlich erstarb. Dann Schreie und Pfiffe, Fans rempelten andere Fans an, eine Masse von Köpfen wogte wellenförmig hin und her, Aufruhr. Keine Kollegen in Sicht. Valerie lief zum Eingang, wo Bollinger und seine Leute angespannt auf das O.K. warteten, die Schleusen zu öffnen. Das Gedränge, das sich jetzt vorm Metalltor abspielte, war unbeschreiblich. Keine Chance, draußen etwas auszurichten. Verängstigte Schreie. Noch war es eine halbe Stunde zu früh, erst um siebzehn Uhr sollten die Menschen hereingelassen werden. Aber das war ein Notfall. Sie mussten sofort etwas gegen das Gedränge tun. Druck aus der Menge nehmen. Und das ging nur in eine Richtung: ins Innere des Stadions.

„Bollinger, sind Sie fertig?“, schrie sie ihn an.

„Noch zu früh!“

„Los, machen Sie auf, bevor die sich alle zerdrücken.“

„Wir haben noch kein O. K.!“

Jemand schrie um Hilfe. Jemand kreischte, dann kreischten viele.

„Egal. Los jetzt.“ Natürlich übernahm sie damit Verantwortung, die sie nicht zu übernehmen brauchte, doch Nichtstun war schlimmer.

Bollinger zuckte mit den Schultern und schloss persönlich das Tor auf. Valerie blieb auf der anderen Seite. Schnell wurde klar, dass seine Muskeln kaum ausreichten, diese menschliche Monsterwelle aufzuhalten. Zwei seiner Mitarbeiter stürmten hinzu, auch Valerie kam ihm zu Hilfe, stemmte sich gegen die Flut, um nicht zu viele Besucher auf einmal in die Kontrollkorridore dringen zu lassen. Mehrere Minuten lang hielten sie dem Ansturm stand, bis Valerie plötzlich einen Schlag auf die Nase bekam, woher auch immer, spitz und heftig, sie sah Sterne, zwang sich, die Augen aufzureißen und sich zu orientieren, jemand schob sie weg, sie drehte sich herum, wieder auf das Tor zu, doch sie war wie betäubt und ging in die Knie. Jemand fasste ihr unter die Achseln und zog. Dann wurde ihr schwarz vor Augen.

***

Ihr Papa hat dann auch die Idee mit der Hebamme gehabt, eine alte Bekannte, die ihm noch etwas schuldete. Als die Wehen kamen, sie weiß genau, es war während „Bitte zu Tisch", einer Kochsendung mit Brigitte Xander, rief er sie an und bald darauf war sie in der Wohnung und hat alles vorbereitet. Zuerst ging es auch gut, die Wehen kamen immer öfter und so, bis es gegen Mitternacht voll losging. Beim ersten Mal pressen hat sie noch gedacht, jetzt ist das Baby schon da, dabei hat es nur fürchterlich gestunken, weil sie sich angeschissen hat, total peinlich, aber die Hebamme hat gesagt, das ist normal und sie soll einfach weiterpressen. Aber das Baby wollte nicht rauskommen, es steckte irgendwie fest. Da war es der Hebamme dann nicht mehr egal und sie hat die Rettung angerufen, obwohl ihr Papa ihr mit Schlägen gedroht hat, wenn sie das tut. Aber er hat sich dann doch nicht getraut, sie zu schlagen, und bald darauf lag sie schon in diesem furchtbaren Kreißsaal, der mehr wie eine Metzgerei aussah als sonst was.

Sie hebt den Kopf und sieht, wie der Arzt das Baby vor ihr in seinen Händen hält. Eigentlich schaut es gar nicht aus wie ein Baby, eher wie ein Fleischklumpen, dunkel, blutig und schmierig. Etwas ist um seinen Hals gewickelt, und da hängt noch mehr Zeug dran. Er macht es weg, dann sieht er zur Schwester, sie folgt seinem Blick, die Hexe zuckt mit den Schultern, als würde sie *selber schuld* sagen wollen, die blöde Sau, der Doktor klopft dem kleinen Körper auf den Rücken, erst leicht, dann immer fester, dann schüttelt er seinen eigenen Kopf. Sie hat Angst, dass es dem Kind schlecht geht. Um sie herum fliegen Funken. Dann kribbelt ihr Nacken, jemand schreit, gleich darauf wird es dunkel.

***

„Veilchen, um Himmels willen!“ Stolwerk tätschelte ihr Gesicht. „Bist in Ordnung?“

Gute Frage. Eher nicht.

„Geht schon“, sagte sie, hockte sich auf und schniefte das Blut zurück. Sofort quoll neues nach.

„Ich hab’s am Bildschirm gesehen, heiliger Blauschimmelkäse, Veilchen, ich dachte schon, jetzt rennen’s dich nieder!“

Mit weichen Knien stand sie auf und ließ sich von einem Rettungsmann zwei Tupfer in die Nase schieben, einem Boxer in seiner Ecke gleich. Tatsächlich erinnerte sie die Szene an ihre Kämpfe im Boxclub Wien, in ihren Zwanzigern. Damals war es leicht. Tupfer rein, Tupfer raus, Salbe rein, Mund ausspülen, kühles Handtuch in den Nacken, Traineranweisungen, denen sie nicht zuhörte, Mundschutz, aufstehen, Fäuste hoch und ran an den Gegner. Das Dumme hier: Sie wusste nicht, wer ihr Gegner war.

Stolwerk legte ungleich weniger Pathos an den Tag, als er vor sie trat und fragte: „Weißt, an wen du mich grad erinnerst?“

„Hm?“

„An ein Walross mit Zahnfleischbluten!“

Und dann drückte er sie so fest, dass es in der Wirbelsäule knackte.

Der Rettungsmann verfolgte sie auf Schritt und Tritt, sagte irgendwas von Röntgen und Nasenbein, was sie ignorierte, bis sie ihn schließlich vertrieb. Sie ahnte, dass sie ihrem Spitznamen in ein paar Tagen wieder alle Ehre machen würde, und Stolwerk würde sie unverblümt darauf hinweisen. Jetzt musste sie erst mal die Blutung unter Kontrolle bringen. Die Schmerzen teilten sich fifty-fifty auf Handgelenk und Nase auf, was vielleicht gar kein Nachteil war, denn nun setzte sie ihre rechte Hand wieder ein, ohne viel darüber nachzudenken. Der Einlass funktionierte besser als erwartet, der erste Andrang war bewältigt, Bollinger hatte einen Mann erwischt, der bengalische Fackeln ins Stadion schmuggeln wollte, und hatte ihn kurzerhand mit Kabelbindern an einem Holzpfahl festgebunden. Zweifellos würde es einigen Besuchern trotzdem gelingen, unerwünschte Gegenstände ins Innere zu bringen. Egal. Solange nicht Gefahr im Verzug war, wollte Valerie sich raushalten und sich auf die bevorstehenden Aufgaben konzentrieren. Eigentlich nur auf eine einzige Aufgabe: herauszufinden, wer Wolf Rock bedroht, und ihn von der Verwirklichung seines Vorhabens abzuhalten.

Im Moment war noch so wenig im Stadion los, dass die Situation unbedenklich war, alles schien friedlich, auch draußen, und so blieb es für längere Zeit. Die Zuschauerränge füllten sich nur langsam. Dafür wuchs die Zahl der an Pfähle und Maschendrahtzäune gefesselten Personen, Bollinger nahm es besonders genau, sodass er bald nicht mehr wusste, wohin mit den Verdächtigen. Uniformierte Beamte suchte man weiterhin vergeblich. Aus den Bühnenlautsprechern drang Musik, hauptsächlich deutsche Klassiker, Nena, Geier Sturzflug, Peter Schilling, Falco und die Spider Murphy Gang, Grönemeyer. Wolf Rocks Zeitgenossen. Langsam fingen die Leute an zu tanzen, je näher bei der Bühne, desto eher, doch *Stimmung* konnte man es nicht nennen, zu weit verteilt waren die Menschen in der riesigen Anlage (und es war auch viel zu hell), als dass sie sich getraut hätten, jetzt schon aus sich herauszugehen. Bier war angesagt: Eine große österreichische Brauerei hatte mehrere Ausgabestationen über das Stadion verteilt. Es war heiß und schwül. Gut für den Konsum.

Beim Passieren des oberen Rings konnte Valerie einen Blick in die Stadt hinunter werfen. Weiterhin drangen verdächtige Geräusche herauf, am lautesten die Signale der Einsatzwägen, dazwischen immer wieder ein Knall. Vorhin auch die Feuerwehrsirene irgendwo im Stadtgebiet. Am Bahnhof stand ein Waggon in Flammen. Wenn man genau hinsah, konnte man die Wasserfontänen erkennen, mit denen der Brand auf den Gleisen bekämpft wurde. Die Chaoten machten ihrem Namen alle Ehre. Wenigstens gelang es den Kollegen, den größten Teil vom Heraufkommen ins Stadion abzuhalten, womit diese sich andere Ziele als das Wolf-Rock-Konzert aussuchten. Hoffte sie jedenfalls.

Gegen halb sieben, eine Stunde bevor Sandro Weiler mit dem Vorprogramm beginnen sollte, eskalierte die Situation am Einlass noch einmal. Bollinger hatte derart viele Personen am Zaun eines angrenzenden Wohnhauses befestigt, dass es diesen mit vereinten Kräften gelungen war, die gesamte Vorderseite aus der Erde zu reißen und sich mitsamt dem Drahtgeflecht und der Steher auf den Weg ins Stadion zu machen. Offensichtlich waren sich genug der Festgehaltenen über die Richtung einig, wer sich weigerte oder stolperte, wurde einfach mitgeschleift. Zwar konnte diese Meute nichts anderes tun, als Leute anzurempeln und vor sich herzutreiben, schließlich waren ihre Hände hinterrücks zusammengebunden, doch die Menge geriet trotzdem in Aufruhr. Schreie, über Betonstufen hinunterstolpernde Menschen. Valerie befand sich zu diesem Zeitpunkt auf der Bühne, keine Chance, schnell genug auf die gegenüberliegende Seite zu kommen. Bollinger rannte hinter der menschlichen Abrissbirne her. Als diese die Zuschauerfläche vor der Bühne erreicht hatte, gelang es ihm zusammen mit seiner Nummer zwei, sie zur Gänze zu Fall zu bringen, womit ein Aufstehen unmöglich war. Sie sahen aus wie eine Gruppe von Schildkröten – wahlweise auch Mistkäfern –, die man auf den Rücken gedreht hatte. Valerie zählte schnell durch und kam auf fünfzehn Leute, die für diesen Zirkus verantwortlich zeichneten. Dann tat Bollinger etwas, das sie ihm nicht zugetraut hatte: Er zwickte einen nach dem anderen vom Draht, nahm einen neuen Kabelbinder aus dem Strauß an seinem Gürtel und verband jeweils vier der Störenfriede, sodass diese in alle vier Himmelsrichtungen schauen mussten und folglich keine gemeinsame Richtung einschlagen konnten, ohne mindestens einen von ihnen als Ballast hinter sich herziehen zu müssen. So brachte man sie grüppchenweise hinauf zum Bereich hinter dem Haupteingang, wo man sie am Boden Platz nehmen ließ und zu guter Letzt die Vierergruppen auch noch an den Füßen verband. Nach diesem Modell hätte er das gesamte Publikum zusammenhängen können.

Während des Aufruhrs war der Haupteingang geschlossen gewesen. Trotz des fehlenden Begrenzungszauns war es niemandem gelungen, unkontrolliert ins Stadion zu gelangen, da die Grenze zum Nachbargrundstück mit dichten, stacheligen Hecken bewachsen war. Auch Drängerei gab es keine mehr. Der Einlass wurde wieder geöffnet und nach und nach füllte sich das Stadion.

***

Die ersten Wochen waren schlimm. Sie hat ziemlich zugelegt, auch nach der Geburt noch, vor lauter Kummer. Bald wollte sie gar nicht mehr in den Spiegel schauen, so fett ist sie geworden.

Doch immer, wenn sie in das Gesicht des Babys sieht, geht es ihr besser, weil es SEINE Züge hat, ganz sicher. Sie liebt IHN und alles an IHM. Bald würden sie eine glückliche Familie sein. ER muss nur noch von SEINEM Kind erfahren.

Sie hat versucht, IHN heimlich anzurufen, von der Telefonzelle vorm nächsten Block aus, und dabei ihre letzten Schillinge vertelefoniert. Zuerst hat sie sich furchtbar blöd angestellt mit der Nummernauskunft und so weiter, aber dann war da diese liebe Frau am Telefon, die ihr geholfen hat, nachdem sie ihr heulend die ganze Wahrheit erzählt hat, auch dass ER der Vater ist und sie deshalb unbedingt mit IHM sprechen muss. Dabei hat sie Angst bekommen, die Frau könnte sie verpetzen, aber nichts. Es dauerte eine Weile, dann wurde sie mit einem Herrn Laus verbunden, dessen Stimme ihr gleich bekannt vorgekommen ist. Aber der hat ihr gar nicht richtig zugehört, sie sogar ausgelacht! Als sie sich dann nicht abschütteln ließ, hat er sie total zusammengeschissen, ungefähr so: „Wenn du ihm ein Kind unterschieben willst, musst du dich hinten anstellen!“ Das mit dem Unterschieben hat sie nicht verstanden, das mit dem Anstellen schon. Also hat sie sich gedacht, stellt sie sich eben an.

Jetzt steht sie schon seit zwei Stunden mit dem Kinderwagen in der Schlange. Um vierzehn Uhr gibt es eine

Autogrammstunde mit IHM im DEZ, dem Innsbrucker Einkaufstempel am Stadtrand. Die Gelegenheit, IHN zu treffen und IHM alles zu gestehen. Bald wird ER da sein. Sie ist genauso aufgeregt wie damals. Nur dieses Mal hat sie ein süßes Geschenk für IHN mit dabei. Da fängt das Baby an zu schreien und sie nimmt es zur Brust, die anderen tuscheln und kichern.

„Was?", fährt sie die Vollnutten an und sie kichern noch mehr, dann glaubt sie, „fette Kuh" gehört zu haben und muss weinen.

***

Um Punkt neunzehn Uhr dreißig betrat Bergiselchef Mike Klee die Bühne, sichtbar abgekämpft und überfordert. Da hatte er nun seinen Hexenkessel, freilich anders als geplant. Valerie beobachtete das Geschehen zusammen mit Stolwerk in dessen Saunazelt. Ihre Nase blutete nicht mehr. Dafür schwoll sie jetzt langsam an und der Geruchssinn kam ihr abhanden, was keinen besonderen Nachteil darstellte, denn hier drin stank es mittlerweile sicher nicht mehr nur nach Pferd.

Immer noch war genügend Platz im Stadion, doch die ersten zehn Reihen vor der Bühne standen jetzt kompakt. Die Kolonnen vor dem Einlass ließen keinen Zweifel aufkommen, dass man bis zum Wolf-Rock-Konzert die angepeilte Zuschauerzahl erreicht haben würde.

„Hochverehrtes Publikum, meine sehr geehrten Damen und Herren, willkommen am Bergisel!"

Stille.

„Wir freuen uns auf eine wunderbare, magische Nacht mit Wolf Rrrock!"

Jubel, der bis in Stolwerks Zelt hineindrang. Da war sie plötzlich, die Stimmung.

„In wenigen Stunden ist es so weit. Begrüßen Sie nun auf Wunsch der Kulturstiftung der Innbank einen lokalen Musiker: Sandro *Weller*!“

Stille. Dann bescheidener Applaus. Valerie verließ das Zelt und spähte um die Seitenwand herum, gerade in dem Moment, als Sandro direkt an ihr vorbeiging und ihr noch ein „Hallo Valerie!“ zuwarf, das sie verschämt erwiderte.

„Hallo Sandro! Alles Gute!“ Dazu zeigte sie ihm ihre gedrückten Daumen und kam sich eine Sekunde darauf wie hundert vor. Aber er hatte ihr zugezwinkert. Ihr, nicht ihren Haaren. Dann setzte er sich alleine vorne an der Bühne auf einen Barhocker und begann mit dem lauten *Sonne und Mond*. Kaum jemand schien Sandro zu kennen, kaum jemand schenkte ihm seine Aufmerksamkeit. Zuerst war noch so etwas wie Neugier vorhanden, dann übertönte der Geräuschpegel des Publikums bald das, was aus den Boxentürmen kam. Seine Lieder waren nun mal eher leise, selbst wenn man sie verstärkte. Er ließ sich davon nicht beirren und ging nahtlos ins Lied *Paris* über, das etwas flotter war. Manche wackelten im Takt mit. Insgesamt sollte er aber mit seiner Aussage Recht behalten, dass dies nicht sein Publikum war. Er spielte sein Programm, die Menge hörte nicht hin, die wenigen Ausnahmen bestätigten die Regel. Seine Songs wurden zur Hintergrundmusik, die man als gegeben hinnahm. Was wohl auch mit Sandros Art zu tun hatte. Seine Musik war ein Angebot, kein Befehl. Man musste sich Zeit nehmen und darauf einlassen. Doch es gab zu viele Ablenkungen. Die paar, die zuhören wollten, konnten die Musik irgendwann nicht mehr vom übrigen

Lärm unterscheiden. Erste Pfiffe und Buh-Rufe, als er nach Valeries Lieblingslied, *Schwerelos*, mit *Kreise* einen weiteren ruhigen Song anstimmte.

Valerie wünschte sich für Sandro, dass er das Publikum doch noch auf seine Seite bringen würde, und suchte nach Menschen, denen seine Musik gefiel. Da war zum Beispiel diese junge Dame in der Mitte der ersten Reihe, direkt vor Sandro, die heftig applaudierte, mitsang und förmlich an seinen Lippen klebte. Blass, grell geschminkter Mund, die Augenpartie so dunkel, dass sie aus der Ferne betrachtet an einen Waschbären erinnerte, dazu rote Strähnen im schwarzen Haar ...

Mooooment ... die kannte sie doch!

Die Schlampe!, maulte die böse Souffleuse.

Die Frau, die Valerie in den vergangenen Monaten immer wieder zusammen mit Sandro gesehen hatte – einmal war sie aus seiner Wohnung gekommen und hatte sie angegiftet, ein andermal hatte sie die beiden beim gemeinsamen Spazieren entdeckt, die Kleine hatte stets Minirock, Netzstrümpfe und Klapperstiefel getragen, sicherlich auch jetzt. Ein ungleiches Paar. Hier der ehemalige Klosterschüler, dort der Gothic-Vamp, das ging eigentlich nicht zusammen. Oder doch? Hatte sie ja eigentlich auch nicht zu interessieren.

Trotzdem du mehr erfahren musst!, machte die böse Souffleuse auf Meister Yoda.

Obwohl sich dieses Früchtchen alle Mühe gab, abstoßend zu wirken, war sie seltsam hübsch, passte in ihre Rolle, jedenfalls sehr viel besser als die Dame gleich neben ihr, die einem optischen Supergau gleichkam, Marke Presswurst ...

Mooooment ... die kannte sie doch auch!

Elke Mumm, erinnerte sie sich sofort. Die Obfrau des Wolf-Rock-Fanclubs. *Die Besessene!* Die, die behauptete, Wolf Rock und sie hätten zusammen ein Kind. Die, für die der Star die Hand ins Feuer legen würde. Schmatz hatte sie als lebendige Raupe aufs Flipchart gezeichnet, und eines konnte man ihr wirklich nicht vorwerfen: dass sie ihren Stil nicht konsequent durchzog. Sie trug ein knallgelbes Oberteil, gut fünf Größen zu klein, die Fettringe voluminöser als ihr Vorbau. Sie war ähnlich üppig geschminkt wie die Gothic-Dame, schillerte aber in den buntesten Farben. Egal, was diese Frau an ihrem Auftritt änderte, sie konnte es nur besser machen.

Valerie hatte versucht, sie zu erreichen, weil sie Prammers Urteilsvermögen nicht mehr so recht traute, jetzt stand die Frau – die gar kein schlechtes Motiv hatte, Wolf Rock zu bedrohen – vorne, keine zehn Meter von ihr entfernt. Valerie entschloss sich, ihr ein paar Fragen zu stellen. Nebenbei konnte sie auf diese Weise auch eine geistige Nahaufnahme dieser Gothic-Prinzessin knipsen. Also ging sie hinten von der Bühne, um diese herum, hinein in den Korridor, den Spalt zwischen Bühne und Publikum, in dem sich Security, Kameraleute und andere Arbeitskräfte aufhielten. Direkt vor ihr Elke Mumm, daneben Miss Gothic, die lauthals mit Sandro Weiler mitkrähte. Lauthals und fürchterlich verbogen. Sie war noch jünger, als Valerie geschätzt hatte, kaum zwanzig, ihre Haut makellos.

Kein Wunder, dass sie Sandro gefällt.

„Hallo, Sie? Hallo!“, brüllte Valerie und trat noch einen Schritt näher an Elke Mumm heran. Jetzt trennte sie nur mehr die Absperrung zwischen ihnen.

„Frau Mumm?“

Die Dame war nicht nur ziemlich taub, sondern auch ziemlich groß, Marke Ex-DDR-Hammerwerferin. Gut, wenn man dazu noch Modelmaße hatte, schlimm, wenn nicht. Ihr Blick senkte sich endlich zu ihr hinunter.

„Ja?“ Ihre Stimme passte ins Bild, mehr gab es dazu nicht zu sagen.

„Mein Name ist Mauser, ich bin von der Polizei. Darf ich Sie was fragen?“

„Muss das jetzt sein? Ich hör so gern dem Lied zu!“

„Es wäre wegen Wolf Rock.“

„Ja? ... Was ist mit ihm? Geht es ihm gut, dem Wolferl?“

Wolferl? Egal. Große Augen zeigten, dass ihr jetzt Mumms ungeteilte Aufmerksamkeit gehörte.

„Ja, es geht ihm gut, aber ich würde gerne wissen, warum Sie ...“

„Alte, halt doch endlich die Klappe!“, tönte es schräg von der Seite. Valerie wusste genau, von wem, scheute sich kurz davor, ihren Kopf zu drehen. Tat es dann aber doch. Die Gothic-Schnalle starrte sie empört an.

„Was haben Sie gerade gesagt?“

„Du-sollst-die-Klap-pe-hal-ten!“, schrie diese, als wäre ihr Gegenüber eine senile Hundertjährige. Die Frechheit des Früchtchens lähmte Valerie für einen Moment. Auch der bösen Souffleuse hatte es die Sprache verschlagen.

„Mauser, Landeskriminalamt ...“

„Jaja, weiß ich alles schon, ich bin ja nicht vollkommen bescheuert. Klappe zu.“

„Ich glaub, ich hör nicht recht!“

„Das kann schon sein, aber dreh dich einfach um und hör dem Sandro zu, gleich kommt das letzte Lied. Respektier ihn so, wie er dich respektiert!“

Weil sie gerade nur Bahnhof verstand, und Sandro eben mit *Zur Ruh* begonnen hatte, das sinnigerweise sein schnellstes und lautestes Lied war, drehte sie sich tatsächlich um und sah zu ihm hoch. Sofort trafen sich ihre Blicke. Er lächelte und setzte die Gitarre wieder ab.

Stille. Und Augen, die sie fixierten.

„Das letzte Lied widme ich ..."

Oh Gott.

„... einem ganz speziellen Menschen ..."

Bitte lass es die blöde Schnalle sein. Bittebitte.

„... meiner lieben Nachbarin ..."

Die wohnt auch im Haus?

„... Valerie Mauser!"

Valerie stand da wie angewurzelt. Jemand tätschelte ihr von hinten auf die Schulter. Kein DDR-Hammerwerfer – mehr das Schnallenmodell. Sandro lächelte sie an und begann zu spielen. Jetzt musste sie hier stehen bleiben und ihm zuschauen, ob sie wollte oder nicht. Eigentlich wollte sie ja. Also rührte sie sich nicht, während Sandro auf seinem Hocker hin und her wackelte.

Staubtrocken!, rief die Souffleuse. *Staubtrocken!*

„Die Sonne ... ist untergegangen ... und die Grillen ... haben zu zirpen begonnen ..."

So vertrocknet wollte sie jetzt auch wieder nicht erscheinen, also wiegte sie sich dezent im Rhythmus des Liedes. Dann ihre Lieblingszeile:

„Und die Bienen ... sind zu Hause ... bei ihren Waben ... und ich denk mir ... was für ein schöner Sommerabend."

Es juckte sie zwar, aber sie konnte doch nicht einfach zu tanzen beginnen! Immerhin war sie im Dienst und Stolwerk sah sie auf seinen Bildschirmen ... *Ver-*

dammt, Stolwerk, du Kindskopf!, dachte sie, als sie die Hand ihres Kumpels aus dessen Zelt auftauchen sah. Seine Geste konnte nur „Tanz!“ bedeuten. Sicher grinste er gerade übers ganze Gesicht. *Was soll's, tust du ihm eben den Gefallen.* Also bewegte sie sich ein bisschen mehr, schwang ihre Arme, auch wenn ihr das ziemlich dämlich vorkam, dazu lächelte sie, obwohl ihr gar nicht richtig danach zumute war. Stolwerks Daumen ging hoch, dann verschwand die Hand wieder.

„... und geht's am Tag ... in meinem Leben ... noch so zu, weiß ich genau, in deinen Armen ... komm ich zur Ruh!

Na ging doch, danke Innsbruck!“, verabschiedete er sich vom Publikum, erntete recht anständigen Applaus und verbeugte sich lange. Valerie freute sich für ihn. Aber Zugabe wollten die Leute dann doch keine. Kaum war er hinten von der Bühne, strömten Arbeiter von allen Seiten herbei, um sein Zeug wegzuräumen. Valerie drehte sich um. Da grinste jemand. Über beide Ohren.

„Oh, wie ist das romantisch“, säuselte Elke Mumm, „er hat Ihnen das Lied geschenkt! Kommen Sie, lassen Sie sich drücken!“ Noch während sie sprach, setzte sie ihre Drohung in die Realität um, packte Valerie an den Schultern und zog sie an sich. Kurz blieb ihr die Luft weg, dann knackte ihre Wirbelsäule. Schon wieder. Die Geste war von entwaffnender Herzlichkeit. Um sicherzugehen, dass das nicht wörtlich verstanden werden musste, griff sie an den Halfter – die Waffe steckte noch darin.

Mumm holte Luft.

„Also, was wollten Sie mich vorher fragen?“

Valerie dachte nach. Die Gothic-Tussi starrte sie an.

„Wo ist Ihre Tochter, Frau Mumm?“

„Die Heike ist im Ausland, das hab ich aber der Frau Prammer schon gesagt, gell?“

Jetzt wurde es schwer, Diskretion zu wahren, besonders, wenn es um die behauptete Vaterschaft ging.

„Wollen wir uns vielleicht unter vier Augen unterhalten?“

„Das wird schwer gehen, gell?“, sagte Mumm und blickte um sich herum. Sie war so eingeklemmt, wie man in der ersten Reihe eines Riesenkonzerts nur sein konnte. Kein Quadratzentimeter Platz. Es schien ihr überhaupt nichts auszumachen. Ringsum gespitzte Ohren. Valerie kam zum Schluss, dass sich diese Frau ohnehin nicht von der Stelle bewegen konnte, daher kaum eine Gefahr für Wolf Rock darstellen würde. Also verzichtete sie auf die weitere Befragung.

„Hey Valerie“, kam's von der Seite.

Sandro. Verlegen riss sie den Kopf herum.

„Oh, hallo Sandro.“ Schnelle Kopfbewegungen und gebrochene Nasenbeine vertrugen sich nicht.

„Aber was ist denn mit dir passiert?“, sagte er und legte seine Hände an ihre Wangen, ihre Nase zwischen seinen Daumen. Dazu ein besorgter Blick. Valerie dachte an seine Gothic-Prinzessin, die sicher knapp vorm Ausrasten war. Zuerst widmete er ihr ein Lied, jetzt diese Intimität mit den Händen. Aber es kam kein Protest. Langsam wich sie zurück.

„Nur ein Schlag auf die Nase. Schön gespielt hast du, Sandro.“

„Haha, danke ... oh, sag mal, ihr beiden kennt euch ja noch gar nicht.“

„Hm?“ Valerie tat so, als wüsste sie nicht genau, wen er meinte.

„Das ist Kassandra. Kassandra, Valerie."

„Oh, hallo!" Händeschütteln, begleitet von einem tiefenentspannten Waschbärengesicht. Kassandra hatte einen zarten Griff, besonders für jemanden, der sich so hammerhart gab. Valerie nahm ihren Mut zusammen.

„Und ihr zwei ... seid ..."

Die beiden machten es spannend und lächelten sich an. *Jetzt sagt schon.*

„Ja, was sind wir zwei?", fragte Sandro die dunkle Tussi.

„Seelenverwandte", gab diese zurück.

„Ja, Seelenverwandte."

Aua.

„Und dazu ..."

Und dazu?

„Geschwister."

Nie waren die Streicher da, wenn man sie brauchte.

Die böse Souffleuse blies die Luft aus und wischte sich über die Stirn.

„Nein wirklich?", platzte es völlig ungewollt und viel zu laut aus Valerie heraus.

Kassandra nickte, zeigte immerhin das Zucken einer Gesichtshälfte, versteckte diesen spontanen Heiterkeitsausbruch aber gleich wieder. Neben ihr schmolz Elke Mumm dahin.

Sandro wirkte verlegen.

„Hast du vielleicht ... gerade ... Zeit?", fragte er.

Hätte sie nur zu gerne gehabt.

„Ich bin leider im Dienst."

„Oh. Ja, genau." Er deutete auf ihre Waffe und nickte.

Sie sah zum Halfter hinunter.

„Aber nach dem Konzert, also danach ..."

„Ja, gerne danach!"

„Dann bis später?“

„Dann bis später!“

Mit einer Tonne Schmetterlingen im Bauch flatterte sie zu Stolwerk ins Zelt zurück.

***

Die Leute werden ins Kaufhaus gelassen. Sie versucht zu laufen, um ganz weit nach vorne zu kommen, aber mit dem billigen Kinderwagen, der immer nach links zieht, geht das kaum. Sie schwitzt und stinkt und japst nach Luft. Die Warterei draußen war völlig umsonst, von links und rechts wird sie überholt. Vorne sieht sie ein kleines Podium und immer mehr Menschen davor, hauptsächlich Mädchen, magersüchtig und halbnackt, die sich an IHN ranmachen wollen. Sie beruhigt sich mit dem Geschenk, das sie für IHN hat. Keine kann das übertreffen.

Als sie in der Schlange zum Stehen kommt, ist sie bestimmt dreißig Meter von der Bühne entfernt. Sie hat Angst, dass ER gar nicht so viele drannehmen kann in der Autogrammstunde, versucht sich das auszurechnen, sechzig Minuten, wie viele ER wohl pro Minute schafft, gibt aber auf, weil das Baby schreit. Sie will ihm nicht schon wieder die Brust geben, schiebt den Wagen vor und zurück, dabei fährt sie einem besonders aufgetakelten Mädchen unabsichtlich in die Ferse. Die dreht sich böse um, traut sich aber dann nicht zu schimpfen. Als die Ziege wegschaut, zeigt sie ihr noch die Zunge und grinst.

***

„Uuuh“, wurde sie von Stolwerk begrüßt.

„Ach, halt die Klappe!“, rief sie und lachte dazu.

„Mein Veilchen ist verliebt.“

„Blödsinn. Komm jetzt, reiß dich zusammen. Was haben wir? Wie ist der Status?"

„Status: Tief fliegende Minnesänger könnten spontanen Funkenflug auslösen."

„Stolwerk!" Sie boxte ihm in die Seite. Dann lachten sie beide. Eifersucht war ihm fremd. Mit ihm konnte sie über alles reden, das wusste sie, und trotzdem fiel es ihr schwer. Er war ihr Fixpunkt im Universum, der Mensch, der Mann, um den sie sich drehte, den sie um nichts in der Welt verlieren wollte, und sie vermutete, dass es ihm ähnlich ging. Sie waren sich Lebensmenschen. Valerie legte ihre Hand auf seine Schulter. Er tätschelte sie.

„Keine Angst, Veilchen", sagte er fast beiläufig und starrte in seine Bildschirme.

Um zwanzig Uhr dreißig – nach Sonnenuntergang, aber immer noch ziemlich hell, Wetterleuchten über dem Sellraintal im Westen – ging Valerie ein letztes Mal zum oberen Rand hinauf. Das Stadion war jetzt zum Bersten voll – dreißigtausend Menschen in einer gigantischen Schüssel –, der Einlass geschafft, die Kolonnen aufgelöst. Und, man glaubte es kaum, oben stand ein großer Polizeitransporter, in den die Festgehaltenen verladen wurden. Dann kamen zwei Minibusse hinzu, aus denen weitere Polizisten stiegen. Mancher wirkte derangiert – einem fehlte der Ärmel seiner Jacke, ein anderer humpelte. Valerie erkannte den Kollegen Heizer.

„Ich dachte schon, wir müssten ohne Sie auskommen."

„Ach, Frau Mauser, hallo. Ich habe gehört, die Lage hier ist so weit unter Kontrolle."

„Bisher ist es relativ ruhig geblieben. Und unten?"

„Der Wahnsinn. Haben Sie's schon gesehen?"

„Was?“

„Ja schauen Sie mal!“

Valerie ging mit ihm die paar Schritte zum Stadionrand vor und sah in die Stadt hinunter. Am Bahnhof brannte es immer noch. Eine weitere Rauchsäule stieg aus einem der inneren Bezirke in die Höhe. Blaulichter, Signalhörner, spitzes Knallen wie von Feuerwerkskrachern. In der Senke des Stadions hatte sie nichts davon mitbekommen.

„Wie geht es da unten jetzt weiter?“

„Vor einer halben Stunde sind die Einsatzeinheiten aus Vorarlberg, Salzburg und Oberösterreich eingetroffen, die haben übernommen. Deshalb sind wir abkömmlich.“

Mike Klee kam zu ihnen.

„Herr Heizer?“

„Ja?“

„Klee, Geschäftsführer hier. Schön, dass Sie endlich da sind. Wir haben vorhin telefoniert.“

„Genau.“

„Dann zeig ich Ihnen alles. Am besten reden wir schnell noch mit Herrn Stolwerk, hinten an der Bühne. Ihre Leute sollen sich gleich verteilen. Gut?“

Der Polizist nickte und folgte dem Bergiselchef, der den bisherigen Tag wider Erwarten herzinfarktfrei überwunden hatte. *Menschen wachsen mit ihren Aufgaben,* fiel Valerie ein. Was auch für Bollinger und seine Leute galt, die förmlich über sich hinausgewachsen waren.

Die Uhr am Handydisplay zeigte zwanzig Uhr fünfundvierzig. Sie rief Geyer an.

„Wir sind auf dem Weg“, begrüßte sie dieser kurz. „Steigen gerade ein und fahren los.“

„Ich seh's." Was hieß, sie hatte direkten Blickkontakt und sah die Blaulichter des Konvois, der sich ein paar Kilometer Luftlinie weiter vor dem Hotel Europa in Bewegung setzte. Vorne Motorräder, dann Polizeiwägen und Minivans. „Geyer, dann sehen wir uns gleich am Eingang hinter der Bühne."

„Klar, ciao ... verdammt, was soll das? Nicht stehenb...", hörte sie ihren Stellvertreter noch brüllen, dann legte er auf.

Ihr Herzschlag beschleunigte sich. Leider hatte sie kein Fernglas, aber sie konnte sehen, dass die Fahrzeuggruppe angehalten hatte. Sie versuchte, Geyer nochmals anzurufen, vergeblich. Dann bewegten sich die Lichter wieder, eines nach dem anderen, unkoordiniert und schnell.

„Veilchen, wo bist?", funkte Stolwerk.

„Oben. Sie kommen. Aber ich glaube, die stecken in Schwierigkeiten."

„Die machen das schon. Komm runter jetzt."

„Gleich, Stolwerk."

Ihre letzte Chance, Schmatz anzurufen. Im Westen blitzte und grummelte es nun deutlich. Die Dämmerung schritt schnell voran, aus der Brise wurde Wind.

„Grias di, Frau Mauser!"

„Schmatz, was habt ihr?"

„Ich glaub, wir sind da an was dran, aber das dauert noch. Ein Selbstmord im Olympischen Dorf, 1977. Der Einzige, zu dem was geschrieben wurde. Hier, hör zu: Das Wunder vom O-Dorf ... also, da hat sich *die sechzehnjährige Sarah* vom Dach ihres Blocks gestürzt, mit ihrem Baby zusammen, und das Kind hat überlebt. Deswegen Wunder."

„Und weiter? Sarah wie noch?"

„Einfach Sarah. Sonst gar nichts, leider."

Valeries kriminalistischer Verstand knisterte. Schandtat an einer Sarah '76, Selbstmord einer Sarah '77. Die einzig verbliebene Spur war eine ziemlich lausige. Aber es half nichts.

„Kommen wir auf die Leute, die da gewohnt haben? '77? In dem Block?"

„Warte ..."

Lausig, dachte sie. *Vergebens*.

„Frau Mauser, Bea meint, die elektronischen ... wie noch mal? ... Melderegister gehen nicht so weit zurück."

Es würde noch lausiger werden. Recherchen ins Blaue.

„Dann eben die aktuellen Bewohner."

„Das wird ein ganzer Haufen sein. Und ob da heut noch jemand wohnt von damals?"

„Egal. Ich brauch alle Nachnamen per SMS. Gas geben, Schmatz!"

„Pff... na, wenn du meinst ..."

***

Sie hat IHM vor ein paar Wochen einen Brief geschrieben und ein Foto von sich und dem Baby dazugelegt. Eigentlich war es hauptsächlich vom Baby und nur ein kleines Eck von ihr, weil sie sich selbst nicht sehen wollte. Sie hat es mit der Sofortbildkamera ihres Papas gemacht und fünf Versuche gebraucht, hat gebetet, dass er die verschwundenen Bilder nicht bemerkt. „Liber Wolf", hat sie geschrieben, „ich bin so glücklich das du mia dieses kleine Wesen geschenkt hast", dann Einzelheiten, damit ER sich an das Konzert erinnern konnte, und ganz am Schluss: „In libender Erinerung zur wunderbaren gemeinsamen Nacht untern Sternenhimmel." Sie war stolz auf die schönen Worte, die ihr ganz von alleine eingefallen sind. Sie hat den Brief wieder und wieder kontrolliert, damit ER nichts von ihrem schlechten Deutsch mitbekam, und ihn an die Adresse SEINER Plattenfirma geschickt.

In den Tagen darauf hat sie sich vorgestellt, wie ER den Umschlag öffnet und sich vor lauter Freude sofort ins Auto setzt, zu ihr rast, ihrem Papa eine auf die Nase gibt und sie aus dem Gefängnis befreit. Tagelang ist sie am Fenster gestanden und hat zum Eingang hinuntergeschaut.

ABER ER KAM NICHT.

Statt IHM kam ein Brief, den sie vor ihrem Vater in die Hände bekam, weil sie täglich das Fach kontrollierte, sobald sie den Briefträger weggehen sah. Wenn sie nämlich von Wildfremden Post bekam, hätte ihr Papa wieder böse werden können, oder – schlimmer noch – den Brief vielleicht vor ihr verheimlicht. Im Zimmer hat sie den Umschlag gleich aufgerissen, dabei richtig Herzklopfen bekommen, aber nur eine unterschriebene Autogrammkarte drin gefunden. Kein erstauntes „Oh, was für ein süßes Kind!". Kein Wort zur gemeinsamen Nacht. Kein Datum, an dem ER sie abholen kommt. Nichts von dem, was sie sich erträumt hat, nicht einmal ein lieber Gruß an sie persönlich. Nur dieses unterschriebene Foto. Sie roch daran und hielt es sich an die Brust. Dann musste sie weinen, weil sie sich so furchtbar alleine fühlte, und es hat ziemlich lange gedauert, bis sie kapiert hat, dass so ein berühmter Mensch sicher wahnsinnig viel Post bekommt und vielleicht gar keine Zeit hat, ihren Brief zu lesen. Ja, so ist es gewesen, hat sie beschlossen. Sie musste nur dafür sorgen, dass ER endlich vom Kind erfährt, und alles wäre gut.

***

Motorräder jagten den Bergiselweg hinauf. Dahinter Autos, alles ziemlich geordnet. Wie hatten sie es nur so schnell hier herauf geschafft? Valerie fluchte, nahm die Beine in die Hand und lief die Treppen hinunter, drängte sich vorbei an den Fans, die umso dichter standen, je näher sie der Bühne kam, selbst hier auf der Seite. Die Musik aus den Lautsprechern war lauter als die übliche Pausenbeschallung, sphärisch, musste bereits zu Wolf Rocks Programm gehören. Auf die Sekunde genau um Punkt neun sollte das erste Lied beginnen. Jetzt kam sie zum Eingang, durch den bereits mehrere Polizisten geschritten waren und ein Spalier bildeten. Valerie spähte zwischen deren Köpfen hindurch nach Geyer, Benz und Wolf Rock – und fand: Hubertus Freudenschuss. Der sie sofort entdeckte, wie üblich. Und so wenig Zeit konnte er gar nicht haben, dass er nicht sofort stehen bleiben und ihr seine ganze Aufmerksamkeit schenken musste.

„Ja grüß dich Gott, Valerie, ja so eine Freude, dich hier zu treffen. Ich hab dich ja gar nicht erreichen können, sag einmal. Geht's dir gut? Aber was ist mit deiner Nase passiert, um Himmels willen?"

Sie wusste, dass es keinen Eindruck auf ihn machte, wenn sie sprach oder ihm auf andere Art zeigte, was sie von ihm hielt, also blieb sie ihrer Linie treu, ihn zu ignorieren, und eilte hinaus, an den Motorrädern und Wägen vorbei, um den zweiten Konvoi mit Wolf Rock zu empfangen und den Star ins Innere zu geleiten. Hinten im Stadion wurde es still. Dann begann Freudenschuss mit seiner Ansprache.

„Liebe Gäste, treue Tiroler!"

Keine Spur von der Fahrzeugkolonne. Kein Mucks von der Straße.

„Wir alle stehen vereint am großen Berg... Bergisel, dicht an dicht auf historischem Grund, dem Zentrum unserer Tiroler Identität. Wir alle stehen vereint, jawohl, da soll sich niemand täuschen, keine Italiener, keine Bayern, keine verfluchten Franz... Männer, nicht wahr? Männer?"

Krach aus der Stadt. Wieder dieses pyrotechnische Knattern, weit entfernte Pfiffe. Gewittergrollen aus dem Westen. Feuerschein vom Bahnhof, immer deutlicher, je dunkler es wurde.

„Männer ... Mander, s'isch Zeit!, hat unser geliebter Andreas Hofer gerufen, hier an Ort und Stelle haben sie gekämpft, 1809, unsere Väter und Väterväter und ... Vätervāterväter! Gott hab sie selig!"

Valerie hätte sich mehr Pfiffe aus der Masse erwartet. Für einen Politiker – und den haarsträubenden Blödsinn, den er von sich gab – kam er ziemlich gut weg. Immer noch nichts. Sie sah auf ihr Handy. Zwanzig Uhr siebenundfünfzig. Drei Minuten noch.

„Liebe hochverehrte Gäste, getreue Tiroler! Und jetzt, nur wenig mehr als zweihundert Jahre später, stehen wir zusammen wie ein Mann, um einen anderen Mann zu ehren, der uns über die Grenzen hinaus berühmt gemacht hat, nicht nur in den Hitparaden, nein, nein, nein! Ein Botschafter des Tirolerischen, das ist er, jawohl, ein stolzer Sohn seiner Heimat, ein Ankerpunkt unseres Geistes, die Tiroler Fahne im Wind!"

Fahne im Wind?, dachte Valerie und amüsierte sich über die Auswüchse Freudenschuss'scher Freistil-Rhetorik. Es würde ihr für immer ein Rätsel bleiben, wieso er sich kein Stück auf öffentliche Auftritte vorbereitete.

„Geliebtes Volk!"

Auch das noch.

„Ich persönlich habe mir von nichts und niemandem nehmen lassen, diesen bääärigen Abend vor großartigster Kulisse mit meiner Anwesenheit zu beehren. Heute werden wir der Welt da draußen zeigen, wer hier die Tiroler sind! Begrüßt also mit mir ..."

Gedämpfter Jubel. Da dröhnten Motoren, quietschten Reifen, bogen Motorräder und Fahrzeuge ums Eck und gaben noch mal Gas. Sie hatten es geschafft. Die Eskorte bog ab, ein Minivan blieb direkt vor ihr stehen, zerkratzt, zerbeult, verschmiert, eine Seitenscheibe zerborsten, es rauchte aus dem Motorraum. Zuerst sah sie Geyer, der Wolf Rock heraushalf und ihm seinen Zylinder reichte, dann Benz. Alle wirkten durchgeschüttelt und verschreckt.

„Begrüßt also mit mir ..."

Freudenschuss wartete auf grünes Licht.

„Begrüßt also mit mir ..."

Es klang, als sei ihm gerade die Schallplatte stecken geblieben.

Valerie sah, wie sich Gustav Benz über das Fahrbahnbankett beugte, gefolgt von Husten und heftigen Würgelauten. Mit einem Anflug von Genugtuung trat sie an Geyer und den Star heran und deckte Wolf Rocks andere Seite ab, während sie zusammen eilig an Freudenschuss' Konvoi vorbei den Eingangsbereich querten, die Blicke streng auf ihr direktes Umfeld gerichtet. Der Rocker, mit Schminke und extravagantem Outfit wieder zum Wesen aus der anderen Welt geworden, hatte Mühe, mit den beiden Schritt zu halten.

„Geht's?", fragte Valerie.

Er nickte kurz. Ganz wohl schien ihm nicht zu sein.

„Geyer, alles klar?“, rief sie hinüber. Auch ihr Mitarbeiter nickte, sagte aber nichts. Die Fahrt hier herauf musste die Hölle gewesen sein.

„Nun begrüßt also mit mir den Sohn ...“

Freudenschuss' Polizeischutz stand mehr im Weg herum als sonst was.

„Den großartigen ...“

Vor ihnen die riesige Rückwand der Bühne. Jemand hielt einen Eingangsspalt frei und winkte eilig.

„... famosen ...“

Valerie, Wolf Rock und Geyer stiegen hinauf und betraten die Bühne. Dann blieben sie hinten im Dunkel stehen. Die anderen Musiker waren bereits an ihren Plätzen und warteten auf ihren Einsatz, seitlich standen die Tänzerinnen bereit. Kunstnebel von allen Seiten. Dazwischen, ganz vorne an der Kante, Freudenschuss in seinem Jägeroutfit.

„... glitzerhaften ...“

Glitzerhaften?

„Alles Gute, Wolf!“, gab sie dem Star mit.

„Ach danke, Mauser. Sie sind ein Engel! Danke für alles!“

Ein Engel?

„WOLF ROCK!“

***

Vorne fangen sie zu kreischen an, und sie weiß, was das bedeutet: ER ist da. Sie stellt sich auf die Zehenspitzen und sieht SEINEN Zylinder, davor den großen Mann mit den langen Haaren, der sie beim Konzert aus der Menge geholt hat. Jemand ruft was ins Mikrofon, sie sollen nicht so drängeln, alle kommen dran und so weiter, aber keiner hört hin, im Gegenteil, jetzt wird sie von hinten angerempelt und dann auch noch überholt. Überall Gekreische, das in den Ohren wehtut, das Baby schreit, aber das hört man fast nicht, so laut ist es hier. Sie beschließt, sich jetzt sofort nach vorne zu kämpfen, denn sie ist sicher, dass es eine solche Gelegenheit nie wieder geben wird. Sie schiebt den Kinderwagen absichtlich in die Reihe vor ihr, ignoriert die blöden Kühe, die sie anschreien, schiebt einfach weiter und weiter. Eine mit Minirock verliert das Gleichgewicht und landet am Boden, man sieht ihre Unterhose, voll peinlich, sie schiebt und schiebt und kommt Meter für Meter vorwärts, bis sie ganz nah bei der Bühne ist. Niemand traut sich, sie anzugreifen. Was um sie herum passiert, bemerkt sie ohnehin nicht mehr, denn jetzt sieht sie IHN. ER sitzt da, ganz blass, wie von einem anderen Stern und noch magerer als damals. ER lacht einer Schlampe ins Gesicht, der ER SEINE Unterschrift vorne aufs T-Shirt schreibt, dann darf sie IHN auch noch auf die Wange küssen. Sie ist rasend vor Eifersucht, zeigt es IHM aber nicht, als sie das Podium betritt, das Baby im Arm, den Kinderwagen hat sie unten gelassen. Ihre Finger kribbeln und das Herz rast.

„Ich grrrüße dich, mein Kind!", sagt ER und sie glaubt, dass ihr jeden Moment die Beine wegknicken. Kein Wort bekommt sie heraus, so trocken ist ihr Mund.

„Bist du aufgerrregt, mein Kind? … Ja, wen haben wirrr denn da?" Jetzt sieht ER SEIN Baby an! „Den jüngsten Wolf-Rrrrock-Fan, nicht wahrrr?"

Plötzlich geht es wieder.

„Hier!", ruft sie voller Freude und streckt IHM das Kind entgegen, „DEIN Kind, Wolf!" Sie ist so glücklich wie noch nie.

Doch er nimmt es nicht.

ER LACHT NUR!

„Weißt du nicht mehr, damals? Du und ich? Schau, unser Baby!“ Wieder streckt sie es IHM hin, sodass die Händchen fast SEIN Hemd berühren.

ER SCHÜTTELT DEN KOPF UND LACHT WEITER!

Dann kommt der Riese und lacht mit, total tief und laut, steckt eine Autogrammkarte zwischen das Baby und ihre Brust und packt sie am Oberarm. Ihr wird heiß. Sie kann sich nicht wehren, wird auf der anderen Seite von der Bühne gezogen und hört erst jetzt, wie die anderen gackern. Kurz kann sie zurückschauen, da steht schon die nächste bei IHM und ER tut so, als wäre nichts gewesen, als sei sie gar nicht da gewesen. Und dann ist alles vorbei. Sie kommt nicht mehr zurück zu IHM, muss froh sein, dass sie den Kinderwagen holen darf. Sie weint fürchterlich. „Fette Sau!“, ruft ihr eine hinterher, dann eilt sie hinaus, kann kaum erkennen, wo der Ausgang ist, alles voller Tränen.

Zu Hause hat sie sich schon heimlich von Papa und der Wohnung und all ihrem Zeug verabschiedet, weil sie sich sicher war, dass ER sie nicht zurückgehen lassen würde, jetzt kann sie seine Schläge beinahe schon spüren. Weil sie sich wieder weggeschlichen hat, trotz Verbot.

Als sie durch die Tür des Kaufhauses geht, könnte sie schwören, dass es draußen regnet, weil es das immer tut, wenn sie traurig ist, aber nichts. Die Sonne scheint. Nicht einmal der liebe Gott interessiert sich mehr für sie.

Zuerst denkt sie an gar nichts, geht mechanisch Schritt für Schritt in ihr Mistleben zurück. Doch als die Hochhäuser kommen, ist da plötzlich dieser Einfall, und noch bevor sie daheim ist, kommt ihr alles logisch vor.

***

Grenzenloser Jubel. Wolf Rock trat ins Licht und schritt nach vorne. Die beiden Tänzerinnen empfingen ihn mit synchronem Wangenkuss und schon legten sie los. Überall Lichter. Das Schlagzeug hämmerte, dann die Gitarre, dann das erste Lied: „Rund".

„Hallo Innsbrrruck!", krächzte Wolf Rock ins Mikrofon, knapp vor seinem Einsatz: „A-heute lassen wirr uns nicht alleine ... a-komm, gib mirr deine Hand, ich geb dirr meine ... und auch wenn uns am nächsten Tag derr Schädel brrummt ... na und ... a-heute geht es RRRUND!"

Als hätte man einen Schalter umgelegt, war der Bergisel zum Hexenkessel geworden. Zwar sah man dort, wo Valerie stand, kaum ins Publikum – zu hell die Lichter überall –, aber immer wieder schwenkten Scheinwerfer über die Menge, und wohin sie auch strahlten, flogen Arme, tanzten und sprangen Leute, standen Münder offen. Trotz des Lärms hörte Valerie deutlich, wie die Masse mitsang. Das Geschehen fesselte ihre Aufmerksamkeit, doch nicht so sehr, dass sie nicht mitbekommen hätte, wie Geyer neben ihr im Takt zu wackeln begann.

„Geyer, kommen Sie mit!", brüllte sie gegen die allgemeine Lautstärke an und deutete zu Stolwerks Zelt.

Als sie eintraten, erschrak ihr Gefährte und riss seinen Kopf herum. Neben ihm stand Polizist Heizer.

„Ach, Veilchen, du bist's. So ein Lärm da draußen. Komm rein, mach zu!" Dann nickte er Geyer zur Begrüßung.

Überraschend, wie viel Lärm der dicke Vorhangstoff schluckte. Hier drin hörte man die Musik zwar immer noch deutlich, aber man konnte sich angenehm unterhalten.

Sie wandte sich ihrem Stellvertreter zu.

„Geyer, wie bringen wir Wolf Rock schnell von hier weg, wenn was passiert?“

„Äh ... darüber ... das ...“

„O. K. – Freudenschuss und seine Begleiter sollen verschwinden, wenn sie nicht eh schon weg sind. Stellen Sie direkt hinter der Bühne ein Fluchtfahrzeug bereit. Mit Eskorte davor. Und alle mit laufenden Motoren. Verstanden?“

Er nickte und verließ das Zelt. Valerie trat an die beiden Männer vor den Bildschirmen heran.

„Herr Heizer, wo sind Ihre Leute?“

„Zweiergruppen, verteilt im Publikum. Wir versuchen, das von hier aus zu koordinieren.“

„Und, wie schaut's aus, Stolwerk?“

„Das Einzige, was ich richtig gut seh, ist, was auf der Bühne passiert. Alles normal. Vom Publikum hab ich die erste Reihe, dahinter ist es fast dunkel. Echt schwierig bei der Beleuchtung. Schau selber, da.“

Valerie ging nah an den Bildschirmausschnitt heran, der die Leute ganz vorne zeigte. Gothic-Kassandra war fort, dafür legte sich Elke Mumm umso mehr ins Zeug. Die anderen Menschen kannte sie nicht. Im Korridor zwischen Bühne und Zuschauern standen Fotografen. Valerie war schon dabei weiterzuschauen, als ihr einer von denen bekannt vorkam.

„Kannst du an den da heranzoomen?“

„Leider nicht, das geht nur mit der Kamera dort, die steht aber im falschen Winkel. Vielleicht die Fernsehbilder, schau ...“ Er deutete auf einen anderen Monitor.

„Genau ... hier, das ist doch ...“

„Was, Veilchen?“

„Den kenn ich doch!“, rief sie und stieß beim Hinauslaufen beinahe mit Geyer zusammen, der ins Zelt kommen wollte.

„Alles klar. Freudenschuss war schon weg. Wir können jederzeit abhauen“, meldete er.

„Gut. Dann stellen Sie sich vorne an den Bühnenrand und passen auf Wolf Rock auf. Holen Sie sich ein Funkgerät von Stolwerk. O. K.?“

Ob er nickte oder nicht, sah sie nicht mehr, da sie bereits hinten von der Bühne und um diese herum schoss. Sie hatte sich nicht getäuscht: Im Korridor stand George *wie Clooney* Knoblauch vom Tiroler Tagblatt und zielte mit einer riesigen Kamera zum Star hinauf. Seine Brille hatte er nach oben ins Haar geschoben, das freie Auge zusammengekniffen.

Gerade war ein Lied unter begeisterten Akklamationen zu Ende gegangen. Wolf Rock richtete einige Worte ans Publikum.

„Grrroßartig, wiederrr hierrr zu sein, Innsbrrruck!“

Kreischen, Jubel, Hände in der Höhe.

Valerie schrie dazwischen: „Ich dachte, Sie wären im Ausland?“

Knoblauch blickte sie an und setzte sofort sein spitzbübisches Lächeln auf.

„Ah, Valerie! ... Schön, Sie zu treffen! Nein, ich bin heute früh wieder zurück.“

„Und, alles gut gelaufen?“ Ein wenig Unverfängliches konnte nicht schaden, während sie seine Ausrüstung scannte. Die Kamera sah aus wie eine Kamera, sonst hatte er nicht viel dabei. Um seinen Hals trug er einen Pressepass, auf dem auch das Wort *Backstage* vermerkt war. Was tat er hier unter den Konzertreportern? Hatte das Tiroler Tagblatt so wenig Geld, dass man der schreibenden Zunft jetzt auch noch Kameras umhängen musste?

„Jaja, danke.“ Er wirkte abgelenkt. Oder eher irritiert? Gestört in seiner Arbeit? Oder einem dunklen Vorhaben?

„Seit wann sind Sie Fotograf, Herr Knoblauch?“

„Ich ... Fotograf?“ Er nahm Wolf Rock erneut ins Visier und drückte ab.

„Herr Knoblauch?“

Ohne abzusetzen rief er ihr zu: „Frau Mauser, keine Zeit jetzt, wir dürfen nur während der ersten drei Lieder Fotos von hier vorne machen.“

Was hieß, dass er sich danach eben woanders aufhalten würde. Er konnte sich frei bewegen, was ihr nicht gefiel. Vor allem, weil er ihr nicht gesagt hatte, dass er hier sein würde. Das passte nicht ins Bild ihres ersten Treffens und des Telefonats, in dem er sie nach den aktuellen Ermittlungen gefragt hatte.

Ein neues Lied begann. Das Publikum erkannte es sofort, eine fanatische Frau kreischte ihr direkt ins Ohr, sie hielt es sich zu. Unterhalten konnte man sich jetzt nicht mehr. Geyer stand ganz vorne seitlich an der Bühne und starrte sie an. Valerie spreizte Zeige- und Mittelfinger ihrer rechten Hand (ja, ihr Handgelenk war auch noch da, wie es schmerzend betonte), führte sie zu ihren Augen, dann zeigte sie auf sein Gesicht und schließlich zu Wolf Rock. Sollte heißen: Nicht gaffen, sondern aufpassen. Geyer nickte.

Valerie ließ ihren Blick einmal rundum schweifen. Sonst war hier nichts Verdächtiges zu sehen. Elke Mumm winkte und schrie ihr etwas zu, sie sah trotz ihrer beengten Situation glücklich drein, also konnte es nichts Schlimmes sein.

„Stolwerk, alles klar?“, funkte sie ins Zelt.

„Also, ich seh nichts Neues, und du?“

Plötzlich johlte die Menge auf, das ganze Stadion wurde von Feuerschein erleuchtet. Alles starrte in die Höhe, Valerie auch. Die hohen, runden Boxentürme hatten sich in Flammenwerfer verwandelt. Aus ihren oberen Enden schossen riesige Feuersäulen und verwandelten sich über dem Stadion in glühende Bälle, die den gesamten Kessel eine Sekunde lang erleuchteten, bevor sie sich mit dem Nachthimmel vereinten. Man spürte die von ihnen ausgehende Hitze, vor allem im Gesicht. Das Feuerspucken aus den teuflisch anmutenden Schornsteinen wiederholte sich, im stampfenden Takt des vierten Lieds, das eben vorhin begonnen hatte, es war „Geisterzug“.

„Noch nicht ganz Novemberr, beginnt eurre Qual ... Süßes oder Saurres ist ihnen egal ... die Toten stehn auf, heut gibt es kein Flehn, sie wollen euch Spießerr ... brrennen sehn!“

Die Rückwand der Bühne, eine gigantische Leinwand, zeigte eine gruselige Dampflok, die Achterbahn fuhr, die Schienen führten willkürlich durch die Luft, alles schwarzweiß, schaurige Gestalten schauten heraus und trieben arme Kreaturen vor sich her. Immer wieder Feuerbälle. Wolf Rock stand regungslos an seinem Mikrofon und ließ die Show für sich arbeiten, die Tänzerinnen hatten sich umgezogen – besser gesagt ausgezogen – und wirbelten um ihn herum.

„Der Geisterrzug ... rrast auf dich zu ... mit donnerrndem Grrollen ... sein Stampfen lässt dirr keine Rruh ...“

Knoblauch war verschwunden wie die anderen Fotografen auch, im Korridor nur noch zwei Ordner und zwei Kameramänner vom Fernsehen, einer fing Wolf Rock ein, der andere stand auf der Absperrung und filmte einzelne Gesichter aus dem Publikum. Neue Feuerbälle erleuchteten das Stadion.

Da! Valerie sah einen Riesen, nur ganz kurz, während der Sekunde, in der es über ihnen glühte. Einen Mann, der alles überragte, ein paar Meter von ihr entfernt. Sie fixierte die Richtung und wartete auf das nächste Leuchten.

„Die Heizerr heizen ein ... blitzend blank im Feuerrschein ... die längst verrgessenen Schienen ...“

Da war er wieder! Der Hüne stand einfach da und starrte zu Wolf Rock hinauf, mit ernster Miene, bewegte sich nicht, wirkte fast lethargisch. Während alles um ihn herum tanzte und schrie und die Hände in die Luft warf, tat er nichts dergleichen. So jemand hätte auf die hinteren Ränge gepasst, aber nicht in dieses fanatische Gewühl. Ihre Erinnerung hatte die passende Gestalt gefunden: Fritz Laus. Wolf Rocks ersten Manager. Den Betrüger. Den, der eigentlich nicht zum Konzert kommen wollte.

Sie fasste sich ans Ohr und drückte den Funkknopf.

„Stolwerk, im Publikum direkt vor Wolf Rock, der riesige Kerl, vielleicht fünf Meter von der ersten Reihe entfernt!“

„Ja, Veilchen?“

„Siehst du ihn?“

„Ist mir vorhin schon aufgefallen. Der ist ja noch größer als ich.“

„Was tut er? Was hat er bei sich? Ist er mit jemandem hier?“

„Warte ... warte ...“

Das Lied ging in den letzten Teil über.

„Und jedes Jahr kommen sie wiederr ... rreiche Leute, Bettlerr, Krriegerr ... und sie singen von der Pest ... die sie nicht mehrr schlafen lässt.“

Stolwerk meldete sich wieder.

„Der steht einfach da, mit verschränkten Armen. Wart ... jetzt dreht er sich um und geht weg.“

Während Stolwerk sprach, hatten sich ihre Blicke getroffen. Vielleicht hatte Laus sie an der Frisur erkannt.

„O. K. Stolwerk, frag Heizer, ob Polizisten dort sind, die ihn aufhalten können."

„Wart ... nein, er sagt, die sind weiter hinten, auf den Stufen und oben."

Na klar. Warum sollten sie sich auch mitten ins Gedränge begeben, wenn sich's hinten leichter herumstand.

„Stolwerk, dann werde ich ihn mir selbst vorknöpfen."

„Und wie kommst hin? *Stagediving*, Veilchen?"

Das nächste Lied hatte begonnen.

„Wo ich geh und steh – tut mir das Herrz so weh, denn als die Wellen kamen – kamen sie nicht alleine ..."

Valerie sah sich um. Vorne standen die Fans dicht an dicht, ein undurchdringlicher Wall, sie hätte ganz auf die Seite gehen müssen, um nach hinten ins Publikum zu kommen. Aber sie musste ihn erwischen, koste es, was es wolle.

„Das ist *die* Idee, Stolwerk!"

„Veilchen? Veilchen! Heiliger Blauschim..."

Sie hatte sich bereits seitlich vor Geyer auf die Bühne gestemmt, diesem schnell ihr Funkgerät sowie die Dienstwaffe in die Hand gedrückt und sich die Hose hochgezogen, warum auch immer, vielleicht um sich Mut zu machen. Es würde nicht ihr erster *Stagedive* sein, vielleicht aber ihr wichtigster.

„Es zog mich rraus aufs Meerr, alles wurrde kalt und schwerr – bin nurr mit Müh und Not wiederr an Land gekommen!"

Zum Äußersten entschlossen schritt sie in die Mitte der Bühne, hätte dabei fast eine der Tänzerinnen umgerempelt. Wolf Rock sah sie zuerst nicht kommen, war dann umso verdutzter. Sie zwinkerte ihm zu, nahm Anlauf, hob die Arme und sprang rückwärts über den Korridor in ein Meer aus Armen, das sie erstaunlich sanft auffing und nach hinten durchreichte, genau in die gewünschte Richtung. Szenenjubel.

„Hey, Dionne, woohoo!“, hörte sie Wolf Rock ins Mikro brüllen. Valerie legte den Kopf in den Nacken. Verkehrt herum erkannte sie den Riesen, der es immer noch eilig hatte, von ihr wegzukommen.

„Sag, hörrst du mich nicht heulen? ... Lass mich nicht allein ... doch du bist das Neonlicht, und ich derr Mondschein ...“

Die Dichte an Armen unter ihr nahm ab. Hier hinten, bereits einige Meter von der Bühne entfernt, würde sie sich zwischen den Leuten bewegen können, also ließ sie sich am Boden absetzen. Dann lief sie Slalom durch die Menge, in die Richtung, in der sie den Kerl zuletzt gesehen hatte, jetzt war er weg, sie glaubte schon, ihn verloren zu haben. Plötzlich wurde es taghell, das ganze Stadion lichtgeflutet, um das Publikum zum Mitsingen und Tanzen zu animieren.

Wie auf Befehl brüllten dreißigtausend im Chor: „Uuh ... mit dirr im Mondschein ... uuh, mit dirr im Mondschein ... mit dirr im Mondschein zu sein!“

Da war er wieder, der Riese, besser gesagt seine Rückseite. Nach wenigen Metern hatte sie ihn eingeholt, sein imposanter Rücken vor ihr. Ein schmaler Zopf baumelte von seinem Resthaar herunter. Sie tippte dem Mann auf die Schultern und schrie: „Umdrehen, Laus!“

Der mächtige Körper drehte sich. Im selben Moment ein Blitz, recht nah, der sie zusammen mit der hässlichen Fratze, die sie jetzt anstarrte, erschaudern ließ. Geisterbahn. Aber die Gestalt vor ihr war nicht Fritz Laus, sondern irgendein gealterter Heavy-Metal-Fan, der für sich und noch jemanden zwei Bier holte.

Mit gefüllten Plastikpfandbechern stand er vor ihr und blickte auf sie herab wie auf eine ... Laus.

„Whatcha say, girl?"

„Öhm ... sorry", antwortete sie und hätte sich ohrfeigen können. Da stand sie jetzt vor einem der kreisrunden Bierausschankzelte, dutzende Meter von dem Mann entfernt, auf den sie eigentlich aufpassen sollte. Gitarrenschrubben und Schlagzeugwirbel, „Jahaha, mit dirrr ... im ... Mo-ho-hoondscheieieieiein!", tosender Jubel, Kreischen, Gewitterdonner nach dem Blitz vorhin, und schon begann das nächste Lied. Eine Sturmböe fuhr ihr durchs Haar. Valerie rannte seitlich zurück zur Bühne. Minuten vergingen, bis sie die Absperrungen überwunden hatte und wieder bei Stolwerk im Zelt war.

„Wie läuft's?", fragte sie ihn keuchend. Heizer hatte gerade einen Kollegen am Funk.

„Jemand hat ein bengalisches Feuer gezündet, die Polizei kümmert sich drum. Sonst nichts. Veil... Valerie?"

„Hm?"

„Du weißt, was *Rock Chick* übersetzt heißt?" Dazu flatterte er mit Ellenbogenflügeln.

„Hat doch gut geklappt, oder? War nur leider der Falsche."

Kurz setzten die Bildschirme aus.

„Was war das?", fragte sie.

„Spannungsschwankungen durch Blitzeinschläge. Vorhin war's schon einmal knapp, ich schätz, weniger als fünf Kilometer von hier."

„Ja, da kommt ein riesiges Gewitter aus dem Westen. Wie lange noch?"

„Wie lange was?"

„Wie lange geht das Konzert noch?"

„Ich denk schon einige Lieder, jetzt haben wir vielleicht die Hälfte."

Wer auch immer Wolf Rock etwas anhaben wollte, machte es spannend. Valerie streckte ihren Kopf raus. Vorne stand Geyer, der jede Regung rund um den Star argwöhnisch betrachtete.

„Wo ist eigentlich Benz?", fragte sie Stolwerk.

„Der war vorhin kurz da, dann ist er telefonieren gegangen."

Telefonieren ... Verdammt, Schmatz und die SMS!, schoss ihr. Sie griff in ihre Hosentaschen, doch das Handy fehlte. Kurz suchte sie, dann erkannte sie die Sinnlosigkeit – es musste ihr beim *Stagediving* abhanden gekommen sein. Egal.

„Stolwerk, leih mir dein Handy bitte, schnell ... danke."

Hastig wählte sie eine Nummer. Vertippte sich, suchte die Löschtaste, tippte wieder. Beschwor still das Anrufzeichen: *Bitte lass ihn abheben, auch wenn Samstagabend ist und der Anrufer unbekannt!*

„Landeskriminalamt, Schmatz, grüß Gott?"

„Schmatz, Gott sei Dank. Also der Selbstmord im O-Dorf, das Haus, habt ihr die Namen jetzt?"

„Hab ich dir längst geschickt. Hast du die SMS nicht bekommen?"

„Mein Handy ist weg, egal, komm, ließ sie mir vor."

„Warte ... also, gemeldete Personen nach Tops. Meisinger, Stankovic, Griesberger, Egger ..."

Da läutete nichts.

„Schneller, Schmatz!"

„Also weiter: Öztürk, Stanojevic, Kirchmann, Yilmaz, Harris ... oh Mann, hör dir die ganzen Namen an, voll multikulti."

„Schmatz, sofort!"

„Jaja, Frau Mauser, immer locker bleiben."

Komm her, dann zeig ich dir, wie locker ich bin.

„Mirkovic, Akgün, Kirchmann, Petrovic, Klee, wieder Stanojevic ..."

„Was?" Kurz war sie abgelenkt, weil Heizer aufgeregt funkte. „Sag mir die letzten Namen noch mal."

„Von wo weg?"

„Egal *von wo weg*, los Schmatz!"

„Also Akgün, Kirchmann, Petrovic, Klee, Stano..."

„Klee?"

„Klee."

„Klee wie noch?"

„Warte ..."

„Schnell, Schmatz!"

Plötzlich ein Knall. Dann Stille. Und Dunkelheit.

„Au, jetzt hat's aber voll eingeschlagen", vermutete Stolwerk. Valerie war da nicht ganz so optimistisch, ließ das Handy fallen und rannte hinaus. Auch hier totale Dunkelheit, nur aus dem Publikum funkelte es hier und da. Kurz ein kollektives „Oooh!", dann beruhigte sich die Menge schnell. Unheimlich schnell. Dreißigtausend Menschen und kein Mucks. Als stülpte man eine Decke über einen Vogelkäfig. Eine Windböe blies ihr entgegen, neben ihr raschelte etwas, aber sie sah nichts. Heizer kam nach draußen und leuchtete mit der Taschenlampe herum.

„Geben Sie mir die!", rief Valerie, griff danach, ohne auf sein Einverständnis zu warten, lief nach vorne, leuchtete in alle Richtungen. Die Musiker standen da, blitzten auf wie Geister, auch die Tänzerinnen.

Wolf Rock fehlte.

Sie sah hinunter in den Korridor, da war er nicht.

Geyer.

„Geyer, wo sind Sie?“, schrie sie und zielte in die Ecke, sah einen Schatten an der Seitenwand.

Da lag ein Körper. Sie hastete hin, drehte ihn um, leuchtete ihn an. Geyer, bewusstlos. Stark blutend.

Ihr Verstand in Zeitlupe. *Verdammt. Mist. Schnell ... jetzt ...*

„Notarzt hierher!“, schrie sie nach hinten, sprang auf und lief über die Bühne auf die andere Seite, suchte auch hier, fand Wolf Rocks Zylinder, vom Star keine Spur.

Sie hörte Heizer funken: „Wir haben hier eine Entführung. Alle Wege abriegeln. Niemand verlässt den Bergisel!“

Valerie ging in die Hocke, zog ihre Haarpracht beidhändig nach hinten und kniff die Augen zusammen, bis sie Sterne sah, wie sie es oft tat, wenn sie sich konzentrieren musste. Sie hatte einen Namen: *Klee. Klee im O-Dorf. Klee, Bergiselchef. Stromausfall. Klee hier, Wolf Rock da. Schandtat ’76. Wunder vom O-Dorf. Wunder Klee? Alter? Möglich. Schandtat. Schandtat und Rache. DAS IST KEINE ENTFÜHRUNG. Schandtat und Rache. Letztes Konzert. Brennen und Asche. Brenne für Sarah ’76, Teufel. Brennen ... brennen ’76 ... Olympische Spiele ... Feuer ... Fackel ... Die Fackeltürme!*

Ein kalter Schauer lief über ihren Rücken. Alles passte zusammen. Klee hatte die Möglichkeiten. Er kannte sich aus. Er war der Hausherr. Die Spinne. Und dreißigtausend Menschen waren ihm bereitwillig ins Netz gegangen. Aber rächen wollte er sich nur an einem. Und gerade war ihr klar geworden, wo und wie.

Ein Blitz, kaum zwei Sekunden später heftiges Donnern. Der Klang erster, großer Regentropfen, wenn nicht Hagelkörner. Sturm, dazu metallisches

Ächzen von allen Seiten. Ein Windstoß drückte einen Schlitz in der Seitenwand der Bühne auf, kurz nur sah sie ein Außenlicht am Verwaltungsgebäude durchschimmern – hier mussten sie verschwunden sein.

„Da!“, schrie sie wieder zurück, wer auch immer es hören würde, „die Fackeln! Er will hinauf zu den Fackeln!“

Dann stieg sie durch den Schlitz hinunter – die ansteigenden Betonstufen schlossen hier beinahe bündig mit dem Bühnenboden ab – und rannte zu den Stufen, die zum Stadionrand führten. Ein kurzer Kontrollgriff verriet ihr, dass sie weder Funkgerät noch Waffe bei sich trug. Diese hatte sie Geyer vor ihrem *Stagedive* übergeben – und vorhin vergessen, danach zu suchen.

Es wird auch ohne gehen.

Kanonenfutter, hörte sie Stolwerk schon sagen. Egal. Ein dicker Tropfen landete auf ihrer Stirn, ein weiterer streifte ihr Ohr. Während sie sich an Menschen vorbeidrängte, starrte sie abwechselnd hinauf zu den Fackeln und hinunter zu den Stufen, die sie mit der Taschenlampe beleuchtete.

„Sind gerade zwei Männer hier heraufgekommen, einer schmal, einer dicker? Wolf Rock vielleicht?“, fragte sie irgendein Gesicht, in dem sich Ratlosigkeit spiegelte. *Weiter.*

Dann ein Licht, erst klein, dann plötzlich riesig, feuerrot, auf dem olympischen Feuerkelch ganz links. Das Zischen des bengalischen Feuers durchdrang Regen und Sturm. Jemand hielt es in die Höhe und schwenkte es langsam von einer Seite zur anderen, forderte das Publikum damit auf, hinzusehen. Im Feuerschein eine weitere Person, das Antlitz kontrastreich geschminkt, eindeutig Wolf Rock. Erste Menschen drehten sich um, zeigten hinauf, stiegen hoch, blockierten den Weg. Ein Raunen, dann Jubel, im trügerischen Glauben, all dies sei Teil der Show.

Teil seiner Show, dachte Valerie, rempelte jemanden an, im Slalom durch Menschengruppen hindurch, die restlichen Stufen hinauf.

„Ich, Wolf Rock ..." Die Stimme kam laut aus den Boxentürmen. Logisch – Klee konnte alles machen – Lichter aus, Playback aus, ein Mikro seiner Wahl an. Er hatte die Kontrolle über die Infrastruktur. Sein Wunschkonzert, seine Regie.

„Ich, Wolf Rock ..." Der Star rollte sein R nicht mehr.

Leiser aus dem Hintergrund: „Jetzt lies vor, du Schwein!"

„Aber ich kann mich ..."

„Lies vor, oder ich lass das jetzt gleich fallen!"

„Mein Gott, ich kann mich doch gar nicht mehr ..."

„VORLESEN!", schrie Michael Klee. Sein Tonfall, unverkennbar in seiner impulsiven, höchstens oberflächlich beherrschten Art. Die Recherchen hatten zum richtigen Ergebnis geführt – freilich einen Tick zu spät. Den Tick, der nötig gewesen wäre, unbehelligt von der Menge zur Fackel zu gelangen. Doch nun scharten sich Menschen halbkreisförmig um sie herum, dichter und dichter, bildeten einen Schutzwall aus Körpern, machten das Vorwärtskommen immer beschwerlicher, mit aller Gewalt kämpfte sie sich durch, in Zeitlupe kam sie näher, einem Albtraum gleich.

„Ich, Wolf Rock, habe 1976 ein kleines Mädchen ge... nein, ich kann das nicht sagen! Ich weiß das nicht mehr!" Er schüttelte sich und seine Stimme zitterte. Der Regen peitschte an den beiden vorbei, fast horizontal, unwirklich illuminiert. *Blutregen.*

„VORLESEN!"

Fünf Meter war sie noch entfernt, machte sich ein erstes Bild von der Konstruktion, auf der die zwei Männer standen. Der Fackelturm war nicht übermäßig hoch, eine Seite stieg bogenförmig an und lief spitz auf die Feuerschale zu, die gut zwei Meter durchmaß. Vielleicht mehr. Wie waren sie nur hochgekommen? Kein Seil, keine Leiter war zu sehen ...

Entfernt, um andere am Hinaufsteigen zu hindern.

„LOS!"

„... geschwängert und ..."

Wolf Rock schüttelte sich erneut, ziemlich merkwürdig, rhythmisch, ausladend. Das Publikum wurde still. Nein, niemals hätte er so etwas gesagt, wäre es Teil der Show gewesen, das dürfte jetzt auch dem Besoffensten klargeworden sein. Das hier war ernst.

„... im Stich gelassen ..."

Noch drei Meter durch die Menge. Valerie suchte nach Möglichkeiten, zu Klee und Wolf Rock zu gelangen. Auf Schultern klettern und dann springen? Dafür hing die Schale zu hoch. Von den olympischen Ringen hinüberspringen, die genau neben dem Fackelturm in die Höhe ragten? Würde sich vielleicht ausgehen. Doch beim Blick auf den geschwungenen Anstieg des Schalenträgers – unten flach, nach oben hin immer steiler werdend – kam ihr eine Idee. Ziemlich gewagt, ziemlich aussichtslos, ziemlich ...

Kanonenfutter.

„Die fünfzehnjährige Sarah Klee aus Innsbruck ..."

Valerie drängte sich an den letzten Leuten vorbei, dorthin unter die Fackel, wo sie nicht mehr sehen konnte, was oben geschah, aber merkte, dass eine Flüssigkeit von der Konstruktion heruntertropfte. Sie tippte ihre Finger in die Pfütze und führte sie an die Nase heran. Nichts. Ihre Schleimhäute zugeschwollen, die Nase vermutlich gebrochen. Noch einmal schniefte sie kräftig ein. Ganz entfernt eine Note von ... Benzin. Eine Sturmböe blies ihr eine Extraportion Regen ins Gesicht, sie wischte ihn hastig ab.

Klee wollte seine Drohungen wahr machen. Wolf Rock brennen lassen, und sich selbst gleich mit. Benzin in der Schale, Feuerwerkskörper in der Hand – hier war jemand auf seiner finalen Mission. Also musste sie schnell handeln. Konnte nicht auf andere warten. Ohne lang zu überlegen, warf sie die Taschenlampe weg und nahm Anlauf.

„Habe sie in den ... Oh Gott, nein!“

Lief auf den Schalenträger zu.

„LIES VOR, oder du brennst gleich jetzt!“

Die ersten Schritte hoch, steiler, immer steiler ...

„Habe sie in den ...“

Spring!

Sprang vom Träger weg, nach außen, streckte sich, Arme nach oben. Zu fallen würde wehtun.

Nicht fallen!

„Selbstmord getrieben ...“

Valerie bekam den Schalenrand mit dem linken Zeige- und Mittelfinger zu fassen. Ihr Unterkörper schwang wie ein Glockenklöppel von der Schale weg. Sofort nahm sie die rechte Hand dazu, das lädierte Handgelenk knackte, sie ließ nicht los, ignorierte jeden Schmerz. Sie pendelte zweimal vor und zurück, baute den Schwung ab, dann hing sie ruhig. Blies die Luft aus.

Wolf Rock sprach weiter: „Doch mein K...“

Ein Blitz fuhr herab, fast gleichzeitig der Donner, ein ohrenbetäubender Peitschenschlag, die ganze Feuerschale vibrierte, panische Schreie aus dem Publikum, dann Ruhe mitten im Sturm.

Klimmzug. Konnte sie immer schon. Sie und die Schwerkraft waren Freunde, ein Vorzug ihrer Statur. Valerie sah die beiden Männer seitlich über sich stehen. Regen klatschte ihr ins Gesicht, Wind verfing sich in ihrem Haar.

„Doch mein Kind hat über ... was?“

„VORLESEN!“ Klee senkte seine Fackel bedrohlich tief, sie zischte, jederzeit konnte die Flamme jetzt auf das Benzin überspringen. Alles war rot.

„... überlebt und ...“

Valerie hob das rechte Bein über den Schalenrand, der Fuß tauchte in das Benzinbecken, egal, anders ging es nicht. Jede Faser ihres Körpers wollte hinauf, was hieß, hinein.

„... und steht neben mir!“

Noch einmal raunte die Menge auf wie in einer billigen Sitcom. Klee hatte sie immer noch nicht entdeckt. *Gleich ... gleich ...* Sie schaffte es, sich in die Schale hineinzurollen, und obwohl sie es zu vermeiden suchte, war nun so gut wie jede Stelle ihres Körpers benzingetränkt. So würde sie eine prächtige Fackel abgeben. Gleich darauf wurde ihr kalt.

„Und dieses Kind wird jetzt seine Mutter ... oh nein, bitte bitte nicht!“ Wolf Rock drehte und wand sich rhythmisch, verzog das Gesicht, es sah alles andere als gesund aus. Geduckt schlich Valerie hinter die beiden und richtete sich langsam auf. Im selben Moment gingen die Lichter im Stadion wieder an.

„SEINE MUTTER RÄCHEN!“, schrie Klee mit sich überschlagender Stimme. Die Fackel senkte sich.

Jetzt!

Valerie verlagerte ihr Gewicht nach vorne, machte einen Schritt auf Wolf Rocks Rücken zu, mit nach vorne gestreckten Armen, entschlossen zum *Stagedive* ihres Lebens, hinunter in die Menge, die sie und den Star auffangen würde. Es würde wehtun, aber sie würden wenigstens leben. Im selben Moment riss Klee den Kopf herum, kurz Verwirrung, dann drehte er seinen Körper zu ihr, rempelte sie an, es gelang ihr gerade noch, Wolf Rock einen Schubs zu geben, dann musste sie zusehen, ihr Gleichgewicht wiederzufinden.

Der Rocker torkelte und fiel vorne von der Feuerschale, hinunter ins rettende Publikum, dann spürte sie Klees Hand an ihrer Kehle, hörte ihn kreischen wie ein Kind. Er stieß sie weg, nach hinten, weg von der Kante, die Leben versprach.

Er stand da wie ein Tier, geduckt, die brennende Fackel in seiner Hand. Sie wusste sofort, dass es jetzt um alles ging.

Schon wieder.

Alles, was sie jetzt tat, konnte sie umbringen.

Alles, was sie jetzt nicht tat, würde sie umbringen.

Sie wusste, dass er die Fackel jeden Moment fallen lassen würde, wunderte sich fast, dass er es nicht schon längst getan hatte. Vorne stand er im Weg. Hinten ging es einen Abhang hinunter.

Alles besser, als hier zu bleiben und zu verbrennen.

Aber er kommt mit.

Klee war offenbar so konzentriert darauf, sie am Vorbeikommen zu hindern, dass es ganz leicht war, ihn mit sich nach hinten zu ziehen und aus der Balance zu bringen. Damit hatte er nicht gerechnet. Ein, zwei Rückwärtsschritte, dann tauchte sie in die Schwerelosigkeit des Falls. Und Klee mit ihr.

Gleich wird es wehtun. Gleich ...

Nichts.

Der Fall dauerte viel zu lange.

Zeit, ganze Leben Revue passieren zu lassen. Vor Valerie blitzte nur ein Bild auf: Ihre Schwester Lilian und das Patenkind, das in ihr wuchs.

Zu spät.

Kanonenfutter.

Der harte Aufprall, der Kopf, der aufschlug, viel zu fest, die steile Wiese, die sie hinunterglitt, viel zu schnell, der Körper, der ihre Bahn kreuzte, die Überschläge, der asphaltierte Zufahrtsweg.

Noch ein Aufschlag, viel zu heftig.

Dann nichts mehr.

***

Wer auch immer dies findet

Ich bin das Wunder vom O-Dorf. Das Baby, das den Sturz vom Dach eines zwölfstöckigen Wohnhauses im Olympischen Dorf überlebt hat, in den Armen seiner Mutter. Das Kind, das man dem fürchterlich deformierten Körper, der es noch umklammert hielt, wegnehmen musste. Unverletzt. Ein Wunder, haben sie geschrieben.

Das Wunder vom O-Dorf.

Und das ist auch schon das Beste an mir.

Ich weiß erst seit zwei Jahren von meinem Schicksal. An das Kinderheim, in dem ich nach dem Tod meiner Mutter untergebracht wurde, und alles vorher kann ich mich nicht erinnern. Wer schon. An meine Pflegefamilie sehr wohl. Und wie! Aber das tut nichts zur Sache.

Mir wurde immer gesagt, meine Eltern seien gestorben und andere Verwandte konnten sich nicht um mich kümmern. Ich habe das so akzeptiert. Ahnenforschung habe ich nie betrieben. Wozu auch. Alles, was ich wissen musste, war, dass man mich nicht haben wollte. Ich hatte das so akzeptiert.

Jedenfalls bis sich dieser Notar bei mir gemeldet und mir mitgeteilt hat, ich hätte geerbt. Eine Wohnung. Von meinem leiblichen Großvater. Im Olympischen Dorf.

Damals bin ich halb ausgeflippt, wie die Jungfrau zum Kind kam ich an eine Immobilie, von der ich bisher gar nichts wusste. Ein Lottosechser. Doch meine Euphorie hielt nur kurz an: bis ich zum ersten Mal dort war. Nicht, dass mich der Zustand der Wohnung gestört hätte, es war eigentlich alles in Ordnung, die vier Wände eines alten Menschen, bis auf diesen Raum.

Diesen Raum, zu dem es keinen Schlüssel gab. Diesen Raum, den ich aufbrechen musste. Diesen Raum, der wirkte, als wäre er seit vielen Jahren nicht mehr betreten worden. Das Zimmer eines Mädchens. Es sah aus, als hätte die Bewohnerin es gerade verlassen, wäre nicht alles von einer dicken Staubschicht bedeckt gewesen. Ein Spinnennetz zwischen Kasten und Wand, einzelne Spinnfäden von der Decke, Kleidung am Teppichboden, schimmlige Teller, alte Coca-Cola-Flaschen, die es längst nicht mehr so zu kaufen gibt, eine dreckige Puppe auf dem kleinen Schreibtisch, grellorange gemusterte Tapeten wie aus einem Siebzigerjahre-Streifen. Auf den zweiten Blick entdeckte ich Babysachen: einen verschmutzten Strampelanzug, Stoffwindeln, Milchflasche, Cremen und Puder. Im Eck eine Wiege. Alles wirkte wie aus einem anderen Zeitalter, fast schon einer anderen Welt. Und genau dieser Gedanke spann sich in mir fort, andere Welt, anderes Leben, Großvaters Wohnung, darin ein Mädchen und ein Baby, beide plötzlich verschwunden, ich im Kinderheim und dann Pflegekind, jetzt dieser Raum und ich, dazu ein merkwürdiges Gefühl der Vertrautheit, obwohl das Blödsinn ist. Wer kann sich schon an seine Babyzeit erinnern.

Statt also meinen ursprünglichen Plan zu verfolgen und eine Firma mit der Räumung der Wohnung zu beauftragen, fing ich an zu kramen, nahm Gegenstände in die Hand und legte sie wieder weg, manchmal ekelte es mich, aber ich konnte nicht aufhören. Als würde mich eine höhere Macht antreiben. Ich fand eine uralte Bravo, versteckt unter der Matratze, sicher hundert Mal durchgeblättert, dazu Poster und Zeitungsausschnitte, auf allen Wolf Rock, eine abgegriffene Karte von einem seiner Konzerte, ganz unten vier Sofortbilder und schriftliche Entwürfe eines Briefs. Viele vollgeschmierte Blätter. Auf den Fotos sah man ein Mädchen mit dicken Wangen in die Kamera starren, einmal das ganze Gesicht, einmal nur einen Ausschnitt, dazu auch das Baby, das sich gegen das Fotografieren sträubte. Die Bilder waren so abstoßend, dass ich sie schon wieder lustig fand, das weiß ich noch genau. Sie war wirklich hässlich, und das Baby auch.

Das Lachen ist mir schnell vergangen, als ich die bekritzelten Seiten in die Hände nahm und zu lesen begann.

Obwohl sich das Mädchen sichtlich Mühe gab, war klar, dass sie große Probleme mit dem Schreiben hatte. Immer wieder hat sie neu angefangen, sich verbissen, als ginge es um Leben und Tod, sie hat Fehler ausgebessert, neue reingemacht, ohne erkennbaren Fortschritt. Einige Seiten waren verschmiert, ich glaube, sie hat beim Schreiben geheult wie ein Schlosshund. Ich suchte mir eine halbwegs vollständige Version dieser Geschichte.

„Liber Wolf ich bin so glücklich das du mia dieses kleine Wesen geschenkt hast!"

Zuerst dachte ich, sie würde fantasieren, sich eine Wunschwelt zusammenreimen, wenn sie behauptete, Wolf Rock sei der Vater des Babys, gezeugt nach dem Konzert in Thaur, zu welchem ich die Eintrittskarte gefunden hatte. Sie war dick, schlecht in der Schule, geschwängert von irgendeinem Versager, da stellte sie sich lieber einen Star als Erzeuger vor. Dachte ich.

Dass das Kind auf den Bildern etwas mit meiner eigenen Vergangenheit zu tun haben könnte, dämmerte mir dabei schon, schließlich war jeder, der in diesen Räumen gelebt hat, mit mir verwandt, meine Familie, pathetisch ausgedrückt, mein Fleisch und Blut.

Aber ich hoffte noch.

Dass zwischen dem Datum auf der Konzertkarte und meiner Geburt ziemlich genau neun Monate lagen, mochte Zufall sein.

Dass ich Wolf Rocks Züge hatte, ließ sich leugnen.

Das Mädchen könnte versucht haben, ihn …

Das Baby konnte irgendjemand …

Nein.

Das hässliche Baby auf dem Foto war ich. Das hässliche Mädchen meine Mutter.

In diesem Zimmer verbrachte ich die erste Zeit meines Lebens. Bis es – scheinbar fluchtartig – verlassen und nie wieder betreten wurde.

Meine leiblichen Eltern waren mir den größten Teil meines Lebens egal. Aber als ich an diesem Tag diese Wohnung verließ, brannte ich darauf, die ganze Wahrheit herauszufinden. Was sich als viel leichter herausstellte als gedacht, denn das „Wunder vom O-Dorf" hat sich genau vor dem Haus zugetragen, in dem ich nun die Wohnung besitze, ein zwölfstöckiges Gebäude des zweiten Olympischen Dorfs. Man musste förmlich über die Geschichte stolpern, wenn man im Zeitungsarchiv nach Vorkommnissen suchte, die sich in meinem Geburtsjahr im O-Dorf zugetragen haben.

Meine Mutter ist vom Dach ihres Wohnblocks gesprungen, mit mir in den Armen. Ich habe überlebt, und das hat mich zum Wunder gemacht.

Was mit meinen Großeltern war und warum ich ins Kinderheim und dann zu einer Pflegefamilie kam, weiß ich nicht. Vielleicht haben sie den Tod ihrer Tochter nicht verwunden. Vielleicht waren sie krank oder zu schwach, um sich um ein kleines Kind zu kümmern. Vielleicht … aber darum geht es nicht.

Hier geht es um Fakten: Wolf Rock hat meine Mutter auf dem Gewissen. Zuerst hat er sie geschwängert und dann im Stich gelassen. Er ist schuld, dass sie sich umgebracht hat.

Ich gehöre nicht hierher.

Mein Leben hat den Gang der Dinge durcheinandergebracht.

Meine Mutter ist seit Jahrzehnten tot. Wegen ihm. Und meinetwegen.

Ich hasse diesen Teufel.

Ich werde den Menschen sein wahres Gesicht zeigen.

Den Gang der Dinge gerade rücken.

Wolf Rock hat so viele Leben zerstört.

Ich werde seines zerstören.

Alles auslöschen.

Ich muss es tun.

Bitte vergebt mir.

Michael Klee

Das Wunder vom O-Dorf

***

Sie flog. Besser gesagt, sie schwebte, hatte kein Oben, kein Unten, sah keine Sonne, spürte keinen Luftzug. Schwerelos. Wie aufs Stichwort ertönte Sandros Gitarre, dann sah sie sein Gesicht vor sich. „Schweerelooos“, trällerte er. Sie streckte ihm die Hand entgegen, doch er glitt ihr davon, zuerst langsam, dann immer schneller. Sie versuchte, ihm nachzurudern, doch sie konnte sich nicht von der Stelle rühren. Seine Gitarre verhallte. Dann war wieder Stille. Kurz.

„Es fliegt, es fliegt, es fliegt ... ein Pferd!“, rief ihre Schwester Lilian von irgendwoher. Valerie ließ ihre Hände unten und kicherte. Pferde können nicht fliegen. Aber plötzlich drehte eines Kreise um sie, ein ganz kleines mit zierlichen Flügeln. Es erfüllte den Raum mit Pferdeduft. Dann flatterte es davon.

Doch was war jetzt? Sie fiel! Mit Schrecken nahm sie den Luftzug im Nacken wahr, drehte sich auf den Bauch, unter ihr eine leuchtende Fläche, schwach, dann heller. Etwas piepste. Noch mehr Pferd in der Nase. Sie hörte ihren Namen, konnte nicht antworten, raste auf die Ebene zu, immer schneller. Valerie reckte ihr die Arme entgegen, erwartete den Aufprall.

Dann schlug sie die Augen auf.

„Mein Veilchen!“

Sie sah verschwommen, blinzelte, drehte ihren Kopf zur Seite, etwas knackste in der Halswirbelsäule, sie erkannte Stolwerk, der eine Maske trug, versuchte, etwas zu sagen, doch dann kam nur Luft. Sie räusperte sich, spürte seine Hand auf ihrer Stirn.

„Schhh, ganz ruhig! Nichts sagen, Veilchen!“ Er schniefte.

Ist er erkältet? Nein, er weint. Auweh.

Instinktiv prüfte sie, ob sie noch alle Finger und Zehen besaß und diese bewegen konnte. Ging noch.

Schwer zu sagen, ob ihr sonst etwas fehlte. Im Oberstübchen und so, denn warum wusste sie nicht, wo sie war und wie sie hierherkam? Sie versuchte, sich zu orientieren.

Sie lag in einem Raum mit gedämpftem Licht. Um sie herum Pieplaute, jemand schnarchte, aus der anderen Richtung mechanische Geräusche eines Beatmungsgeräts.

Intensivstation. Ein albernes „Wo bin ich hier?“ konnte sie sich also sparen. Aber warum lag sie hier? Egal, sie fühlte sich pudelwohl, wie in Watte gepackt, nur um ihren Kopf herum war es ungewohnt kühl. Und dieser Geruch!

„Stol...werk?“, krächzte sie.

„Ruhig, mein Veilchen! Streng dich nicht ...“ Er brach ab und schluchzte.

„Stolwerk?“, insistierte sie, lauter, bestimmter. Sie musste es endlich loswerden.

„Ja, mein Veilchen?“

„Such dir ...“

„Ja, was? Was soll ich mir suchen?“

„Such dir ein neues ...“

„Was meinst, Veilchen?“

Warum musste er sie immer unterbrechen? Noch einmal holte sie tief Luft, es roch schlimmer als im Reitstall, unerträglich.

Wie war das Wort noch mal? Was mit A... After... nein, das wär komisch ... Affen... ja!

„Ein neues *Affenshave*!“, sagte sie, schmatzte zweimal und schlief ein.

Valerie Mauser hatte zwei Wochen im künstlichen Tiefschlaf hinter sich. Schädel-Hirn-Trauma, knapp an bleibenden Schäden vorbeigeschrammt. Der Tag des Konzerts war komplett aus ihrer Erinnerung verschwunden.

Michael Klee erlitt einen komplizierten Beckenbruch, was ihr Ermittlungen wegen fahrlässiger Körperverletzung sowie ein Disziplinarverfahren einbrachte, dem sie sich zu stellen hatte, sobald sie wieder einsatzfähig war. Dass er sich sonst wohl umgebracht hätte, tat in der Behördenlogik ebenso wenig zur Sache wie der fehlende Tag in ihrem Gedächtnis. Der neue Leiter der Oberstaatsanwaltschaft Innsbruck schien Valerie ins Visier genommen zu haben, nachdem dieser kurz nach dem Bergiselkonzert angekündigt hatte, „Eigenmächtigkeiten von Polizeibeamten" rigoros unterbinden zu wollen. Bis auf Weiteres war sie vom Dienst freigestellt worden. Geyer, der das Konzert mit einer Gehirnerschütterung und Platzwunde relativ unbeschadet überstanden hatte, leitete jetzt die Abteilung.

Wolf Rock lebte, doch er litt schon länger an Parkinson. Benz und er wollten es vor der Welt verschweigen. Sein dramatisches Konzertfinale am Bergisel hatte einen schweren Krankheitsschub zur Folge. Er mied die Öffentlichkeit, verließ seine Privatklinik am Genfer See nicht mehr, sandte ihr aber nebst einem Berg schwarzer Rosen auch seinen innigsten Dank.

Die Hooligans hatten sich in Innsbruck ausgetobt, zerbrochene Schaufenster, Brandschäden und ein paar Verletzte, insgesamt war die Lage aber nie außer Kontrolle geraten. Dennoch beliefen sich Kostenschätzungen der Schäden inklusive Polizeieinsatz auf einen sechsstelligen Betrag, den man dem Verursacher dieses Chaos', Gustav Benz, in Rechnung stellen wollte.

Doch von diesem fehlte jede Spur.

Stolwerk, Sandro Weiler und Schmatz wichen kaum von Valeries Seite. Sie machten Witze über ihr geschorenes Haar (eine Operation hatte die Totalrasur nötig gemacht), zeigten ihr Videos ihres unglaublichen Auftritts (sie war jetzt ein Star, laut Schmatz *total viral*), unterhielten sie, konnten aber nie verstecken, wie sehr sie sich um sie sorgten. Zwischen Sandro und ihr musste am Konzerttag etwas gewesen sein, so wie er mit ihr umging, sie fand es schön und wollte ihn nicht kränken, indem sie danach fragte.

Stolwerk wechselte sein Rasierwasser.

Die Medien stilisierten Valerie zur Heldin hoch. Allen voran George *wie Clooney* Knoblauch, der keine Gelegenheit ausließ, ihre Verdienste in den Mittelpunkt des öffentlichen Interesses zu rücken. Er kam sie regelmäßig besuchen und war eigentlich gar kein Trottel.

Unnötig zu betonen, dass auch der Landeshauptmann immer wieder auf der Matte stand. Sie stellte sich schlafend und war froh, dass er nicht heimlich unter die Bettdecke guckte.

Auch ihre Schwester Lilian kam zu Besuch. Das Patenkind, das in ein paar Monaten zur Welt kommen sollte, markierte einen Neuanfang in ihrer Beziehung. Valerie freute sich sehr darauf.

Eines Abends – vier Wochen nach dem Konzert, bereits im Rehabilitationszentrum Hochzirl – sprach Stolwerk sie auf ihre latente Lebensmüdigkeit an, sobald es um Gerechtigkeit ging. Er habe lange genug zugesehen, sie solle endlich damit aufhören, er wüsste jemanden, mit dem sie reden könne. Nötigenfalls solle sie es für ihn und nicht für sich tun, wenn es das leichter mache.

Sie willigte ein.

Ein Tag wie jeder andere

Eine Woche vor ihrer geplanten Entlassung aus dem Reha-Zentrum erhielt Valerie einen Anruf.

„Frau Oberstleutnant Mauser?"

„Ja?"

„Außenstelle Innsbruck Hauptbahnhof, Fuchs."

„Ja?"

„Frau Kollegin, hier ist eine junge Frau, die in Schwierigkeiten steckt."

„Und?"

„Sie behauptet, Sie seien ihre Mutter."